일반공격이 전체공격에

2회 공격인 엄마는 좋아하세요?

2

STORY INAKA DACHIMA
ILLUST IIDA POCHI. VOLUME 2

CHARACTER

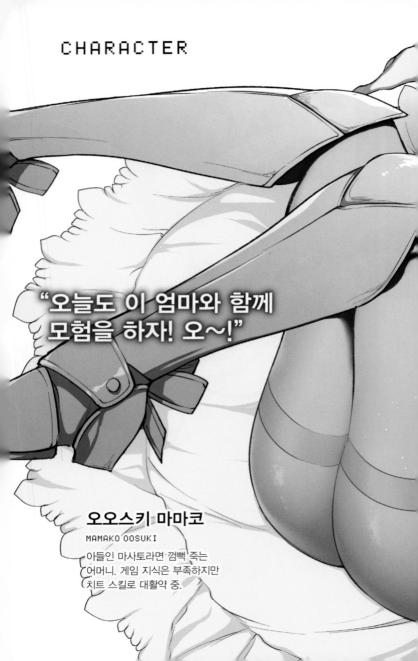

"오늘도 이 엄마와 함께 모험을 하자! 오~!"

오오스키 마마코
MAMAKO OOSUKI

아들인 마사토라면 껌뻑 죽는
어머니. 게임 지식은 부족하지만
치트 스킬로 대활약 중.

"학교에 가보고 싶어요!"

포타
PORTA

열두 살 여행상인. 파티 최연소 멤버로서 동료들의 마음을 치유하는 역할을 맡고 있다.

"……강해져야 해."

오오스키 마사토
MASATO OOSUKI

용사로서 게임 세계에 전송된 남자 고교생. 지나치게 강한 모친 때문에 골치를 썩이는 중.

"내 존재 이유를 잃을 것만 같거든?"

와이즈
WISE

툭하면 마법을 봉인당해 활약을 못하는 유감스런 여고생 현자.

메디 엄마
MEDHIMAMA

메디의 어머니. 교육열이 뜨겁다.
딸을 학교에서 1등으로 만들기 위해
마사토 일행을 방해한다.

"저는
어머니를
믿어요."

"왜 엄마가
대답하려고 하는 건데!"

메디
MEDHI

활발하고 모친의 말에 순순히
따르는 여고생 치유사. 하지만
그 이면에는······.

"저요!"

"왜 효과가 발동하지 않는 거야?!
아아, 정말!"

세일러 교복
마마코
SAILORMAMAKO

마사토 일행이 다니는 학교에
따라가기 위해 세일러 교복을
장비한 마마코.

"무리하면 안 돼!
    순위 따윈 개의치 말아."

"저는 질 수
없으니까요."

학교 수영복
마마코
SCHOOLMIZUGIMAMAKO
학교 수영복을 장비한 마마코.
그 모습은 마사토에게 있어
통한의 일격 그 자체.

CONTENTS

프롤로그

어느 소년의 경과보고

11

제 1 장

우리는 물욕을 마음에 품고 앞으로 나아간다!

······잠깐, 그러면 안 되잖아······.

15

제 2 장

학교는 두근두근이 한가득!

······이라고 말하면 듣기엔 좋지만, 대부분 마음고생 때문이야.

65

제 3 장

벽의 낙서는 추억이지만, 주먹질이나 발길질 자국은 흑역사.

서둘러 지워버릴 것.

123

제 4 장

엄마의 짐 안에, 식품위생 책임자 수첩이 있었다.

조리사 면허는 안 보였다.

177

제 5 장

말하지 않으면 전할 수 없지만, 말했다간 높은 확률로 다투게 된다.

부모 자식 사이라는 건 참 어렵다니깐.

239

에 필 로 그

301

후 기

313

일반공격이 전체공격에 2회 공격인 엄마는 좋아하세요?

STORY INAKA DACHIMA
ILLUST IIDA POCHI.

VOLUME 2

프롤로그
어느 소년의 경과보고

【질문 : 어머니와 사이가 좋아졌는가?】

예전과 별반 다르지 않다고 생각한다.

【질문 : 어머니와 대화를 나눌 기회가 늘었는가?】

작전 전달 등을 위해 이야기를 나누고 있으니, 꽤 늘었다.

【질문 : 어머니에게 듣고 기뻤던 말은?】

자랑스러운 아들(이걸 지우고 싶은데 어떻게 지우는지 모르겠어!)

【질문 : 어머니에게 듣고 싫었던 말은?】

게임 안에서도 용돈을 받아쓰라는 말.

【질문 : 어머니와 함께 어떤 곳에 갔는가?】

마을, 필드, 던전.

【질문 : 어머니를 도운 적이 있는가?】

전투 때, 내가 나서기도 전에 다 처리해버리기 때문에 도울 일이 없다.

【질문 : 어머니가 좋아하는 것이 뭔지 알았는가?】

아들(이것도 농담 삼아 적은 건데 지울 수가 없어!)

【질문 : 어머니가 싫어하는 것이 뭔지 알았는가?】

자식을 대하는 태도가 잘못된 엄마를 용서 못하는 것 같다.

【질문 : 어머니의 장점은?】

압도적 고화력, 요리 잘함.

【질문 : 어머니의 단점은?】

게임뿐만 아니라 아들의 마음도 여전히 이해하지 못하는 것 같다고나 할까, 아무튼 쓸데없이 나서지 좀 말아줬으면 한다.

【질문 : 어머니와 함께 모험을 해보니 어떻습니까?】

아직 잘 모르겠어~.

앙케트 폼에 기입을 마친 후…….

"……이러면 됐겠지."

마사토는 입체 표시된 윈도우 화면을 지그시 쳐다보면서 기입내용을 체크했다.

대충 적은 부분을 수정하고 싶지만 마사토는 지우는 방법을 몰랐다. 일단 주석을 달기는 했지만 그게 제대로 반영이 될지 걱정이다.

"어머, 마 군. 왜 그러니? 공부 중이야?"

"아, 공부하는 게 아냐. 메일로 앙케트가 와서 답변을 작성하고 있었어."

"그랬구나……. 앙케트…… 어머, 이건 어머니에 관한 앙케트네."

"나라에서 시킨 거야. 학교에 다니는 걸 면제해주는 대신, 이런 앙케트에 성실하게 응하라고…… 어."

옆을 힐끔 보니 아름다운 외모를 지닌 젊은 여성이 마사토의 손 언저리를 쳐다보고 있었다.

이 사람의 이름은 마마코. 마사토의 친어머니다.

"어, 엄마?! 엄마가 왜 여기 있는 거야?!"

"응? 그야 이 엄마도 같이 게임 안에 왔기 때문이지. 부모 자식이 함께 하는 모험이니, 이 엄마는 언제나 마 군의 곁에 있을 거야."

"아니, 그런 게 아니라……! 왜 은근슬쩍 내 옆에 있는 건지를…… 아아, 정말! 됐으니까 좀 떨어져! 딴 데 가라고!"

"마 군도 참. 또 이 엄마를 방해꾼 취급하는 거니? 이 엄마, 삐칠 거야~."

"그런 짓 좀 하지 마! 아들의 마음을 헤아리며 행동해주면 안 돼?!"

볼을 부풀리며 귀엽게 화내는 어머니와 함께…….

오늘도 모자지간의 모험이 그 막을 올렸다.

제1장
우리는 물욕을 마음에 품고 앞으로 나아간다!
……잠깐, 그러면 안 되잖아…….

그 일은 이른 아침에 초원 필드에서 어났다.

귀청을 찢는 듯한 비명 소리가 주위에 울려 퍼졌다.

"꺄아아아앗?!"

신관복을 입은 소녀를 향해 늑대형 몬스터가 예리한 발톱을 휘둘렀다. 그 공격에 정통으로 맞은 소녀는 그대로 숨을 거두더니 자동으로 관에 넣어졌다.

"아앗?! 힐러가 당했어?!"

"이봐, 정말이냐?!"

신관 소녀의 동료인 전사와 도적은 자신의 눈을 의심했다. 하지만 눈앞에 펼쳐진 광경에는 변함이 없었다.

이 일행은 전사, 도적, 그리고 방패기사와 신관으로 구성된 파티였다.

회복 담당인 신관이 당해버렸으니 이대로는…….

"회복을 시켜주지 않으면, 나는…… 우와아아아아앗?!"

동료인 방패기사는 말을 끝까지 잇기도 전에 적의 맹공에 당하고 말았다. 신관 소녀의 뒤를 이어 두 번째 관이 이 자리에 생성되고 만 것이다.

"방패가 뚫려버렸어! 빨리 소생시켜!"

"알았어! 지금 아이템을…… 어…… 없어?!"

남은 전사와 도적은 허둥지둥 아이템 스토리지를 확인했지만, 소생 아이템이 없었다. HP회복 아이템조차 없었다. 둘은 망연자실한 표정으로 서로를 쳐다보았다.

그러는 사이에도 적은 공격을 했다. 「크르르르릉!!」, 「커억?!」, 「아얏?!」 방어에 능숙하지 못한 전사와 도적의 HP가 점점 줄어들었다.

이대로 가다간 전멸한다.

"젠장! 어떻게 하지…… 어떻게 하냔 말이야!"

"나도 그게 알고 싶다고!"

이제 아무런 방법이 없다……고 생각한 바로 그때였다.

"……앗! 어이, 저기 좀 봐!"

"대체 뭘 보라는…… 앗!"

전사들은 봤다. 초원 필드 저편에서 다른 모험가가 이쪽으로 오고 있었다.

인원은 두 명이었다. 선두에는 아침햇살을 맞아 금색으로 빛나는 여성이 있었다. 그 뒤편에는 순백색으로 빛나는 소녀가 있었다.

눈부신 복장을 한 두 사람은 손에 지팡이를 들고 있었다. 여성은 보석이 박힌 호화로운 지팡이를, 그리고 소녀는 심플한 지팡이를 쥐고 있었다. 이 점에 주목할 필요가 있다.

전사와 도적은 그 두 사람이 신처럼 보였다.

"너, 너희들! 신관이야?! 아니면 치유술사?! 아무튼, 지팡이를 장비한 걸 보면 힐러가 틀림없지?! 회복마법을 걸어줘!"

"부탁이야! 도와줘! 나중에 답례를 할게! 돈이라면 달라는 대로 주겠어!"

전사와 도적은 몬스터를 견제하면서 필사적으로 애원했다.

그러자 금색의 여성 힐러가 빙긋 미소 지었다.

"답례 같은 건 할 필요가 없답니다. 곤란해 하는 이를 돕는 것은 당연한 일이니까요. 저희 모녀만 믿으세요."

"너, 너희는 모녀지간이야?!"

"엄마도 딸도 엄청난 미인이네! 완전 여신과 천사야!"

"어머나. 여신과 천사라니, 과찬이에요. 하지만 저희 모녀는 그렇게 불릴 자격이 있을지도 모르겠군요. 우후후. ……그럼 메디. 천사의 힘을 보여주렴."

"예, 어머님."

메디라고 불린 소녀는 어머니의 말에 따라 지팡이를 치켜들었다.

"콘포르테의 지팡이여! 네 힘을 선보여라!"

장비자의 요청에 따라 지팡이가 지닌 기능이 발동됐다.

이 자리에 있는 모험가 전원에게 광린(光燐)이 쏟아지더니, 상태이상을 막아주는 장벽이 부여됐다.
^{바리에라}

"어머님, 어떤가요?"

"글쎄……. 이 상황에서는 회복효과를 발동시켜야겠지만…… 뭐, 좋아. 적어도 유익한 효과를 발동시켰으니, 합격한 것으로 해야겠구나."

"감사합니다."

"하지만 이 정도로 만족하면 안 돼. 넌 최고가 되어야만 하는 존재니까. 넌 모든 이들이 동경하는 최고의 힐러가 되어야 해. 이 세계에서 첫째가는, 아니, 온갖 세계에서 첫째가는 힐러가 되는 거야. 알겠니?"

"예, 어머님. 저는 어머님의 가르침에 따라, 최고의 힐러가 되겠어요."

"그래, 바로 그거란다. 내가 널 최고로 길러낼 테니까. 그러니 나만 믿으며 따라오도록 하렴. 그럼 가자꾸나."

"예, 어머님."

어머니는 의기양양하게 걸음을 내디뎠고, 딸인 메디는 그런 어머니의 뒤를 조신하게 따랐다. 그렇게, 힐러 모녀는 사라졌다……

"……하아…… 귀찮아……"

그때 누군가가 중얼거린 것 같았지만 「……뭔가 들렸어?」, 「뭐 말이야?」, 「크르릉?」 그것이 누구의 중얼거림이었는지 몬스터를 비롯해 그 누구도 눈치채지 못했다.

그리고……

"……그것보다 말이야."

"……우리, 이제 어떻게 하지?"

상태이상 방어는 발동했지만, 여전히 HP가 빈사상태인 채로 몬스터 무리의 표적이 된 이 모험가들은 이후에 어떻게 됐을까.

　뭐, 삼가 고인의 명복을 빌어줄 수밖에 없을 것이다.

　그것은 아무도 알지 못하는 일이다.

　그리고 마사토 일행 또한 알 리가 없었다.

　눈을 떠보니 주위는 어두컴컴했다.

　"하아암…… 일어날까……."

　마사토는 눈앞의 어둠을 밀쳐내며 몸을 일으켰다. 그러자 마사토가 들어있던 관이 깨끗하게 사라졌다.

　마사토는 관 안에서 아침 기상을 하는 상황에도 어느새 익숙해졌다. ……익숙해져도 되는 건지 좀 의문이지만 말이다. 뭐, 아무튼…….

　마사토는 흐릿한 시야로 주위를 둘러보며 상황을 확인했다. 이곳은 여관의 한 방이다. 목조 실내에 침대가 두 개 놓여있기만 한 간소한 방이다.

　마사토가 강제적으로 숙면을 취하게 만든 여고생 현자님이 이 방 안에 있어야 하지만 모습이 보이지 않았다.

　"먼저 아침을 먹으러 갔나……?"

아니면 샤워라도 하고 있는 걸까? 귀를 기울여봤지만……
이 방에 딸린 샤워 룸에서는 아무런 소리도 들리지 않았다.
그럼 먼저 밥을 먹으러 간 것일까?

"가기 전에 깨워줘도 될 텐데 말이야……. 하아……."

아무래도 서두르는 편이 좋을 것 같았다. 몸을 일으킨 마사
토는 얼굴을 씻기 위해 샤워 룸으로 향했다.

몸가짐을 단정히 하라고 잔소리를 하는 사람이 있으니까 말
이야~. 마사토는 멍하니 그런 생각을 하면서 샤워 룸의 문을
열었다.

그 순간, 샤워 룸 안에서 좋은 향기가 감도는 증기가 흘러
나왔다.

"……어?"

새하얀 증기 너머에 한 여성이 있었다.

물방울이 방울져 흘러내리고 있는 촉촉한 피부를 목욕수건
으로 닦으며, 끝내주게 멋진 가슴과 잘록한 허리, 그리고 그
아랫부분을 아낌없이 드러내고 있는 이는 바로…….

"어머, 마 군?"

마마코다. 마사토의 친어머니인 것이다.

목욕을 마친 어머니와 딱 마주친 마사토는 그 자리에서 털
썩 주저앉았다. 몸도 마음도 순식간에 엉망진창이 됐다. 그대
로 낙심하고 말았다.

"마, 마 군? 왜 그러니?"

"……아…… 왠지, 나 자신이 처량해서 말이야……."

잘못됐다. 이건 잘못되어도 한참 잘못됐다.

이런 건 흔히 러키 색골 이벤트라는 건데, 보통 알몸을 보여준 히로인은 꺄앗~ 하고 비명을 지를 것이다.

그런데 마사토가 마주친 바로 이 사람은 바로 그의 친어머니다.

"하아…… 이게 뭐냐고……. 보통 이럴 때는 하다못해 와이즈나…… 백보 양보해서 와이즈와 마주쳤다면…… 나도 이 상황에 합당한 대처를 할 자신이 있다고……."

"와이즈 양? 와이즈 양이라면……."

마마코가 무슨 말을 하려던 바로 그때였다.

샤워 룸 안에 슈왓~ 하는 소리가 울려 퍼지더니 목욕수건을 몸에 두른 와이즈가 느닷없이 나타났다. 전송마법으로 온 것 같았다.

"마마코 씨~. 방에 가서 갈아입을 옷을 가져왔어…… 어…… 어엇?!"

와이즈의 시선은 당연히 이 자리에 있는 마사토를 향했다. 그리고 그를 본 와이즈는 「잠깐만?!」 하고 외치면서 화들짝 놀랐지만…….

바로 그때, 마사토가 먼저 고함을 내질렀다.

"어이, 와이즈! 너 대체 무슨 짓을 한 거야?!"

"어? ……그, 그게…… 나는 마마코 씨와 같이 샤워를 했거든? 그런데 마마코 씨가 갈아입을 옷을 가져오는 걸 깜빡했다고 해서, 대신 가지러 갔다 온 건데……."

"인마, 헛소리 하지 마! 네가 지금 무슨 짓을 했는지 알기나 해!? 네가 자리를 비우면 어떻게 하란 말이야! 전부 엉망이 됐잖아! 아아, 정말! 진짜 눈치 없는 애라니깐!"

"으음…… 그게 무슨…… 내가 무슨 잘못을 한 건데? 사과해야 하는 거야? ……저, 저기, 그럼…… 잘못, 했습니다?"

와이즈는 영문을 모르는 것 같았지만, 일단 고개를 꾸벅 숙였다. 바로 그때였다.

몸통 부분이 평평해서 걸쳐둘 부분이 빈약했기 때문인지, 와이즈가 몸에 두른 목욕수건이 그대로 흘러내린 것이다.

마사토의 눈앞에서 여고생 현자의 알몸이 훤히 드러나고 말았다.

그리고 세계는 올바른 흐름에 따라 흘러가기 시작했다.

"앗…… 꺄앗?!"

"그래! 이거야! 이게 정답이라고! 다리가 굵어도, 절벽이더라도, 이거야말로…… 같은 소리를 할 때가 아니지!"

마사토는 보고 말았다. 그렇다면? 물론 벌을 받게 되는 것이다. 지극히 당연한 흐름이다.

그럼 좋은 시간 보내세요~ 하고 말한 마사토가 문을 닫으며 대피했지만, 『……스파라 라 마지아……』 샤워 룸 안에서 마법을 영창하는 목소리가 들렸다. 와이즈는 마사토에게 한 방 날리려는 심산 같았다.

바로 그때, 문 쪽에서 노크 소리가 들렸다. 이 방에 찾아온 이는…….

"좋은 아침이에요! 마사토 씨, 와이즈 씨, 일어나셨나요?!"

"오오! 포타구나! 마침 잘 왔어! 들어와! 긴급사태가 발생했어!"

"어?! 아, 예!"

마사토가 말을 걸자 숄더백을 안아든 여자애가 방 안으로 뛰어 들어왔다.

여자 여행상인인 포타가 가지고 있는 아이템을 이용하면 이 난국을 무사히 타개할 수 있을지도 모른다.

"부탁이야, 포타! 마법을 봉인하는 아이템을 줘! 동료한테만 정상적으로 마법을 날려대는 악마의 마법을 봉인하고 싶어!"

"마법 봉인 아이템 말이군요! 알겠어요…… 아, 하지만…… 마법 봉인의 아이템은 이미 발동된 마법을 봉인할 수는 없는데요……."

"어? 이미 발동된?"

마사토는 불타지도, 얼어붙지도, 폭발하지도 않았는데…… 아니, 이미 처벌은 시작된 것이다.

문득 발치를 쳐다보니 어느새 다른 차원과 이어져 있을 법한 구멍이 입을 쩍 벌리고 있었다.

마치 바닥없는 늪에 빠져드는 것처럼, 마사토는 천천히 그 구멍에 빨려 들어가기 시작했다.

"으음…… 와이즈 씨, 와이즈 씨. 이건 대체 어떤 마법이옵니까?"

『대상자를 이차원 공간에 내던져버리는 마법이야. 잘 가. ……역시 대상자가 마사토일 때는 성공률이 높다니깐~. 백발백중이야~. 아~ 상쾌해. 크크큭.』

문 너머에서 웃음을 흘리고 있는 분의 말씀에 따르면, 마사토의 예상은 적중한 것 같았다.

"……악랄할 벌이네."

아무튼, 구멍에 빨려 들어가기 시작한 마사토는 그대로 이 세계에서 소멸되고 말았다.

FIN

마사토라는 존재는 이 세상에서 사라졌다.

하지만 설령 죽더라도, 소멸되더라도, 소생마법이나 소생 아이템으로 되살아날 수 있다. 이곳은 그런 게임 세계다.

그런고로 아까 있었던 일 같은 것은 깔끔하게 잊기로 했다.

"그럼 다들 자리에 앉으렴. 아침을 먹자꾸나. 잘 먹겠습니다."

"""잘 먹겠습니다~."""

여관 1층. 숙박객용 식당에서 그들은 아침 식사 타임을 가졌다.

서양 느낌이 물씬 나는 실내에는 화려한 테이블 세트가 놓여 있었다. 어제 이 여관에 묵은 손님은 마사토 일행뿐이었기에, 이 식당 또한 그들이 전세를 낸 것처럼 이용하고 있었다.

"오늘도 된장국 먹고 기운 팍팍 내야지! 역시 이걸 안 먹으면 내 마법은 팡팡 터지지를 않는다니깐! 내 MP공급원은 된장이라고 해도 과언이 아냐!"

"저도 마마 씨가 말들어주는 아침밥을 먹게 된 후로 아이템 크리에이션의 성공률이 높아진 것 같은 느낌이 들어요! 저, 밥 더 먹고 싶어요! 그래도 될까요?!"

"물론이야. 잔뜩 있으니까 많이 먹으렴. ……자, 마 군도 많이 먹어."

"으, 응……."

그들은 따끈따끈한 밥이 담겨 있는 도자기 냄비에 둘러앉아서 다 같이 아침 식사를 먹고 있었다.

별 생각 없이 주위를 둘러보니, 이곳은 서양풍 판타지 스타일 MMO에서 흔히 나오는 여관이며, 창밖에는 전사와 마법사들이 걸어 다니고 있었다.

……하지만 눈앞에는 쌀밥, 된장국, 생선구이, 조미김이 놓여 있으며, 마사토 일행은 그것을 젓가락으로 먹고 있다.

'……뭐가 어떻게 되어가고 있는 거야……?'

마사토는 그런 생각을 했다. 안 할 수가 없었다.

그렇다고 불만인 것은 아니었다. 이런 판타지 게임 안에서 익숙한 일본식 아침 식사를 먹을 수 있는 것은 좋은 일이다. 덕분에 몸 상태는 항상 좋았다. 그래서 마사토도 불만을 늘어놓을 생각은 없었다.

불만을 늘어놓을 생각은 없지만…… 그래도, 역시…….

'……마음이 복잡하네…….'

말로 형용할 수 없는 심정의 원인이 되고 있는 이는 바로 이 사람이다. 이 사람의 일거수일투족이 하나같이…….

"어머, 마 군. 왜 그러니? 이 엄마한테 할 말이라도 있어?"

"······아무것도 아냐."

마마코는 별생각 없이 자신을 쳐다보는 마사토의 시선을 눈치채고 그렇게 말했다. 그러자 마사토는 대충 둘러대면서 식사를 계속했다.

그렇게 아침식사를 마친 후······.

"그럼 설거지를 하고 올게."

"저도 도울게요! 마사토 씨와 와이즈 씨는 쉬고 계세요!"

집안일은 절대 양보하지 않는 마마코, 그리고 그런 마마코를 돕고 싶어 하는 포타가 식기를 들고 주방으로 향했다. 「고마워」, 「잘 부탁해~」 마사토와 와이즈는 도울 생각이 없는 건 아니지만, 포타를 방해하고 싶지는 않았기에 그냥 맡기기로 했다.

마사토는 찻잔을 향해 손을 뻗었다. 그리고 찻잔에 담겨있는 뜨거운 녹차를 홀짝이면서 설거지 중인 어머니의 등을 별 생각 없이 쳐다보더니······ 갑자기 땅이 꺼져라 한숨을 내쉬었다.

와이즈는 그런 마사토를 미심쩍다는 듯이 쳐다보았다.

"······아침부터 한숨 좀 쉬지 말아줄래? 나까지 기분이 나빠질 것 같단 말이야."

"기분 나빠질 것도 없잖아. 남의 마음을 후벼 파지 말라고."

"아, 예~. 그러시군요~. 그것보다, 기운이 없어 보이네. 무슨 일 있어? ······혹시 또 얼간이 같은 생각에 빠져 있는 건 아니지?"

"얼간이 같은 생각이 대체 뭔데?"

"그러니까……『왜 엄마가 게임 안까지 따라온 거냐고! 진짜 못해먹겠네!』같은 생각 말이야."

"그건…….'"

솔직하게 말하자면, 마사토가 그런 생각을 전혀 하지 않았던 것은 아니다.

어머니를 동반한 게임 속 전송. 그것이 마사토에게 일어난 일이다.

게임 속 세계로 전송된 것 자체는 덩실덩실 춤을 출 만큼 기쁜 서프라이즈지만, 엄마인 마마코까지 따라온 것은 정말 뜻밖이었다.

하지만 상황 자체는 어느 정도 이해하고 있다.

"이 게임은 모자지간이 2인 1조로 참가하는 거라는 건 나도 알고 있어. ……대체 어떻게 풀다이브를 구현한 건지는 전혀 모르겠지만……."

"참가를 한 이상, 부모자식 간의 사이가 원만해질 때까지는 클리어할 수 없어. ……그것도 이해하고 있는 거지?"

"조건적으로 보면 데스 게임에 가깝다는 것도 알아."

"그럼 빨리 마더콤이 되는 게 어때? 그럼 바로 클리어할 수 있잖아."

"그렇지 않거든? 이 게임을 운영하는 정부도 그런 걸 바라지는 않을 거라고!"

"그럼 평범하게 사이좋은 모자지간이 되어서 빨리 클리어하면 되겠네. 안 그래?"

"네 말이 옳기는 한데……. 그『평범』이라는 게 성가시단 말이야……. 너무 막연해서 이해가 안 된다고나 할까……."

마사토는 눈앞의 공간을 손가락으로 터치해서 스테이터스 화면을 출현시켰다.

그 화면에 표시되어 있는 마사토의 직업은【평범한 용사】다. 어머니인 마마코와 평범하게 사이좋고, 평범하게 행복한, 그런 삶을 사는 것이 사명이니 어쩌니…… 같은 말을 게임 초기에 강제적으로 직업이 정해질 때 들었던 용사다.

어쩌면 그것은 세계를 구하는 것보다 더 어려운 일일지도 모른다는 생각이 들었다.

'시도를 해보려고 해도, 시나리오 같은 것도 없으니 전부 알아서 하라는 거잖아…….'

마사토가 처한 상황을 Q&A 식으로 간단하게 설명해보자면…….

Q : 부모자식의 사이가 좋아지려면 구체적으로 어떻게 하면 됩니까?

A : 플레이어의 재량에 맡깁니다.

Q : 그걸 위한 이벤트 같은 건 준비되어 있습니까?

A : 현재는 β판이기 때문에 없습니다. 정식 서비스 때 추가될 예정입니다.

……인 것이다.

어이, 잠깐만 있어봐. 완전 못해 먹겠네, 하고 외치면서 전력으로 때려치우고 싶지만…….

실은 마사토 또한 나름대로 생각하는 바가 있기는 했다.

'예를 들자면…… 내가 엄마를 지킬 수 있게 된다면 가능할 것도 같아.'

사랑하는 엄마는 내가 지키겠어! 같은 건 어디까지나 아니다.

이미지하자면 아버지와 할머니의 관계에 가깝다. 나이가 든 할머니를 배려해 대신 짐을 들어준다거나, 안부를 묻는 말을 건네는 것이다. 그런 건 나쁘지 않다고 생각한다.

어폐가 있는 표현일지도 모르지만, 강해진 자신이 약한 상대방에게 도움의 손길을 상냥하게 내미는 느낌으로 말이다.

그런다면 심정적으로 나쁘지 않을 것 같았다. 마사토 또한 납득이 될 것이다. 실천을 할 수도 있을 것이다.

하지만…….

그런 행동을 취하기 힘든 이유가 존재한다고나 할까…….

"마 군, 와이즈 양. 기다리게 해서 미안해. 나도 금방 준비 할게."

마마코가 주방에서 나왔다. 설거지 및 뒷정리를 마친 마마코는 「마마 씨, 자요!」, 「고마워」 포타에게서 장비품을 받아서 착용했다.

앞치마를 벗고 엘보 가드를 장비했으며, 허리에는 웨스트 가드를 장착했다.

그리고 만물의 어머니 되는 대지의 성검 테라디마도레와 만물의 어머니 되는 바다의 성검 알투라, 이 두 자루의 성검을 차는 것으로 준비가 완료됐다.

"그럼 마 군, 오늘도 이 엄마와 함께 모험을 하자! 오~!"

"으, 응…… 오……."

그렇게, 마사토는 혹독한 현실에 직면한 것이다.

필드에 나선 직후의 일이다.

"……앗! 적이에요! 조심하세요!"

포타가 몬스터를 발견하더니, 그렇게 외치면서 바로 대피했다. ……비전투로 계정을 등록한 포타는 전투에 참가할 수 없는 것이다.

싸울 수 있는 건 마사토, 마마코, 와이즈, 세 명 뿐이다.

"좋아, 가자! 전투 준비!"

"응! 이 엄마도 힘낼게!"

"초절정 여고생 현자인 내 마법만 믿어!"

파티의 편성은 검을 사용하는 공격 담당 두 명, 그리고 공격과 회복과 보조를 혼자서 담당하는 올라운더 마법사가 한 명이다. 그런 소수정예로 승부를 펼쳤다.

적은 메뚜기나 쥐 같은 것들이 세트를 이룬 몬스터 무리다.

두 진영이 서로의 존재를 인식한 순간 싸움의 막이 올랐다.

"흐흥! 내 마법으로 일망타진해주겠어! ……스파라 라 마지아……."

가장 먼저 나선 이는 와이즈였다. 마법서를 출현시켜서 펼치더니 주문 영창을 시작했다.

하지만 유감스럽게도 적이 한 발 빨랐다. 거대 메뚜기가 선제공격을 펼쳤다.

……부이이이이이이이이잉…….

거대 메뚜기는 날개를 진동시키면서 기묘한 소리를 주위에 퍼뜨렸다.

마사토에게는 효과가 없었다. 마마코에게도 효과가 없었다. 물론 포타에게도 효과가 없었다.

와이즈는 마법을 봉인 당했다.

"……마…… 맙, 소……사……."

"충격 좀 받지 마! 네가 매번 겪는 일이잖아! ……그러니까, 저 녀석들은 나한테 맡겨어어어어엇!"

짐덩이가 된 와이즈의 옆을 지나친 마사토가 돌격을 감행했다. 위대한 천공의 성검 필마멘트를 움켜쥐더니 적을 베기 위해 앞으로 나선 것이다.

필마멘트는 공중의 적에게 특화된 검이지만 지상의 적을 쓰러뜨리는 것도 물론 가능하다. 투명한 칼날이 거대 메뚜기를 향해 휘둘러졌다.

하지만…….

"에잇!"

마사토의 공격이 명중하기 직전, 나이에 어울리지 않는 귀여운 기합 소리가 들렸다.

그 순간, 몬스터들의 발치에서 바위로 된 칼날이 솟아나더니 그 자리에 있는 모든 적을 그대로 꿰뚫었다.

그 뒤를 이어, 자동 소총의 일제 사격을 연상케 하는 대량의 물방울 탄환이 몬스터의 몸을 벌집으로 만들었다.

노도와도 같은 전체 공격이 멎은 후, 자리에는 몬스터가 남아 있지 않았다. 그저 몬스터의 몸 안에서 생성된 『젬』이라 불리는 주사위 모양의 물체만이 주위에 흩뿌려져 있었다.

그렇다. 몬스터 무리가 소탕된 것이다.

"마 군, 나 좀 봐줘! 이 엄마가 해냈어!"

몬스터들을 쓸어버린 사람은 바로 마마코다. 오른손에는 활활 타오르는 불꽃같은 색깔을 띤 검을, 왼손에는 짙디짙은 푸른색을 띤 검을 쥔 마마코는 만면에 미소를 지으며 껑충껑충 뛰고 있었다. 그러자 마마코의 멋들어진 가슴이 위아래로 마구 흔들렸다.

그리고, 자신만만하게 마법을 펼치려다 마법을 봉인당해 아무것도 못한 와이즈, 그리고 의욕을 불태우며 돌격했지만 아무것도 못한 마사토가 그 모습을 쳐다보고 있었다.

"……저기 말이야."

"……눈물 날 것 같으니까 아무 말도 하지 마."

일반공격이 전체공격에 2회 공격인 마마코는 그야말로 압도적인 화력을 자랑했다.

그렇기에 마사토와 와이즈가 활약할 기회는 없다. 그렇다. 눈을 씻고 찾아봐도 없는 것이다.

그야말로 처량했다.

마사토와 와이즈는 무릎을 끌어안은 채 나란히 앉아 있었다. 이런 기분일 때는 이런 자세를 취하면 마음이 진정되었다.

　참고로 포타는 환금용 소재인 젬을 열심히 줍고 있었으며 마마코도 그런 포타를 돕고 있었다. 와이즈는 그 모습을 멍하니 쳐다보면서 입을 열었다.

　"내 생각인데 말이야……. 이대로는 진짜로 위험할 것 같지 않아? 뭐랄까, 내 존재 의의를 잃을 것만 같거든."

　"이런 우연도 다 있네. 나도 그래. ……빨리 손을 쓰지 않으면 진짜로 위험하겠어……."

　전투가 벌어졌다 하면 마마코의 독무대가 됐다. 마사토는 아무것도 하지 않는 것이다.

　이것은 좋지 않은 상황이다. 전투에서는 아무런 문제도 없지만, 아니 오히려 수월하지만, 마사토의 정신이 막대한 대미지를 입었다.

　마마코에 대한 열등감에서 비롯된 반발이나 화풀이…… 그런 어린애 같은 것은 졸업했다고 생각하지만, 이래서야 또 재발할지도 모른다.

　게다가…….

　'이대로 가다간 내가 엄마를 지키는 건 절대 무리야…….'

　마사토는 부모자식이 사이좋게 지내기 위해서 필요한 것은 상냥함이나 배려 같은 것이라고 막연하게 생각했다.

　하지만 그런 마음을 실제 언동으로 표현하기 위해서는 자신감이 필요하다.

누구라도 알고 있는 것…… 어머니에게 상냥하게 대한다거나, 배려하는 등의 긍정적인 행동을 실천에 옮긴다. 그리고 그러는 자기 자신이 올바르다고 인정하게 하는 것이 바로 자신감이다.

바로 그런 자신감의 근거가 되는 것이 바로 힘이라고 마사토는 생각했다.

아무튼, 우선은…….

"……강해져야 해."

마사토는 그렇게 중얼거린 후, 자신이 한 말을 곱씹더니…….

"푸풉. 『강해져야 해』? 남자애가 진지한 표정으로 그딴 소리를 하니, 완전 웃기네~."

"왜, 왜 웃는 건데?! 여자애들이 이럴 때마다 진짜 열 받는다고!"

옆에서 실소를 흘리는 와이즈를 쓰러뜨리고 경험치를 얻어서 레벨업을 하는 것은 어떨지, 마사토는 진지하게 생각해봤다.

오전에는 생활자금 확보를 위한 전투를 했다. 삶을 영위하기 위한 일과라 할 수 있는 작업을 마친 후에 문득 고개를 들어보니 어느새 태양이 하늘 한가운데에 떠있었다. 정오가 된 것이다. 마사토 일행은 점심 식사를 하기 위해서 마을로 돌아갔다.

현재 마사토 일행이 거점으로 삼고 있는 마을은 이름 없는 역참 마을이다. 스타트 지점인 카산 마을에서 내륙부의 주요 도시로 이어지는 길 도중에 존재하는 중계지점이다. 민가나 상점은 적지만, 길을 오가는 여행자의 숫자는 상당했으며 적당히 활기도 있었다.

자…….

"그럼 점심은 어떻게 할까?"

"으음…… 대충 때우자. 근처 노점에서 파는 걸 사서 모험가 길드의 테라스에서 먹는 건 어때?"

"그것도 괜찮을 것 같네. 거기에는 드링크바도 있잖아."

"일정금액만 내면 음료수를 무제한으로 마실 수 있어요! 많이 마시면 이득이에요!"

"그거 참 괜찮네. 그럼 그렇게 하자."

만장일치로 모험가 길드를 음식 반입 가능한 패밀리 레스토랑 느낌으로 이용하기로 결정한 마사토 일행은 노점에서 패스트푸드를 산 후, 모험가 길드로 향했다.

모험가에게 다양한 이익을 제공하는 협동조합인 모험가 길드의 사무소는 이 게임 세계의 방방곡곡에 존재한다. 역참 마을의 길드는 주요 마을의 도시에 비해 소규모지만, 업무 내용 자체는 동일했다.

마사토 일행이 길드 건물에 들어가자, 안에는 모험가들이 잔뜩 있었다. 건장한 육체를 지닌 전사, 로브를 걸친 마법사 등 다양한 직업을 지닌 이들로 붐비고 있었다.

"꽤 혼잡하네……."

"점심시간이잖니……. 빈자리는……."

"아, 저쪽에 있는 테이블이 방금 비었네."

"제가 자리를 확보할게요! 저한테 맡겨주세요!"

체구가 작은 포타가 그렇게 말하고 인파를 헤치며 달려가더니, 재빨리 그 빈 테이블을 확보했다.

재빠르고 귀여운 애다.

포타 덕분에 자리를 확보한 일행은 각자가 마실 음료수를 챙긴 후, 테이블에 둘러앉았다.

"그럼 식사를 하자."

"""잘 먹겠습니다~.""""

거슬리지 않을 만큼 주위가 적당히 시끌벅적한 가운데, 마사토 일행은 즐거운 점심 식사 타임을 가졌다.

운이 좋게도 마사토 일행이 확보한 자리는 퀘스트 의뢰서 게시판 바로 옆이었다. 마사토는 햄버거를 먹으면서 퀘스트 의뢰 서류를 쳐다보았다.

거기에 게시된 의뢰서는 지정된 몬스터를 쓰러뜨리는 토벌 퀘스트, 특정 아이템을 전달하는 제출 퀘스트 등 대부분 일반적인 것들이었다.

'애들만 강해질 수 있는 퀘스트가 있으면 좋겠지만…….'

일반적인 퀘스트에서는 동료 전원에게 경험치가 배분되기 때문에 마마코도 덩달아 강화되고 만다. 그래서는 마사토가 마마코를 따라잡을 수 없을 것이다.

그렇다면 보수를 노릴 수밖에 없다. 아이들만을 대상으로 한 강화 아이템을 손에 넣거나, 마사토만을 강화하는 아이템을 손에 넣을 수 있는 퀘스트는 없을까?

그런 생각을 하며 게시판을 쳐다보던 마사토의 눈에…….

"……어?"

어떤 의뢰서가 들어왔다.

【학교의 시험 운용에 참가할 분 모집】

꽤 독특한 의뢰서였다. 개요는 보다시피 학교에 다니는 것이다. 학생이 되어 학교생활을 해주세요, 라는 의뢰 같았다.

참가자는 수업에 참가하며, 스테이터스 업과 스킬 습득에 필요한 『SP』라 불리는 포인트를 획득할 수 있다고 한다. 게다가 그 포인트로 애들을 강화하는 아이템을 입수하는 것도 가능한 것 같았다.

그렇다. 마사토가 찾는 것은 바로 이런…… 어.

"이거야! 바로 이거라고!"

원래는 해선 안 되는 행동이지만, 마사토는 게시판에서 의뢰서를 떼더니 테이블 한가운데에 펼쳐 놨다. 동료들에게 보여주려는 듯이 말이다.

"이것 좀 봐! 완전 최고 아냐?! 이거 하자! 응?!"

"가, 갑자기 무슨 소리를 하는 거야……. 이건…… 어? 학교?"

"학교에 가서, 수업을 들으며, SP를 손에 넣는 거네요……."

"저기, 마 군. SP가 뭐니? 이 엄마는 생각이 안 나네."

"레벨이 오를 때마다 조금씩 받는 포인트 있잖아! 그게 SP야!"

"아, 그러고 보니…… 엄마는 그게 뭔지 몰라서 그냥 안 쓰고 모아뒀는데……."

"뭐어?! 레벨이 꽤 올랐는데 전혀 안 썼어?! 그런데도 이렇게 강한 거야?!"

어머니라는 생물은 자신이 모아둔 포인트를 바로 쓰지 않고 일단 모아두는 습성이 있다. 그러니 SP를 그냥 방치해두는 것도 이해는 됐다. 아무튼…….

"어이! 이거 하자! 엄청난 기회라고!"

마사토는 열렬한 목소리로 그렇게 외쳤다. 다들 참가할 거라고 확신하고 있는 듯한 목소리였다.

"으음…… 나는 패스할래."

하지만 와이즈는 관심이 없어 보였다.

"어이, 무슨 소리를 하는 거야?! 패스하지 말라고! 너, 빠보냐?!"

"누가 빠보라는 거야?! 뉘앙스가 귀여워서 그냥 봐주고 넘어갈 뻔 했네! ……그것보다, 내 생각인데 말이야."

"으, 응……?"

"우리는 이 게임에 참가한 덕분에 학업이 면제되고 있잖아? 그런데 게임 안에서 학교에 다닌다는 건 말도 안 되지 않아? 솔직히 말해 귀찮단 말이야."

"그, 그 심정은…… 이해 못하는 것도 아니지만……."

마사토 일행이 현재 풀다이브 식으로 참가하고 있는 이 게임의 운영자는 일본정부이며, 테스트 플레이어로서 초대된 마사토 일행에게는 다양한 의무가 면제되고 있다.

그리고 모처럼 학업이 면제 됐는데 마사토는 게임 안에서 일부러 학교에 다니려 하는 것이다. 사실 마사토 또한 와이즈와 마찬가지로 학교에 가는 게 귀찮기는 하지만…….

"저기, 저는 좀 신경이 쓰이는 부분이 있어요!"

포타가 그렇게 말했다.

"으, 으음, 그게 뭔데……?"

"이 모집에는 애들만 참가할 수 있는 것 같아요! 그러니까 마마 씨만 참가 못해요! 그건 좋지 않다고 생각해요!"

"어…… 그래?"

"예! 여기 그렇게 적혀 있어요!"

여기예요! 하고 말한 포타는 의뢰서 아래쪽을 손가락으로 가리켰다. 그곳에는 【초등학생부터 고등학생까지의 분들만 참가할 수 있습니다】하고 조그마한 글씨로 주의사항이 적혀 있었다. 그렇게 조그마한 글씨를 누가 읽겠냐고.

그렇다면 마마코는 이 퀘스트에 참가할 수 없다. 즉, 다른 세 사람만 참가가 가능한 것이다.

아이들만 강화되는 것이니 마사토로서는 바라마지 않는 퀘스트지만…….

그래도 마음에 걸렸다. 마사토 일행은 마마코를 포함해 총 4인 파티다. 아무리 엄마라고 해도, 한 명만 내버려두고 다른 셋만 퀘스트에 참가하는 게 마음에 걸렸다…….

바로 그때였다.

"어머, 괜찮아. 마 군과 와이즈 양, 포타 양. 셋이서 참가하면 어떻겠니?"

마마코는 아무렇지도 않다는 듯이 그렇게 말했다.

"뭐? ……엄마, 그래도 되겠어?"

"물론이지. 괜찮아."

"아니, 하지만…… 엄마는 나와 함께 모험이 하고 싶어서 여기에 온 거잖아? 그런데 엄마만 빼놓고 우리끼리만 참가하는 건…… 좀…….."

마사토가 미안한 마음을 드러내듯 표정을 굳히자…….

마마코는 그 어떤 그늘도 지우는 태양 같은 미소를 지었다.

"이 엄마는 말이지? 마 군이 하고 싶은 걸 전부 하게 해주고 싶어. 엄마에게 가장 중요한 건 마 군의 마음이야."

어머니는 흔들림 없는 어조로 그렇게 말하며 아들의 우려를 간단히 불식시켰다.

"……정말, 그래도 되는 거지?"

"응. 마 군이 하고 싶은 대로 해. ……포타 양도 나를 신경 쓰지 않아도 돼. 학교에 가보고 싶지? 자, 솔직한 마음을 말해봐. 응?"

"으으으…… 저, 저는 학교에 가보고 싶어요!"

"후후, 참 잘했어요. ……그럼 와이즈 양은……."

마마코가 말을 걸려고 한 바로 그때였다.

"어어어어어어어어어어어어어어어어어어어엇?!"

여자애가 지어선 안 될 것 같은 표정으로 의뢰서를 노려보며 벌떡 일어서서 괴성을 지르고 있는 이 녀석은 아마 와이즈일 것이다. 그렇다. 맙소사. 와이즈가 맞다.

"어?! 어어어어어어어엇?! 마마마, 마사토! 저기, 마사토!!"

"제 이름을 부르지 말아 주시겠어요? 남들이 아는 사이라고 오해하면 부끄러울 것 같으니까요."

"그딴 걸 신경 쓸 때가 아니거든?! 의뢰서의 이 부분 좀 봐! 보란 말이야!"

"하아, 대체 왜 그러는 건데……."

전력을 다해 모르는 사람인 척 하고 싶지만 어쩔 수 없다. 나는 콧물마저 뿜을 것 같을 정도로 경악한 와이즈가 손가락으로 가리킨 곳을 쳐다보았다.

주의사항이 적힌 부분의 하단 여백에는…….

【SP로 입수할 수 있는 아이템의 예시 :『힘의 스테마』,『프레베니레』,『봉제인형』등.】

그런 문장이 어찌된 영문인지 손 글씨로 쓰여 있었다.

"으음…… 이게 어쨌다는 건데?"

"그걸 몰라서 묻는 거야?! 프레베니레야! 프레베니레!"

"나, 프레베니레가 뭔지 모르는데……. 그럼 아이템 쪽에 해박한 포타 님, 설명 부탁드리옵니다."

"예! 프레베니레는 마법 봉인을 완전히 막아주는 액세서리예요! 이걸 장비하면 마법이 봉인 당할 걱정을 하지 않아도 돼요!"

"그래! 즉, 나한테 꼭 필요한 장비품이야!"

"그, 그렇구나······. 와이즈가 정신이 나간 것처럼 흥분하는 것도 납득이 돼······."

"그리고 힘의 스테마는 공격력을 상승시켜주는 문양이에요! 문신스티커처럼 몸에 붙이는 장비품이죠!"

"오오, 그렇구나! 그거 마음에 드는걸!"

"그, 그, 그리고, 봉제인형은 아이템 크리에이션의 성공률을 올려주는 엄청난 아이템이에요! 저는, 저는, 봉제인형이 가지고 싶어요!"

포타는 조그마한 손을 꼭 말아 쥐더니 그 자리에서 깡충깡충 뛰었다. 이 애는 진짜 너, 무, 귀, 여, 워.

교환 아이템은 마사토 일행에게 꼭 필요한 것들이었다!

"역시 최고네! 이 모집에 응하기만 하면 우리 셋이 가지고 싶어 하는 아이템을 손에 넣을 수 있어······. 우리 셋이······ 어?"

잠깐만.

획득 가능한 아이템의 예시로서 적혀 있는 물건들은 하나같이 마사토 일행에게 꼭 필요한 물건들이었다.

'으음······ 작위적인 느낌이 드는데 말이야······.'

아무튼, 우리의 뜻은 하나로 통일된 것 같았다.

"그럼 다 같이 퀘스트 장소로 가보자. 오~!"

"프레베니레에에에에에엣! 아이원츄우우우우우우우우!"

"와이즈. 그 정신 나간 듯한 텐션을 봉인해. 너와 동료 취급 당하는 것조차 부끄러울 지경이라고. 포타조차도 약간 질렸단 말이야."

"아, 아뇨! 저저저, 저는 괜찮, 은데…… 앗, 마차가 왔어요!"

짜증나는 녀석과 함께 역참 마을의 입구에서 한동안 기다렸을 즈음, 길을 따라 존재하는 마을을 순회하는 승합마차가 마사토 일행 앞에 정차했다. 쇠뿔도 단숨에 빼라는 말도 있으니, 그들은 말 네 마리가 끄는 쾌속마차를 타고 목적지에 향하기로 했다. 마사토 일행은 바로 마차에 탔다.

마차의 짐칸 부분에는 전철처럼 좌우 측면에 벤치형 좌석이 설치되어 있었다. 그리고 마차 안에 있는 손님은 두 명 뿐이었다.

그 손님을 언뜻 쳐다본 마사토는 무심코 입을 열었다.

"우와…… 엄청난 미소녀네……."

푸른색 장발을 지닌 소녀가 있었다.

눈을 살짝 내리깔고 있는 그 소녀의 얼굴은 기품으로 가득 차 있었다. 혹시 지체 높은 가문의 아가씨인 걸까? 아니면 공주님? 아무튼 미소녀다.

그 소녀는 순백색 옷을 단정하게 입고 있었으며, 옆에는 꽤 손때를 탄 것으로 보이는 심플한 지팡이가 놓여 있었다. 장비품으로 볼 때 그녀는 신관이나 치유술사, 즉 전투에서 회복을 담당하는 힐러 같았다.

그녀의 옆에는 소녀와 흡사한 외모를 지닌 성인 여성이 있었다. 저 소녀의 어머니인 걸까. 마마코만큼은 아니지만 꽤 젊고 아름다운 사람이었다.

그 여성은 금실로 화려한 수가 놓여 있는 비싸 보이는 옷을 입고 있었다. 돈을 밝히는 대주교가 입을 듯한 옷이었다. 지팡이에도 보석이 잔뜩 박혀 있었다.

그래도 옆에 있는 소녀가 더 눈길을 끌고 있었다.

'청초하고 가련한 미소녀 힐러…… 좋네……. 히로인의 본보기 같은 느낌이야.'

용사의 옆에 서기에 걸맞은 이는 바로 저런 미소녀일 것이다. 용사의 어머니가 아니라 말이다. 그렇다. 절대 아니다.

만약 저 미소녀 힐러가 파티에 들어오고 마사토와 사이가 좋아진다면, 그야말로 꿈만 같은 나날이…….

"마사토, 뭐하는 거야? 빨리 타란 말이야."

"어? 아, 응. 미안해."

저 소녀를 뚫어져라 쳐다볼 때가 아니었다. 뒤편에 있는 와이즈에게 재촉을 당한 마사토가 마차에 탑승했다.

마사토 일행은 힐러 모녀로 보이는 두 사람의 맞은편에 앉았다. 앞쪽부터 포타, 마마코, 그리고 등을 떠밀려 엄마의 옆에 앉을 수밖에 없었던 마사토가 차례대로 앉아 있었다. 또한 그 옆에는 「내가 갈 테니까 기다리고 있어! 프레베니레에에엣!」 하고 외쳐대는 거동수상자가 앉아있었다.

손님을 태운 마차가 달리기 시작했다.

"이제 도착할 때까지 기다리기만 하면 되겠어."

"그래. ……기분 좋게 흔들리고 있는 마차에 타고 있으니……
이 엄마는 왠지 졸리는걸."

"그럴 거야. ……뭐, 이미 꿈나라로 떠난 사람이 두 명 정도
있으니까 말이지."

방금까지만 해도 난리법석을 떨던 와이즈는 벌써 꾸벅꾸벅
졸기 시작했다. 마마코의 옆에 있는 포타 또한 졸기 시작했는
지 고개를 꾸벅거리고 있었다.

마마코는 포타를 살며시 안더니 그녀의 머리를 자신의 무
릎 위에 올려놓았다.

"우후후. 포타 양은 잠들었네. ……그럼 마 군도 누울래? 얼
마 전처럼 이 엄마의 무릎을 베고 쿨쿨~ 자는 거야."

마마코는 자신의 허벅지를 손바닥으로 두드리며 자기 무릎
을 베고 한숨 자라고 말했다.

마사토는 마마코의 무릎을 베면 숙면을 취할 수 있다는 걸
알기에 무심코 시키는 대로 할 뻔 했지만…… 자, 잠깐만 있
어봐.

"무, 무슨 소리를 하는 거야! 무리거든?! 말도 안 되거든?!
그리고 『얼마 전처럼』 같은 괜한 소리 좀 하지 말아줄래?!
……그것도 하필이면 이런 데서……."

남이 이런 이야기를 듣기라도 하면 완전 최악일 것이다.

마사토가 힐끔 쳐다보니…… 맞은편에 앉아있던 미소녀는
손으로 입가를 가린 채 기품 넘치는 웃음을 흘리고 계셨다.
방금 말을 들은 게 틀림없었다. 우와, 다 끝났어.

바로 그때, 그 소녀가 갑자기 마사토에게 말을 걸었다.

"어머님과 사이가 참 좋으신 것 같네요."

"어…… 아, 그, 그게! 딱히 그렇지는 않아! 딱히 사이가 좋지는 않다고!"

"무슨 소리를 하는 거니? 마 군과 엄마는 정말 사이가 좋잖아. 얼마 전에도 이 엄마와 함께 온천을 즐겼으면서?"

"우와아아아아앗?! 괜한 소리 좀 하지 마! 남이 그런 말을 들으면 이상한 오해를……!"

"모자지간이 함께 온천을 즐긴 건가요? 정말 멋지군요! 참 사이가 좋으시네요!"

"……뭐?"

우와, 애 뭐야, 완전 기분 나빠, 같은 소리를 하는 듯한 눈길로 쳐다볼 줄 알았더니 소녀는 진심으로 감탄한 것 같았다. 감사하기 그지없었다. 그녀의 마음이야말로 정말 멋졌다.

천사라고 해도 과언이 아닌 소녀가 불쑥 입을 열었다.

"아, 그러고 보니 아직 인사를 안 드렸군요. 저는 메디라고 해요. 테스트 플레이어죠. ……혹시 여러분도……."

"아, 맞아. 우리도……."

"응. 우리도 테스트 플레이어야. 나는 마마코. 그리고 내 오른편에 있는 애가 아들인 마사토. 잠든 애들은 와이즈 양과 포타 양이야. 잘 부탁해~."

"자, 잠깐만, 엄마. 지금 내가 대답을 하려고……."

"어머나, 그쪽 분들도 테스트 플레이어였군요. 그럼 저도 인사를 해야겠네요. 만나서 반가워요. 저는 메디의 엄마랍니다. 이곳에서는 메디 어머니라고 불러줬으면 해요. 잘 부탁드려요."

마사토의 말을 끊으며, 메디 어머니도 인사를 했다. ……분명 악의는 없겠지만, 마사토는 두 엄마에게 방해를 받고 말았다. 하아, 정말…….

인사를 마친 두 어머니는 그대로 대화를 나누기 시작했다. 그 내용은 게임 속 생활이 이렇고 저렇고 같은 주부 간의 잡담 급의 어머니 토크를 나누고 있는 것 같았다.

아무튼, 저 두 사람이 이야기꽃을 피운 것은 마사토로서도 잘된 일이었다. 기회를 잡았으니까 말이다.

'조, 좋아……. 메디에게 말을 걸어야지!'

마사토는 이참에 메디와 가까워지고 싶어 맞은편 좌석에 앉아서 미소를 짓고 있는 천사를 주목했다. 저 아름다운 얼굴을 지그시 응시하다보니…… 마차가 흔들릴 때마다 상당한 크기의 가슴이 출렁대는 광경이 눈에 들어왔지만…… 그, 그쪽은 쳐다보면 안 된다.

만반의 준비를 마친 마사토가 용기를 쥐어짜내면서 말을 걸려고 한 바로 그때였다.

두 어머니의 목소리가 들려왔다.

"어머나, 넷이서 파티를 이뤄서 모험을 하고 계셨군요. 저희는 단둘이서도 충분하지만, 역시 동료가 많은 편이 좋겠죠. ……그런데 지금까지 퀘스트를 몇 개나 달성하셨죠? 열 개? 아니면 스무 개?"

"아뇨, 그렇게 많지 않아요. 아직 다섯 개 정도밖에 못 했답니다. 그것도 겨우겨우……."

"어머, 그래요? 뭐, 그럴 거예요. 저희 모녀도 아직 서른 개밖에 달성 못했지만, 정말 힘들었답니다."

"벌써 서른 개나 달성하셨군요. 대단하시네요. 존경스러워요."

"딱히 존경받을 일은 아니랍니다. 하지만…… 모든 참가자 중에서 저희 모녀가 가장 뛰어날지도 모른다는 생각이 들기는 하네요. 오호호호!"

저 아줌마들 정말 시끄럽네. 특히 메디 어머니가 너무 시끄러워.

"아, 맞다! 괜찮다면 이 게임을 쉽게 진행하는 요령을 알려드릴까요?!"

"그런 요령이 있나요?"

"네. 제가 시키는 대로 하기만 하면 된답니다. 전혀 어렵지 않아요. 제 딸도 말이죠. 제가 시키는 대로만 했더니 정말 강해졌답니다. 그러니, 어떤가요?"

"으음…… 마음만 감사히 받아둘까 싶네요……."

"사양할 필요 없어요. 실은 알고 싶죠? 그렇죠?"

"으, 으음……."

메디 어머니의 기세에 밀린 마마코가 마사토의 옷을 몰래 잡아당겼다.

도움을 청하는 것 같은데 나도 별 뾰족한 수가…….

아니다. 어쩌면 이것은 기회일지도 모른다. 문득 그런 생각이 든 마사토가 과감하게 어머니 토크에 뛰어들었다.

"아, 으음, 저기 말이죠. 여쭤보고 싶은 게 있는데요."

"어머나, 아드님은 관심이 있나 보네. 그럼 우선 기본적인 태도부터…….'

"아, 아뇨! 그런 게 아니라……! ……으음, 저기…… 두 분은 행선지가 어떻게 되는지 좀 궁금해서요."

말은 그렇게 했지만 솔직히 말해 마사토가 관심을 가지고 있는 것은 어디까지나 메디의 행선지다.

메디 어머니는 불만 섞인 표정을 짓더니 솔직하게 대답했다.

"우리 행선지? 그야 물론 학교의 마을 『하하웨』*¹야. 그곳에 있는 학교에 메디를 입학시킬 거란다."

"어, 그런가요? 그럼 저희와 같네요!"

마사토 일행과 메디 일행— 아니, 지금은 마사토와 메디, 두 사람에게만 초점을 맞춰도 괜찮을 것이다. 아니, 분명 괜찮다. 틀림없다.

이 순간, 운명의 수레바퀴가 굴러가기 시작한 것이다.

우연히 같은 마차에 탄 소년과 소녀. 목적지가 같을 뿐만 아니라 목적 또한 같다.

그런 소년과 소녀는 절차탁마를 할 것이며, 그 과정에서 다양한 형태의 접근 및 접촉 또한 일어날 것이다. 그리고 이런저런 해프닝을 겪으며 항상 함께 지내리라.

#1 하하웨 일본어로 어머니의 높임말인 「하하우에(母上)」를 이용한 말장난. 발음상 「하하웨」에 가깝게 들리며 우리말로는 「어머님」 정도 되는 의미이다.

그리고 두 사람은 어느새 서로에게 끌리게 되고…… 저 부드러워 보이는 입술에 쪽…… 같은 일이 벌어질지도 모른다고!

'그렇게 될 수밖에 없는 상황이잖아! 틀림없어! 이제부터 나와 메디의 이야기가 시작되는 거야!'

마사토가 은근슬쩍 쳐다보니, 메디는 기대에 찬 미소를 짓고 있었다.

"그럼 저와 마사토 군은 같은 학교에 다니게 되는 거군요. ……우후후! 정말 고대돼요! 잘 부탁드려요!"

거봐! 거보라고! 메디도 마음이 있어! 마사토와의 이야기를 바라고 있는 거야!

시작되는 거야! 이야기는 이제부터 시작되는 거라고!

마차 안에서 흔들리며 약 한 시간 정도 갔을 즈음, 마사토 일행은 목적지인 하하웨에 도착했다.

이곳은 『학교의 마을』이라고도 불리는 곳이다. 그 호칭에 걸맞게 마을 중앙에 위치한 학교 건물이 이 마을의 심벌이다. 꼼꼼하게 구획정리가 되어 있는 이 마을의 대로를 따라 나아가자 곧 학교가 보이기 시작했다.

그곳은 왕궁처럼 장엄한 건물이며, 학생들은 이제부터 이곳에서 많은 것을 배우게 된다. 몸도 마음도 바짝 긴장되는…….

……느낌이 든다고 말하고 싶었지만, 긴장한 사람은 거의 없

었다.

"그러니까 말이죠. 부모자식이 함께 모험을 할 때는 역시 부모가 자식을 이끌어줘야 한답니다. 부모가 똑 부러지게 지시를 내리며 자식의 등을 밀어주는 게 중요하죠. 알겠어요? 육성방법을 정하는 사람은 바로 부모예요. 다른 누구도 아닌, 자신의 자식을 기르는 거니까 말이죠."

"아, 예…… 그렇군요……."

마차에서 내리기 전부터, 그리고 마차에서 내린 후에도 쭉……. 메디 어머니는 독자적인 교육론 같은 것을 한도 끝도 없이 늘어놓고 있었다. 마마코는 그 노도와도 같은 공세에 계속 휘말린 탓에 약간 핼쑥해졌다. 포타는 마마코를 감싸주고 싶은 것 같지만 끼어들지 못했고, 와이즈는 공기라도 된 척하고 있었다.

하지만 마사토는 그런 상황 같은 것은 안중에 없었다. 그것보다 더 중요한 게 있는 것이다.

메디가 천사 같은 미소를 지으며 마사토에게 말을 걸었다.

"마사토 군도 열다섯 살, 고등학교 1학년이군요. 실은 저도 그래요. 혹시 같은 반이 된다면 멋질 것 같아요."

"아, 응! 예! 그래요! 정말 멋질 것 같군요!"

들었어? 응? 들었지? 메디 천사님께서 말했어. 「같은 반이 된다면 루트 확정일 것 같아요」하고 말이야. ……뭐? 그런 말 안 했다고? 마사토한테는 그렇게 들렸는데 말이야.

옆쪽을 힐끔 쳐다보니 어깨가 닿을 것만 같을 만큼 가까운

곳에 그녀가 있었다.

이 거리가 바로 대답이다. 상대방이 마사토를 받아들이고 있는 게 틀림없다. 오케이 사인이 틀림없는 것이다. 분명하다. 확신마저 들었다.

'옆에 있는 애는 제 히로인이에요. 애인이죠. ……농담이야, 농담!'

하지만 그런 상황이 벌어질 수밖에 없는 상황이니 어쩔 수 없다. 마사토는 언제든 메디와 커플이 될 수 있도록 마음의 준비를 해뒀다.

이 이야기를 빨리 진행시키기 위해 마사토는 앞장을 서며 학교 안으로 들어갔다. 「자, 다들! 빨리 가자! 하하하!」 메디 어머니가 속사포처럼 늘어놓는 말 때문에 질려버린 이들에게 그렇게 말한 마사토는 【입학 신청을 하실 분은 이쪽으로】라는 안내에 따라 접수처로 향했다.

사무국의 누님에게 인사를 건넨 후, 바로 입학 신청을 했다.

"안녕하세요~! 입학을 하러 왔어요~! 내 미래를 위한 수속을 부탁드립니다~!"

"알겠습니다. 그럼 이 용지에 이름과 직업을 기입해 주십시오."

마사토는 용지를 받아서 기입을 했다. 이름은 【마사토】. 직업은 【평범한 용사】라고 적었다.

또한 와이즈와 포타, 그리고 메디도 기입을 마친 것 같았다.

"다들 적었니? 그럼 내가 제출하도록 할게. ……마 군, 와이즈 양, 포타 양, 메디 양, 이렇게 총 다섯 장이네."

"번거롭게 해서 죄송해요. 잘 부탁드릴게요."

"어머나, 공손하네. 메디 양은 참 행실이 바른 아이구나."

"음. 자연스러운 인사. 정중한 말투. 아름다울 뿐만 아니라 예의도 바르네. 진짜 완벽 그 자체인걸. ……그것보다…… 잠깐만 있어봐."

메디의 미모에 빠져 있던 마사토는 문득 눈치챘다.

용지를 모은 마마코가 그 다섯 장을 접수원에게 제출했다.

다섯 장?

"……어이, 엄마. 설마 엄마도 용지를 작성해서 낸 건 아니지?"

"……에헷☆" 메롱.

마마코의 혼신을 다한 얼버무림이 발동! 친어머니가 귀여운 척을 하는 모습을 보고만 마사토는! 「……쿨럭……」 어머어마한 대미지를 받았다. 죽을 것 같았다. 「아앗?! 왜 대미지를 받은 거야?!」 이유는 단순했다. 아들이기 때문이다. 어쩔 수 없잖아.

마마코까지 참가 신청을 했지만 역시 받아들여지지는 않았다. 참가자는 아이들로 한정되어 있는 것이다. 사무국 누님도 쓴웃음을 지으며 마마코의 신청서를 옆으로 쓱 빼놓은 후, 다른 서류를 체크한 다음에 통과 도장을 찍었다.

하지만 그 누님이 갑자기 움직임을 멈췄다.

"……어머? ……이 분들의 이름은…… 분명…… 아, 그렇구나."

"왜 그러시죠?"

"으음…… 메디 양은 아무런 문제도 없습니다. 신청이 통과

되었으니, 곧 있을 오리엔테이션에 참가해서 이 학교에 관한 간단한 설명을 들어주셨으면 합니다. ······하지만······."

"······저희는요?"

"마사토 씨, 와이즈 씨, 포타 씨, 그리고 마마코 씨께서는 오리엔테이션 전에 잠시 시간을 내주셨으면 합니다. 따로 이야기를 나누고 싶어 하는 분이 계셔서 말이죠."

사무국 누님이 그렇게 말했다.

메디 어머니는 그 말을 듣고 표정을 굳히더니 미심쩍어 하는 듯한 어조로 말했다.

"저기, 마마코 씨? 당신과 함께 다니는 아이들은 입학 전에 따로 호출을 당할 짓을 한 건가요? ······혹시 문제아예요?"

"아, 아뇨! 그런 건 아니에요!"

물론 그런 게 아니다. 이건 분명······.

"왔구나."

"왔나 보네."

"그런 것 같아요!"

마사토 일행은 자신들과 이야기를 나누고 싶어 하는 이가 누구인지 얼추 짐작이 되었다.

그리고 얼추 예상 대로였다.

직원의 안내에 따라 이사장실에 가보니 실내에는 관이 놓여 있었다.

"이런 곳에 관이 있네."

"우리 앞에 나타나는 관에는 거의 대부분 그 사람이 들어 있었어."

"맞아요! 이번에도 틀림없을 거라고 생각해요!"

"나도 너희와 같은 생각이야. ……와이즈 양, 부탁해도 되겠니?"

"오케이~. 내 마법으로 바로 살려낼게. ……스파라 라 마지아 펠 미라레…… 소생!"
_{리아니마토}

생명의 빛이 하늘에서 쏟아졌다. 죽은 자가 들어있는 관이 안개처럼 사라지더니, 그 안에 들어있던 이의 모습이 드러났다.

검은색 장발과 냉정한 인상의 외모를 지닌 상당한 미인이었다.

여성 이사장 느낌의 정장을 걸친 그 사람은 되살아나자마자 아무 일도 없었다는 듯이 몸을 일으키며 인사를 했다.

"이런이런, 섶을 지고 불 속으로 들어가려 하는 날벌레 여러분…… 아니, 친애하는 여러분. 바쁘신 와중에 이렇게 와주셔서 감사합니다."

"할 말 다 말해놓고 얼버무려봤자 아무 소용없다고요. 뭐, 당신답기는 하네요."

"자, 그럼 느닷없이 문제를 하나 드리겠습니다. 저의 이번 이름은 뭐라고 생각하죠?"

"그게…… 으음…… 시랏세 씨, 라든가?"

"좋아요. 그걸 채용하죠. 저는 시랏세. 정체불명의 이사장 대리라는 걸 알려드립니다."

그녀의 이름은 일단 시랏세인 걸로 해두겠다.

　그런 그녀의 본명은 시라세 마스미다. 정부 관계자인 그녀는 항상 시체 상태로 마사토 일행의 앞에 나타나며, 직업별로 다른 이름을 사용하는 성가신—「혹시 제가 성가시다고 생각했나요?」, 「아, 아뇨……」 좀처럼 얕볼 수 없는 인물이다.

　"여러분은 제가 시체가 되어 나타난다고 하는 서스펜스한 상황에 직면한 나머지 깜짝 놀라셨을 거라 생각합니다."

　"아, 그렇지는 않아요. 시랏세 씨는 매번 나타날 때마다 이해 안 되는 짓을 하잖아요."

　"말은 그렇게 하면서도 실은 신경이 쓰이실 여러분에게 해답을 알려드리도록 하죠."

　"아니, 진짜로 궁금하지 않은데요."

　성가실 뿐만 아니라 제멋대로인 시랏세는 창가에 놓인 집무 책상을 향해 걸어가더니…….

　그대로 그 책상과 동화했다.

　"……어?"

　시랏세의 상반신은 멀쩡했지만, 하반신은 책상이 되었다. 머릿속이 불가사의한 사람이니 드디어 반은 인간, 반은 책상인 괴상한 생물로 다시 태어나고 만 걸까?! 기분 나빠!

　하지만 진짜로 그렇게 됐을 리가 없다. 마사토는 곧 눈치챘다.

　"아, 혹시…… 버그예요? 실은 통과되면 안 되는 오브젝트를 지나다닐 수 있게 된 건가요?"

　"정답입니다. 그리고 이런 일도 벌어지고 있죠."

시랏세는 책상과 겹쳐진 상태에서 한 걸음 더 내디뎠다. 바로 그 순간…….

시랏세는 죽고 말았다. 다시 관에 IN한 것이다. 「우와, 사망 버그까지 발생하는 거구나」, 「어떻게 할까? 내버려둘 거야?」, 「그냥 되살려줘」 와이즈의 마법에 의해 되살아난 시랏세가 말했다.

"이렇게 된 겁니다. 어떻습니까?"

"어떻게 된 건지 얼추 알 것 같네요. 시랏세 씨가 아까 죽어 있었던 건 버그 탓인 거네요. 그리고 이 학교를 급하게 만드느라 버그가 곳곳에 잔뜩 있는 거고요."

"이해해주셔서 감사합니다. ……그럼 버그라는 이름의 무시무시한 밀실 살인 트릭이 밝혀졌으니 본론에 들어가도록 할까요. 자, 앉으시죠."

시랏세는 마사토 일행을 응접 소파로 안내하더니 그곳에 앉아서 이야기를 시작했다.

"우선, 학생 모집에 응해주셔서 감사합니다. 우선 이 학교에 대해서는, 이사장 캐릭터가 기한 안에 완성되지 못한 바람에 울며 겨자 먹기로 대역을 떠맡게 된 저, 시랏세가 설명해드리겠습니다."

"시랏세 씨가 어떤 처지인지는 알았어요. 고생이 많네요."

"이 학교의 명칭은 『죠코 아카데미아』입니다. 이 학교는 『게임이라고는 해도 아이들이 생활하는 장소에 학습시설이 없는 것은 이상하다』라는 항의를 늘어놓는 보호자들의 입을 막기 위해 급히 만들어졌습니다."

"그딴 속사정은 이야기하지 말라고."

"죠코 아카데미아에서는 수업에 참가해 좋은 성적을 내면 SP를 획득할 수 있습니다. 그리고 그 포인트로 특별한 강화 아이템도 입수할 수 있죠. ……이런 혜택을 준비하지 않으면 학생이 들어오지 않을 테니까요. 그래서 준비를 해봤습니다."

"저기! 저는 멋진 아이템을 가지고 싶어요!"

"우후후. 완벽하게 낚여 버렸구나."

"낚여도 괜찮습니다. 자기 자신을 강화하기 위해, 여러분께서는 열심히 수업에 참가해주시길 부탁드리는 바입니다. ……자, 이것으로 학교에 관한 기본적인 설명을 끝입니다. 혹시 질문 있습니까?"

마사토는 그 말을 듣자마자 손을 들었다.

"하나만 물어봐도 될까요? ……모험가 길드에 붙어있던 의뢰서에는 저희를 낚으려는 듯한 문장이 적혀 있었던 것 같은 느낌이 드는데요."

"눈치채셨군요. 다행입니다. 이 학교에 여러분을 초대하기 위해, 제가 직접 각지의 길드를 돌면서 의뢰서 한 장 한 장에 그 문장을 적은 보람이 있군요."

"역시 그랬구나. 우리는 또 낚인 거네……. 하아……. 또 뭘 의뢰하려는 거죠? 평범하게 학교에 다니는 것 이외의 뭔가를 시키려는 속셈이잖아요."

"아! 나도 뭔지 알겠어! 버그를 찾는 걸 도우라는 거지?! 아까 같은 버그가 잔뜩 있으니까 말이야!"

와이즈가 손을 들면서 그렇게 말했다.

하지만 시랏세는 고개를 저었다. 아무래도 그런 게 아닌 것 같았다.

"운영 측은 항상 일손이 부족하니, 여러분에게 디버그를 도와달라는 요청을 드리고 싶기도 합니다. 여러분은 운영 측에게 버거운 각종 문제를 해결한다는 사명을 지닌 분들이니까요. 그러니 그렇게 생각하시는 것도 무리는 아니겠습니다만……."

"잠깐만 있어 봐요. 저희의 사명은 원래 그런 게 아니었을 텐데……."

"저는 그런 것으로 알고 있습니다만?" 뻔뻔.

"제멋대로네! 완전 제멋대로야!"

"하지만 디버그 작업은 제가 맡도록 하겠습니다. 여러분은 여러분이 해야 할 일에 전념해 주십시오. ……저희 쪽에서 손을 쓰기도 전에 이미 친분을 쌓은 것 같으니…… 뒷일은 맡기겠습니다."

"그, 그게 무슨 소리예요……?"

"글쎄요. 무슨 소리일까요?"

시랏세는 그녀답지 않게 슬며시 미소를 지었다. 하지만 그 미소의 의미는 당연히 알려주지 않았다.

"이 학교는 여러분의 참가를 진심으로 환영합니다. 강해지고 싶다는 값싼 히어로 소망, 그리고 강화 아이템을 손에 넣고 싶다는 물욕을 가슴에 품고, 친구들과 함께 절차탁마를 하며, 승부를 빌미삼아 상대를 밀어서 떨어뜨리는 등, 이 학교에서의 생활을 마음껏 즐겨주십시오."

"말 한 마디 한 마디가 짜증나네……. 이 사람은 왜 항상 이런 걸까……."

방금 한 말이 전부 진실일지라도, 그런 소리를 하면 자기 인상이 나빠질 텐데 말이다.

하지만 꼭 나쁘기만 한 것은 아니었다.

'학교생활…… 메디와 같은 반이 되면 좋겠네…….'

마사토는 이미 당초의 목적이 무엇이었는지 생각이 나지 않을 만큼 가슴이 콩닥거리고 있었다.

모험가 육성학교 죠코 아카데미아에서의 나날이 그 막을 올렸다.

제2장
학교는 두근두근이 한가득!
……이라고 말하면 듣기엔 좋지만,
대부분 마음고생 때문이야.

이 학교의 통학기간은 일주일이다. 마사토 일행은 여관에서 방을 빌린 후, 거기서 매일같이 학교에 다니기로 했다. ……왜 게임 안에서 현실세계와 별반 다르지 않은 생활을 해야 하는 걸까. 왠지 한숨이 날 것 같지만, 어쩔 수 없다.

여관의 방은 전부 2인실이었다. 방 배정은 평소와 마찬가지라도 괜찮을 거라고 생각했기에 마사토는 와이즈와 한방을 쓰기로 했다.

그리고 평소와 마찬가지로 밤에는 사망^{모르테}을 당한 후, 관 안에서 숙면을 취했는데…….

"뭐야……. 어두컴컴하잖아……."

오늘은 깨어나서 관 밖에 나왔는데도 어둠 속이었다.

마사토의 시야는 어두컴컴했다. 눈앞에 시꺼먼 아지랑이가 끼어 있어서 아무것도 보이지 않았다.

"……어이, 와이즈. 나는 대체 어떤 상황에 처한 거야? 설명 부탁해."

"네가 부활한 순간에 어둠 마법을 걸었어. 시야를 차단해서 공격을 미스나게 만드는 마법 있지? 바로 그걸 건 거야."

"오호라. 그렇구나~."

확실히 마사토는 시야가 차단되어서 행동을 제대로 할 수 없었다. 일단 주위로 손을 뻗어서 뭐라도 잡으려 했지만, 미스, 미스, 미스. 짜증이 치솟았다.

"왜 이런 짓을 하는 건데? 그만 좀 하지 않겠어요? 좀 심하지 않아요?"

"내 프라이버시를 지키기 위해서야. ……너와 나는 한방에서 지내고 있잖아? 그러니 내 알몸을 네가 볼 수도 있단 말이야. 하지만 미리 네 시야를 차단해두면 네가 내 알몸을 볼 걱정을 할 필요가 없어. 그리고 벌을 줄 필요도 없어지는 거지. 알겠어?"

"뭐…… 화난 네가 손가락으로 내 눈을 찌르는 사태가 벌어지는 것보다는 훨씬 낫지만……."

"납득했나 보네. 그럼 빨리 학교 갈 준비를 해. 첫날부터 지각을 할 수는 없잖아."

"나도 그렇게 생각하는데…… 이 상황에서 어떻게 준비를 하라는 거냐고……. 네 준비가 끝난 후라도 괜찮으니까, 이걸 해제해줘……."

완벽하게 아무것도 보이지 않는 상태에서 「아얏」 한 걸음 내디디려다 정강이에 뭔가가 부딪친 마사토가 「어이쿠……?」 비틀거리면서 무심코 손을 뻗은 순간…….

말캉. 손바닥에 뭔가가 닿았다. 엄청 부드러운 무언가였다.

부드럽고 말랑말랑했다.

'헉?! 설마 이거어어언?!'

혹시 그렇고 그렇게 된 거야? 마사토는 크리티컬 터치를 하고 만 것인가?!

하지만 잠깐만 있어봐. 마사토가 만진 것은 어마어마하게 컸다. 한손으로는 움켜쥘 수 없을 정도의 거물이다. 와이즈의 가슴에는 이렇게 극상품이 탑재되어 있지 않은데…….

바로 그때였다.

"어머나, 마 군도 참. 혹시 아침 삼아 이게 먹고 싶은 거야? 우후후."

"……어……."

목소리가 들렸다. 귀에 익은 목소리였다. 그 사람은 눈앞에 있는 것 같았다.

그렇다면, 마사토가 움켜쥔 것은 그 사람의……?

잠깐만 있어봐. 잠깐만잠깐만잠깐만, 잠깐만잠깐만잠깐만 잠깐만잠깐만잠깐만잠깐만잠깐만?!

"저기, 마사토. 나는 등교 준비를 마쳤거든? 이제 네가 원하는 대로 시야 차단 마법을 풀어줄까? 크크큭."

"시, 싫어어어어어어어어어어어어어어어어어어어어어어?!"

이런 현실에 직면할 수는 없다. 마사토는 그대로 뒤돌아서면서 도주했다. 「앗, 마 군! 거기는……!」, 「잘 가~」, 「어……?」

전력질주를 하다 보니 갑자기 발밑이 사라졌다.

마사토는 그대로 창밖으로 떨어졌다. 셀프 처벌 완료.

여관 식당에 가보니 된장국 냄새가 감돌고 있었다. 테이블에는 일본식 아침 식사가 놓여 있었다. 그들은 먼저 와서 기다리고 있던 포타와 함께 식사를 시작했다.

"뭔가가 창밖으로 떨어지는 소리가 들렸는데, 무슨 일 있었나요?!"

"우후후. 실은 마 군이 말이지……."

"우물~. 그게 말이야."

"아무 일도 없었어! 없었다고! 이상한 일 같은 건 전혀 없었어! 아, 맞다! 엄마! 밥 더 먹을 거지?! 와이즈는 된장국 더 먹을 거잖아?! 내가 담아줄게! 자, 뭐든 다 시켜! 하하하!"

마사토는 두 사람의 입을 막기 위해 열심히 두 사람의 식사 시중을 들었다. 아까 같은 일이 일어났다는 것을 포타에게는 절대 알려지고 싶지 않았다. 멋진 오라버니이고 싶은 오라버니는 그야말로 필사적입니다.

그렇게 시끌벅적하게 아침 식사를 마친 후…….

"잘 먹었습니다. ……자, 그럼 우리는…… 한시라도 빨리 출발해볼까!"

마사토는 학교에 가고 싶었다. 빨리 가고 싶었다. 마사토는 태어나서 지금까지 이렇게 학교에 가고 싶었던 적은 없었다.

그것도 그럴 것이, 학교에 가면 분명…….

"우와. 이 녀석, 뭐야. 『운명의 만남이 나를 기다리고 있다고』 같은 소리를 할 듯한 기분 나쁜 표정을 짓고 있잖아. 완전 바보 아냐?"

"바보 아니거든?! 좀 그런 표정을 지었을지도 모르지만, 바보는 아니라고! 운명은 분명 나를 기다리고 있을 거야!"

"저, 저기! 마사토 씨, 와이즈 씨! 싸우지 말고 학교에 가요! 저도 빨리 학교에 가고 싶어요!"

"음. 그래. 포타 말이 정답이야. 괜한 소리 하며 시간을 낭비할 때가 아니지. 그럼 우리 셋은 등교할 건데⋯⋯."

마사토는 약간 마음에 걸리는 점이 있었다. 바로 마마코다.

학교에는 마사토와 와이즈, 포타만 다닌다. 마마코는 다닐 수가 없는 것이다. 즉, 마마코를 여관에 홀로 남겨두고 가게 되는 것이다.

마마코는 마사토와 함께 행동하기를 원하고 있지만, 이제부터는 강제적으로 개별행동을 해야 하는 것이다. 그래서 마음이 아팠지만⋯⋯.

실은 그것 말고도 마음에 걸리는 점이 있었다.

'⋯⋯설마 학교에 오지는 않겠지?'

가장 불안한 점은 바로 그것이다. 다른 사람도 아니고 마마코니까 말이다.

게임 안에 온 후, 마마코는 엄청난 행동력을 발휘하고 있었다.

게다가 마마코는 상식적으로 불가능한 일마저 가능하게 만드는 어머니 보정이라는 혜택을 받고 있는 것이다.

당사자는 마사토 일행의 이야기를 딱히 개의치 않으면서 조용히 차를 홀짝이고 있었지만…… 그런 태도가 오히려 더 미심쩍었다…….

"……저기, 엄마?"

"우후후. 괜찮아. 지금까지 이 엄마는 전업주부라서 낮에는 혼자서 집에 있었잖아? 혼자서도 잘 지내니까 걱정하지 마."

"듣고 보니 그렇기는 한데…… 진짜로 여기서 우리가 돌아올 때까지 기다려줄 거야? 혼자서 얌전히 있을 수 있겠어? 은근슬쩍 학교에 찾아오지는 않을 거지?"

마사토가 꼬치꼬치 캐묻자…….

마마코는 차를 한 모금 마시면서 한숨 돌린 후에 입을 열었다.

"……휴우. 차가 참 맛있네." 방긋.

"방긋방긋 웃지 좀 말고 대답해. 엄마, 진짜로 얌전히 있을 거지? 또 이상한 짓을 하지는 않을 거지?"

"참, 마 군. 슬슬 시간이 된 것 아닐까? 서두르지 않으면 지각할 거야."

"이보세요. 대답하라고. 학교 근처에는 얼씬도……."

"참, 맞다. 이 엄마가 말이지? 너희가 먹을 도시락을 싸뒀어. 포타 양의 가방 안에 넣어뒀으니까, 점심 때 다 같이 먹으렴."

마마코는 명백하게 대답을 피하고 있었다. 마사토의 질문에 대답하지 않은 것이다. 그렇다면…….

"포타, 물어볼게 있어. 엄마가 너한테 도시락을 전부 몇 개 줬어?"

"예?! ……으, 으음…… 저기……."

포타는 마사토의 질문을 듣고 딱딱하게 굳어버리더니 눈을 동그랗게 뜨면서 식은땀을 흘렸다. 포타의 얼굴에서 땀이 방울져서 떨어졌다. 하지만 지금은 그런 걸 신경 쓸 때가 아니다.

　포타가 가지고 있는 도시락은 네 개일 것이다. 마마코의 몫도 포함되어 있을 게 틀림없다.

　이 사람, 설마…….

　"……엄마."

　"우후후. 차가 참 맛있네."

　"대답하라고! 절대 오지 마! 오지 말라고! 학교에 안 오겠다고 빨리 말해!"

　마마코는 마사토의 질문공세에 미소로만 답하며 텅 빈 찻잔으로 차를 마시는 척만 계속했다.

　"……올 거야……. 분명 올 거라고……. 엄마라면 오고도 남아……."

　"뭘 그렇게 중얼대는 거야? 기분 나쁘거든?"

　"기분 나쁘다는 소리 하지 마! 나는 불안해서 죽을 것 같다고! 엄마가 학생으로 변장해서 학교에 오기라도 하면 어떻게 하냔 말이야!"

　"마마 씨라면 학생으로 충분히 변장할 수 있을 거예요! 마마 씨는 엄청 젊어 보이니까요!"

　"그렇기 때문에 걱정인 거라고오오오……. 위화감 없이 녹아들 것 같아서 불안하단 말이야아아아……."

입학 첫날에는 누구나 불안을 느끼는 법이지만, 마사토는 전혀 일반적이지 않은 불안에 짓눌리고 있었다. 아무튼…….

마사토 일행은 모험가 육성 학교 죠코 아카데미아에 등교했다.

마사토가 몇 번이나 뒤편을 쳐다보는 가운데, 일행은 고상한 느낌이 감도는 건물에 들어갔다. 우선 일전에 방문했던 사무국에 가서 인사를 하자 어제 만났던 접수원 누님이 미소를 지으며 우리를 맞아줬다.

"담당 교사가 데리러 올 때까지 잠시 기다려 주세요."

그 말을 듣고 잠시 기다리자 담당 교사라는 이가 나타났다.

복도에서 학자가 입을 법한 의상을 걸친 건장한 남성 교사가 발소리를 쿵쿵 내면서 오더니, 쩌렁쩌렁한 목소리로 말했다.

"음! 오늘부터 편입하는 학생이 너희구나! 용사 마사토, 현자 와이즈, 여행상인 포타, 세 명 맞지?"

"아, 예! 저희예요!"

"그렇구나! 잘 왔다! 나는 교사인 우락부락이라고 한다! 잘 부탁해!"

"자, 잘 부탁합니다……. 생긴 게 우락부락해서 우락부락 선생님인 거군요……. 진짜 안이하게 지었네요……."

"하하하! 뭐, 나는 NPC니까 말이다! 시나리오라이터나 캐릭터 디자이너가 내 이름을 짓는 게 성가셔서 외모에 맞춰 그냥 붙인 거겠지! 진짜 대충대충 지었다니깐!"

"아~ 그런가요……. NPC도 고생이 많네요……."

운영 측에 잔소리를 해대는 인공지능 NPC에게 안내를 받으면서, 마사토 일행은 교실로 향했다. 그들은 융단이 깔려 있는 호화로운 복도를 걸어갔다.

우락부락 선생님은 꽤 싹싹한 사람 같아 보였다. 투박한 외모와는 다르게 온화한 어조로 이렇게 말했다.

"질문할 게 있으면 지금 해라. 뭐든 대답해주마. 나에게는 이 학교에 관한 FAQ 텍스트가 탑재되어 있거든."

FAQ란 흔한 질문과 그에 대한 답변을 말한다. 곤란할 때에 살펴보면 편리하다.

"와아~ 역시 NPC야~. 믿음직하네~. ……그럼 아까 듣고 신경 쓰인 건데, 저희는 편입으로 취급되는 건가요?"

"음. 테스트 플레이어들은 편입생으로서 특별 단기 코스를 받게 된다. 이건 일주일 동안 모든 학교생활을 체험할 수 있는 코스인데, 수업 내용은 전 학년 공통인 특별 교육과정이니까 셋 다 같은 반이지."

"오, 그건 끝내주네요! ……잘 됐네, 포타! 우리 모두 한 반이야!"

"예! 으으으! 저도 정말 기뻐요!"

"그리고 일주일 후에는 셋이서 함께 아이템을 획득하고 졸업하는 거구나! 완벽한 인생설계야!"

"아~ 참고로 다른 학생은 일반적인 3년 코스를 받고 있다는 설정이다. 3년간이라고 해도, 이 게임이 종료될 때까지 쭉 학생이겠지만 말이야. 학생으로서 만들어진 NPC거든! 나를 비롯해, 서비스가 종료될 때까지 실컷 이용만 당하는 거지! 크하하! ……그러니 졸업 못하는 다른 애들과 사이좋게 지내도록."

"""……클래스메이트와 얽히지 않는 편이 좋을지도 모르겠네요……."""

악독하다. 악독 그 자체다. 학생 NPC는 꿈도 희망도 없구나…… 너무 불쌍해…….

그런 우울한 이야기를 나누다 보니, 어느새 교실에 도착했다. 「내가 부르면 들어와라」 우락부락 선생님은 먼저 교실 안에 들어갔고, 마사토 일행은 복도에서 기다렸다. 좀 긴장됐다.

그리고 그 순간이 찾아왔다.

"나의 제자들이여! 오늘은 이 반에 편입생이 있다! 소개하마! ……자, 들어와라!"

우락부락 선생님이 그렇게 말하자 마사토 일행은 긴장한 표정으로 교실 안에 들어갔다.

교실 내부는 학교 같은 느낌으로 꾸며져 있었다. 고급스러운 책상과 의자가 질서정연하게 놓여 있었다.

자리에 앉아있는 학생들 중 남학생은 가쿠란[#2], 여학생은 세일러 교복을 입었다. 그 숫자는 총 스무 명 정도 되는 것 같았다.

잠깐만, 게임 속 판타지 세계의 학교에서 이런 교복을 입어

#2 가쿠란 목을 여미는 형태의 일본식 남학생용 교복.

도 되는 거냐, 같은 딴죽을 날리고 싶었지만 지금 신경 써야 할 것은 그런 게 아니다.

마사토 일행을 쳐다보고 있는 학생들의 얼굴은 하나같이 글자 아트로 되어 있었다. 눈과 코 같은 부분은 반각 문자나 기호로 구현되어 있었다. 잠깐만. 이게 대체 뭐야?

"큭…… 각자의 감정은 얼추 느껴지지만, 개성은 눈곱만큼도 없네……."

"문제는 그런 게 아니거든? 이건 말도 안 되잖아. 아무리 대충대충 작업을 했어도 이 정도면 정말 너무하단 말이야."

"NPC를 만드는 분이 시간이 너무 부족했던 것 같네요! 저도 깜짝 놀랐어요!"

심정적으로도, 그야말로 대충 만든 듯한 겉모습 때문이라도, 이 클래스메이트들과 제대로 교류를 하는 것은 무리일 것 같았다.

아무튼 자기소개부터 하자. 마사토 일행은 칠판 앞에 서서 간단히 인사를 했다.

"으음…… 아, 안녕하세요. 마사토라고 해요. 직업은 용사예요."

"안녕~. 와이즈라고 해. 직업은 현자야. 잘 부탁해."

"저, 저는 포타예요! 여행상인이죠! 잘 부탁드립니다!"

세 사람이 인사를 하자 잠시 동안 정적이 흐른 후에 환성이 터져 나왔다.

"오오! 셋 다 오리지널리티가 넘치네! 특별한 존재라는 느낌이 물씬 나! 대충 만든 양산품인 우리와는 완전 다르구나!"

"남자 쪽은 평범하지만, 여자애 둘은 엄청 귀여워! 질문해도 돼요~? 두 사람은 애인 있어요~? 혹시 없으면 저와 사귀지 않을래요~?"

"남자애들은 입 다물어! 아무리 탑재된 텍스트에 따르고 있는 거라고 해도, 이상한 소리 하지 마!"

"시끄러워, 반장. 짜증나니까 힘줄 표시 달린 얼굴로 화내지 마."

"무례한 소리 하지 말아줄래?! 너처럼 가로줄만 쭉쭉 그어져 있는 얼굴보다는 훨씬 낫단 말이야!"

으음, 아무래도 음성은 탑재되어 있는 것 같았다. 얼굴이 글자 아트라 이질적인 느낌이 들지만 말이다. 아무튼 학생들은 열렬히 마사토 일행을 환영해줬다.

교실 안이 더욱 소란스러워지려던 순간, 우락부락 선생님이 손뼉을 쳐서 학생들을 조용히 시키는 것과 동시에 그들의 주목을 모았다.

"좋아. 그럼 다들 사이좋게 지내도록. 용사 마사토 일행은 빈자리에 앉아라."

"아, 예. 그럼…… 으음…… 이쪽에 앉을게요."

교실 안을 둘러보니, 뒤편에 빈자리가 몇 개 있었다. 마사토는 적당히 자리를 골라서 앉았고, 그의 오른편에는 와이즈가, 그리고 뒤편에는 포타가 앉았다.

"그럼 편입생 세 명을 맞이…… 어? 편입생, 세 명……?"

우락부락 선생님이 갑자기 고개를 갸웃거리며 생각에 잠겼다. 「……하나, 둘, 셋……」 마사토 일행을 세어보더니 갑자기 난처한 표정을 지었다.

"왜 그러세요?"

"아, 으음…… 그게 말이지……. 오늘 편입하기로 되어 있는 학생은 네 명이었던 것 같은데…… 그래. 예정상으로는 네 명이 맞구나."

"그럼 한 명 더 오는 건가요? ……한 명 더…… 어, 설마……?!"

학생이라 우겨도 이상하지 않을 만큼 외모가 젊은 그 사람의 얼굴을 떠올린 마사토가 절망에 찬 표정을 지었을 바로 그때였다.

교실 옆 복도에서 누군가가 뛰는 소리가 희미하게 들렸다. 서두르는 듯한 그 발소리는 교실 입구 앞에서 딱 멎었다.

혹시……? 아니, 틀림없다! 교실 앞에 선 사람은 바로……!

"어?! 말도 안 돼! 기다려, 엄마!"

이렇게 되면 반드시 저지할 수밖에 없다! 마사토가 서둘러 입구로 뛰어가더니 문이 열리는 것을 차단…… 하고 싶었지만, 문은 이미 열리고 말았다.

문 앞에 서있는 이는 순백색 옷을 입은 푸른 머리카락의 소녀였다.

"예? 어, 엄마, 라고요?"

"어? ……어라, 아니네…… 엄마가 아니라…… 메디?"

그렇다. 메디다. 어제 만났던 운명의 여성. 마사토의 히로인 내정자. 그 천사 같은 얼굴을 마사토가 알아보지 못할 리가 없다.

마사토와 메디가 얼이 나간 듯한 표정으로 서로를 쳐다보고 있을 때, 와이즈의 조롱 섞인 목소리가 들려왔다.

"저기 말이죠~. 용사 마사토라는 분~. 혹시 당신은 눈에 들어온 여성 전원이 사랑하는 엄마처럼 보이는 경지에 오르셨나요~?"

"잠깐, 그, 그런 게 아니거든?!"

와이즈의 말에 클래스메이트들이 일제히 반응하면서 웃음을 터뜨렸다.

놀리는 듯한 기분 나쁜 웃음소리가 아니라 그나마 다행이지만, 그래도 기분이 좋지는 않았다……. 그냥 죽고 싶어……. 하지만 그 전에 와이즈를 해치우고 싶네…….

겸사겸사 가장 웃어댄 우락부락 선생님도 두들겨 패버리고 싶다. 그럴 수는 없지만 말이다.

"크하하! 그럼 젊디젊은 어머님도 자기소개를 하도록!"

"아, 예! 저는 치유술사인 메디라고 해요! ……그, 그리고…… 저는 마사토 군의 어머님이 아니에요…….""

메디는 마사토를 쳐다보더니, 정중한 목소리로 그렇게 말하며 고개를 숙였다.

"기대에 부응하지 못해 정말 죄송해요. 진심으로 사과드릴게요."

"제발 부탁인데, 사과하지 말아주세요. 저야말로 정말 죄송해요."

메디가 정중하게 사과를 하니 마음이 아팠다. 마사토는 바닥에 넙죽 엎드리며 사과를 할 수밖에 없었다…….

바로 그때였다.

"아, 그래도 다행이에요."

"응? ……다행이라니, 뭐가…….."

"마사토 군과 같은 반이 되어서 정말 다행이라고 생각해요. ……어쩌면 이건 운명일지도 몰라요. 아, 농담이에요. 에헤헤."

메디는 진심으로 기뻐하면서, 그리고 약간 부끄러워하면서 그렇게 말했다.

맞는 말이에요오오오오오오오오오오오오! 마사토는 목청껏 그렇게 외치고 싶었지만 메디 앞이기에 참았다. 겉으로는 쿨해 보이게 행동했다. 어디까지나 겉으로는 말이다.

조례 시간이 끝나고, 1교시 수업 전까지의 휴식시간을 맞이했다.

하지만 편입생에게는 휴식을 취할 짬이 없었다. 자신들에게 몰려든 클래스메이트들에게 대처해야만 하는 것이다. 그것이 편입생의 소임이다.

"마사토 군! 학교에 관해 모르는 게 있으면 우리에게 물어……보라고 말하고 싶지만, 실은 설비도 시작 단계라 아직 제대로 설명해줄 수가 없거든. 그러니까 우리에 관해 물어봐! 뭐든 대답해줄게!"

"나한테도 물어봐! 내 가계도도 15대 전까지 전부 외우고 있어!"

"나는 열다섯 살이 될 때까지, 총 180개월 동안 있었던 일을 달별로 전부 말해줄 수도 있다니깐!"

"흐, 흐음, 그렇구나……. 다들 비주얼은 대충인데, 배경 설정은 꼼꼼하게 만들었나 보네……."

"그래! 일단 설정만큼은 엄청 세세하다니깐! 웃기지?! 아하하!"

"설정을 만드는 게 재미있었던 게 분명해! 결국 다 쓸모없지만 말이야! 아하하!"

"하지만 우리가 자랑할 건 그런 설정밖에 없어! 아하하!"

"다들…… 꿋꿋하게 살고 있구나……."

NPC 클래스메이트들이 밝은 목소리로 그렇게 말하니 눈물이 날 것만 같았다. 울지 않는 클래스메이트들을 대신해 마사토가 눈물을 흘리고 있었다.

짧은 기간 동안이지만 잘 부탁한다고 인사를 나눈 후, 이다부진 클래스메이트들에게는 자기 자리로 돌아가 달라고 부탁했다.

드디어 진정한 의미에서의 휴식 시간이 시작되었다. 마사토는 학생들에게 둘러싸여 질문 공세를 당하고 있는 와이즈와 포타를 힐끔 쳐다보면서 잠시 휴식 시간을 가졌다.

한숨 돌리면서 적당히 휴식을 취한 후…….

'……좋아! 가자!'

마사토는 마음을 단단히 먹더니, 겉으로는 차분한 척 하면서 왼편을 쳐다보았다.

메디는 그곳에 있었다.

그녀는 스스럼없이 그 자리에 앉았다. 자기 의지로 마사토의 옆에 앉은 것이다. 그녀는 바라고 있다. 마사토와의 교류를 원하고 있다. 틀림없다.

메디가 엄청난 미소녀라 주눅이 든 것인지 다른 학생들도 그녀에게 다가가지 않았다. 단둘이서 이야기를 할 수 있는 지금이 기회다. 남자라면 이 기회를 놓칠 수 없다!

마사토는 돌격을 감행했다. 긴장했다는 사실을 들키지 않도록, 자연스럽게 말이다.

"저, 쩌끼⋯⋯ 쿨럭쿨럭! ⋯⋯아, 으음, 메디? 잠깐 나 좀 볼래?"

"예? 무슨 일이죠?"

마사토는 입을 열자마자 혀가 꼬였다.

하지만 메디는 자연스럽게 대답을 하면서 부드러운 미소를 지었다. 자연스럽게 흘러내린 옆 머리카락을 귀 뒤편으로 쓸어 넘기는 모습이 정말 매력적이었지만, 지금은 차분하게 이야기를 나눠야 할 때다.

"아, 딱히 볼일이 있는 건 아닌데, 이참에 이야기를 좀 나눌까 해서 말이야. 어제는 이야기를 많이 나누지 못했잖아?"

"그랬죠. 저도 마사토 군과 이야기를 나누고 싶었어요. 말을 걸어주셔서 정말 기뻐요."

어이, 방금 말 들었지? 잘못 들은 게 아니다. 말을 걸어줬을 뿐인데 기뻐해주는 여자애가 있다.

온갖 세계를 다 뒤져도 손으로 꼽을 정도뿐일, 모든 것을 다 바쳐 사랑할 수밖에 없는 존재가 마사토의 눈앞에 있었다. 「맙소사…… 나, 눈물이 나려고 해……」, 「마, 마사토 군?! 왜 그러세요?!」 지금은 그저 조용히 이 감정에 젖어있고 싶었다.

하지만 지금은 이야기를 나눠야 한다.

'으음…… 무, 무슨 이야기를 하면 좋을까…….'

말을 걸어보기는 했지만, 화제를 생각해두지 않았다. 나쁘지 않은 흐름이었는데, 마사토는 약간 움츠러들고 말았다…….

바로 그때였다. 복도에서 우락부락 선생님의 큰 목소리가 들렸다.

"어, 어머님! 잠시만 기다려 주십시오! 느닷없이 수업참관을 요청하시면 저희가 곤란합니다만……!"

누군가를 필사적으로 제지하고 있는 것 같았다. 『어머님』이라고 부르는 걸 보면 상대는 아무래도 누군가의 어머니 같았다.

마사토는 한순간, 드디어 왔나?! 하고 생각했다. 하지만 아무래도 그의 예상은 빗나간 것 같았다.

복도에서 들려온 것은 마마코의 목소리가 아니었던 것이다.

"괜찮아요. 저는 딸이 어쩌고 있는지 보러 온 것이지, 수업을 보러온 게 아니랍니다. ……학교란 공부를 가르치는 장소가 아니라, 집단생활 안에서 상위에 서는 아이와 그렇지 않은 아이를 판별하기 위한 장소예요. 수업내용 같은 건 아무래도 상관없습니다. 저는 그저, 제 딸이 어떤 상황에서도 1등을 하고 있는지 확인하고 싶을 뿐이에요."

큰 목소리로 그렇게 말하면서 나타난 사람은 바로 메디의 어머니이었다. 금색으로 빛나는 로브를 장비하고 있는 것을 보면 그 사람이 틀림없다.

우락부락 선생님을 밀쳐내면서 교실 안에 들어온 메디 어머니는 교실 안을 둘러보더니, 메디를 발견하자마자 딸을 향해 걸어왔다. 메디에게 다가가면서도 시선은 마사토에게 고정되어 있었다.

"어머, 당신은 어제 만났던…… 맞아, 마사토 군이구나. 반가워."

"아, 예. 안녕하세요."

"메디와 붙어있는 걸 보면 벌써 친분을 쌓았나 보네. 정말 기쁘구나. ……하지만…… 너무 바짝 붙어 있는 것 아니니?"

"예? 그, 그런가요? ……딱히 그런 것 같지도 않은데……."

"아니, 너무 가까워. 정서적으로 좀 그럴 것 같구나. 그러니까…… 자, 메디. 옆 자리로 이동하렴."

"아, 네, 어머님."

메디 어머니는 메디를 이동시키더니, 자못 당연한 듯이 메디와 마사토 사이의 자리에 앉았다. 그 뿐만 아니라…….

"만약 마사토 군이 메디를 동료로 삼을 작정이거나 그 이상의 관계가 되는 것을 바라고 있다면, 나에게 말을 해주겠니? 내가 면접을 봐야 하니까 말이야. 우선 그 면접에 통과하렴."

"윽…… 엄마 면접인가요……."

마사토와 메디가 가까워지기 위해서는 예의 그…… 엄마의 독단과 편견을 기준 삼아, 일반적으로 용인되는 발언을 해도 탈락된다고 소문이 자자한 바로 그 엄마 면접을 통과해야 하는 것 같았다.

운명의 만남을 가진 줄 알았던 두 사람 사이에 철벽 그 자체인 어머님이라는 벽이 형성됐다. 이래서는 함부로 말을 거는 것도 무리다.

"자, 마사토 군도 빨리 자리에 앉으렴. 곧 수업이 시작되잖니?"

"……예……."

마사토의 마음은 완전히 풀이 죽고 말았다.

자신의 어머니뿐만 아니라 다른 사람의 어머니한테도 들들 볶이다니……. 이것이 용사의 운명, 마사토의 숙명인 걸까…….

수많은 세계를 넘나들며 무수한 강적을 쓰러뜨린 어느 영웅조차도, 마사토 같은 처지가 된다면 분명 절망에 빠지고 말 것이다. 다들 울 것이다. 엉엉 울 게 틀림없다.

마사토가 그런 기분에 휩싸인 가운데 수업이 시작됐다.

1교시.

"자, 수업을 시작하자! 어제에 이어서 수업을 할까도 했지만, 편입생이 왔으니 편입생에 맞춘 교육과정으로 변경하겠다! NPC는 거부 불가능한 동작 설정에 따라, 특별 학습의 제1회부터……."

"괜한 소리는 적당히 하시죠. 지금 바로 수업을 시작하세요."

"아, 예……."

메디 어머니의 엄격한 안광을 받은 우락부락 선생님은 꿋꿋하게 행동했다. 엄청 식은땀을 흘리고 있지만 말이다. 힘내요, 선생님.

"그, 그럼 수업을 시작하지. 다들 주목."

우락부락 선생님은 칠판에 뭔가를 적었다.

【{(레벨÷2+2)×기술의 위력×공격측 STR치÷방어측 DEF치÷50+2}】

꽤 난해한 수식이었다.

"으음~ 이건 이 게임의 전투에서 대미지 량을 산출하기 위한 계산식이다. 참고로 소수점 이하는 버림을 하지. 그럼 문제. ……레벨50에 STR치가 125인 용사가 기술 위력 255인 디바인 슬래시를 사용해서, DEF치 100인 마왕을 공격했다고 치겠다. 이때 상대방에게 가해지는 대미지량은 얼마인가? 정답을 맞힌 학생에게는 SP를 10포인트 주지."

"예엣?! 그렇게 많이 주는 거예요?!"

"크하하! 멋진 반응이구나, 용사 마사토. 포인트는 즉시 가산되니 잔뜩 벌어두도록. 하지만 선착순이다. 답을 안 사람은 손을 들고 대답을 해봐라."

보통 SP는 레벨이 1 오를 때마다 겨우 몇 포인트만 들어온다. 그런데 문제 하나를 맞추면 10포인트나 받을 수 있는 것이다. 그렇다면 진지하게 문제를 풀 수밖에 없다.

하지만 문제가 너무 어려웠다. 「큭! 직접 계산을 해볼 수밖에 없는 거냐!」 전자계산기는 없다. 결국 책상에 비치된 종이와 펜을 이용해서 계산식에 따라 계산을…….

바로 그때였다.

"풀었어요."

아직 10초도 지나지 않았는데 메디가 손을 들었다.

"오오, 빠르구나. 그럼 치유술사 메디. 답은 어떻게 되지?"

"174 대미지를 입힐 거예요."

"음. 정답이다! 치유술사 메디에게 10포인트를 주지!"

메디는 정확하게 정답을 맞혔다. 교실 안이 술렁거리더니 박수가 터져 나왔다.

메디는 칭찬을 받았지만, 딱히 으스대지 않으며 주위에 있는 이들을 향해 가볍게 고개를 숙였다. 그 모습 또한 정말 아름다웠—「후후후. 내 딸이니 우수한 게 당연하잖아요!」몸을 쑥 내민 메디 어머니한테 가려서 보이지 않았다. 하아, 정말…….

메디가 자리에 앉은 후, 우락부락 선생님이 또 분필을 손에 쥐었다.

"자, 그럼 다음 문제를 내볼까. 이번 문제는 좀 어려울 거다."

계산 문제보다 어려운 문제 같았다. 마사토를 비롯한 학생들이 긴장한 표정으로 칠판을 쳐다보았다.

칠판에는…….

【용사는 디바인 슬래시를 날렸다. 하지만 마왕은 대미지를 받지 않았다.】

……라는 문장이 적혀 있었다.

"자, 어째서 이렇게 된 것일까? 답을 모르면 마왕을 쓰러뜨릴 수 없지. 상대방에게 공격을 당해서 지고 말 거다. 그러니 빨리 답을 맞춰봐라. 맞춘 사람에게는 10포인트를 주마."

이런 뚱딴지같은 문제를 풀라니……. 그래도 어떻게든 답을 찾아내야만 한다. 안 그러면 포인트를 벌 수 없으니까 말이다. 마사토는 머리를 쥐어짜봤다.

'대미지가 들어가지 않았다는 건…… 역시, 무적 방어 같은 걸 사용한 걸지도 몰라…….'

마사토는 그런 상대와 싸워본 적이 있다. 그래서 답이 바로 생각났다. 이게 정답이라는 확신은 없지만…… 찍다 보면 운좋게 답을 맞힐 수 있을지도 모른다. 그러니 일단 대답을 해보기로 했다.

마사토는 그렇게 생각하며 손을…… 들려고 했다.

하지만, 손을 들어 올릴 수가 없었다.

"……어라?"

어찌된 영문인지 손을 움직일 수가 없었다. 마사토가 무슨 일인가 싶어 손 쪽을 쳐다보니…….

그의 손은 보석이 박힌 지팡이의 머리 부분에 딱 걸려 있었다.

하지만 그 지팡이의 주인인 메디 어머니는 시치미를 떼면서 손을 들었다.

"선생님. 답하겠어요."

"예? ……아, 이건 학생을 위한 수업이니 보호자 분들께서는 답변을 자제해주셨으면 합니다만……."

"물론 제가 아니라, 제 딸이 답할 거랍니다. ……자, 메디? 말해보렴."

"예, 어머님. ……답은 마왕이 다른 공간에 숨어서 자신의 모습만 용사 앞에 투영시키고 있기 때문이라고 생각해요."

"그렇다는군요. 선생님, 어떤가요?"

"아, 예. 정답입니다. 그럼 치유술사 메디에게 10포인트 증정! 축하한다!"

"감사……."

"우후후! 당연한 결과지!"

띠링~! 하고 경쾌한 효과음이 들리더니, 메디에게 SP가 부여됐다. 포인트를 획득한 본인보다 메디 어머니가 더 기뻐하고 있었다.

하지만 지금 문제인 것은 메디 어머니의 지팡이에 걸려 있는 마사토의 손이었다.

"……저기, 메디 어머니."

"어머, 마사토 군. 무슨 일…… 어머나! 내 지팡이가 우연히, 정말 우연히 그쪽으로 쓰러지면서 마사토 군의 손을 누르고 있었구나! 정말 미안해! 눈치채지 못했단다! 진심으로 사과할게!"

"아, 아뇨……. 일부러 그런 게 아니라면 됐어요……."

메디 어머니는 지팡이를 책상에 걸쳐두면서 미안하다는 듯이 사죄를 했다.

지팡이에 엄청 힘을 주며 의도적으로 누르고 있었던지라 석

연치 않았지만…… 마사토가 생각한 답은 틀렸던 것 같고, 메디 앞에서 꼴사나운 모습을 보이지 않았으니 그냥 넘어가기로 했다.

그것보다 중요한 것은 수업이다. 다음번에야말로 포인트를 획득하고 말겠다.

"그럼 다음 문제다. ……용사는 공격을 했다. 하지만 마왕은 대미지를 받지 않았다. 그런 갑작스러운 사태가 발생하자 용사는 경악했다. ……그런 용사에게 마왕이 한 마디 했다. 과연 뭐라고 말했을까?"

"예? 그게 무슨……."

"이건 이 선생님의 오리지널 문제다. 선생님이 재미있다고 생각한 답변을 한 학생에게 10포인트를 주지."

"뭐?! 그딴 걸 수업 문제로 내도 괜찮은 거야?!"

하지만 포인트를 받을 수만 있다면 도전해볼 가치는 있다. 게다가 먼저 하는 사람이 유리할 것이다. 「아아, 정말! 어디 한번 해보자고!」 마사토는 주저 없이 손을 들려고 했지만…….

"저요! 저요저요저요! 나, 좋은 생각이 났어! 그게 말이지!"

마사토의 오른편에 앉아있던 와이즈가 손을 들면서 맹렬하게 자기 자신을 어필했다. 아직 선생님에게 지명을 받지도 않았는데, 자리에서 일어나며 답을 말하는 게 싶더니…….

"답은…… 어, 어라? 어라라? 어라라라라라? 아햐? 후헤헤헤헤헷?"

와이즈는 갑자기 얼간이가 되더니, 그 자리에서 헤실헤실

웃으면서 춤추기 시작했다. 기묘하기 그지없었다. 엄청 바보 같았다. 아니, 바보가 맞았다.

"이 녀석, 뭐하는 거야…… . 정신이 나간 것 같잖아…… ."

"와이즈 씨가 혼란에 빠진 것 같아요! 제가 치료 아이템을 건네줄게요!"

뒤편에 있던 포타가 바로 와이즈를 도우려 했다. 하지만…… . 「와이즈 씨, 받으세요!」, 「받아서, 치켜든 후, 던진다~!」 휘잉~. 「던져버리면 어떻게 해요!」 포타는 혼란에 빠진 와이즈에게 휘둘리고 있었다. 확 한 대 쥐어박아주면 혼란이 풀릴지도 모른다.

그 틈에 메디 어머니가 또 손을 들었다.

"시끌벅적하군요. 아무튼 제 딸이 대답을 하겠어요."

"아, 예. 그럼 치유술사 메디여. 공격이 명중하지 않아서 경악한 용사에게, 마왕이 과연 뭐라고 말했을지 대답해보도록!"

"크크큭! 용사여, 네놈의 공격은 이 몸에게 통하지 안는따! ……아…… ."

혀가 꼬였다. 마왕이라도 된 것처럼 힘찬 목소리로 고함을 지르다 혀가 꼬인 것이다. 「……으으……」 메디의 얼굴은 새빨개졌다. 불이라도 난 것처럼 새빨갛게 달아올랐다. 귀엽다.

"크하하! 좋군! 좋아! 내용은 평범하지만 실수가 용납되지 않는 상황에서 실수를 범한 점이 마음에 들었어! 그럼 치유술사 메디에게 10포인트 증정!"

"가, 감사합니다…… . 으으으으…… . 부끄러워…… ."

"당연하죠! 내 딸이니까! 우수한 게 당연해요! 우후후!"

메디는 또 포인트를 획득했다. 그리고 당사자보다 메디 어머니가 더 기분이 좋아 보였지만, 마사토는 저 사람에게 전혀 관심이 없으니 그냥 신경을 끄기로 했다.

바로 그때였다. 겨우 와이즈의 치료를 마친 포타가 마사토에게 귓속말을 했다.

"마사토 씨, 저기 말이죠. 와이즈 씨에 관한 건데……."

"아하, 저게 저 녀석의 본성이구나. 그럴 줄 알았어."

"아, 아뇨! 그런 게 아니에요! 아니란 말이에요!"

"미안해. 농담한 거야~. ……상태 이상에 걸렸던 거지?"

마사토가 그렇게 말하자 포타는 표정을 굳히며 고개를 끄덕였다.

와이즈는 상태 이상에 대한 내성이 극단적으로 낮다. 아니, 내성치는 아마 0일 것이다. 마법봉인에 백발백중으로 걸리는 안쓰러운 현자다. 그리고 이번에는 혼란에 걸리고 말았을 것이다.

어쩌다 이런 일이 벌어진 것인지는 쉬이 예상이 됐다.

'즉, 방해공작을 한 거겠지……. 자기 딸에게 포인트를 몰아주기 위한 방해공작 말이야.'

틀림없다. 아까 마사토가 손을 들지 못하게 방해했던 것과 마찬가지인 것이다.

그래서 범인으로 추정되는 인물을 바로 찾을 수 있었지만…… 바로 그때였다.

"제 생각에는 저 지팡이가 수상한 것 같은데…… 하아암……
어, 어라? ……갑자기, 졸음이…… 흠냐…… 쿠울……."

포타는 귀엽게 하품을 하더니, 그대로 책상에 엎드려서 졸
기 시작했다. 「어이, 포타?! 갑자기 왜 그래?!」 마사토가 말을
걸어보고, 흔들어보고, 마침 좋은 기회인지라 그녀의 볼을 눌
러보기도 했지만, 일어나지 않았다. 참고로 포타의 볼은 엄청
부드러웠다.

행복한 표정으로 잠들어있는 포타를 쭉 쳐다보고 싶었지만
아무래도 그럴 상황이 아닌 것 같았다.

포타만이 잠이 든 게 아닌 것 같았다. 와이즈도 책상에 엎
드리더니 그대로 골아 떨어졌다. 게다가 다른 학생들도 꾸벅
꾸벅 졸고 있었다.

아직 깨어 있는 이는 마사토, 메디 어머니, 메디, 그리고 우
락부락 선생님뿐이었다.

"응~? 뭐야? 꾸벅꾸벅 조는 애들이 많은 것 같은데……
뭐, 좋아. 학습이란 자신을 위한 거니까 말이지. 좋을 대로
하라고. 그럼 다음 문제를 내마. ……마왕에게 직접 공격이
통하지 않는다는 사실을 눈치챈 용사는 필사적으로 마왕에게
다른 형태의 대결을 제안하는데……."

우락부락 선생님은 이 기묘한 상황을 그냥 방치해둘 생각
인 것 같았다. 선생님은 NPC다. 돌발적인 사태에 대처하지
못하는 걸지도 모른다.

이대로는 안 된다. 아직 무사한 마사토가 나설 수밖에 없다.

"……이건 좀 심하다고 생각하는데요."

마사토가 정면을 쳐다보며 불쾌감이 잔뜩 어린 목소리로 그렇게 말하자…….

옆에서 희미한 웃음소리가 들려왔다.

"후후후. 무슨 소리를 하는 건지 모르겠네. ……마사토 군은 꽤 성실한 학생이구나. 졸리지 않은 거니?"

"제 방어구에는 상태 이상 내성이 달려 있거든요. 완전 방어는 아니지만, 이런 짜증나는 짓거리에 당하지는 않아요."

"내성을 지닌 거니? 어머나, 깜찍한 애네. 나야말로 화가 나는걸. ……하지만…… 완전방어가 아니라면, 확률적으로 효과가 부여되기는 하는 거지? 그렇다면 걸릴 때까지 계속 쓰면 되겠네."

메디 어머니는 옆에 있던 지팡이를 향해 손을 뻗더니 슬며시 만졌다. 그렇다. 만지기만 했다. 그랬을 뿐인데…….

마사토는 몸이 나른하게 느껴지기 시작했다. 몸의 감각이 옅어지더니 의식도 흐려졌다. 눈꺼풀 또한 무거웠다.

"큭…… 젠, 장……. 졸려……."

"자, 천천히 잠들렴. ……우후후! 이걸로 방해꾼은 전부 사라졌어! 내 딸이 모든 문제에 답해서, 모든 포인트를 입수할 거란다! 그리고 멋지게 성장하겠지!"

"젠장…… 최악이네……."

"어머나. 최악이라니 무슨 말이니. 나야말로 최고의 어머니란다."

"……헛소리…… 뭐, 가…….”

"자식을 진심으로 생각하기 때문에, 때로는 자식의 경쟁자들을 전부 쳐내려고 하는 거란다. 선악 같은 건 개의치 않아도 돼. 왜냐하면 이건 전부 자식을 위한 일이거든. ……이건 자식을 둔 부모라면 누구나 가지고 있을 마음이야. 그러니 그 어떤 짓을 해도 전부 용납돼. 그래. 틀림없단다.”

메디 어머니는 절대적인 확신이 담긴 어조로 그렇게 단언했다.

자신의 아이가 가장 소중하다. 그 마음 자체는 마사토 또한 다소 이해를 할 수 있었다.

하지만 「예, 그렇습니까」 하고 말하며 납득할 수 있을 리가 없다. 이런 식으로 밀려나고 마는 이로서는 열불이 날 수밖에 없으니까 말이다.

너무 화가 치솟은 나머지…….

"……하아…… 좀 적당히 하란 말이야…….”

느닷없이 그렇게 중얼거린 이는 마사토가 아니다.

그것이 누가 한 말인지 확인하기도 전에, 마사토는 그대로 깊은 잠에 빠져들고 말았다…….

마사토 일행이 정신을 차려보니 이미 1교시 수업이 끝나고 휴식 시간이었다.

NPC학생들은 「우와, 졸았어」, 「나도~」 같은 소리를 하면서 수업 중에 깜빡 졸았을 뿐이라는 듯이 느긋하게 담소를 나누고 있었다.

하지만 마사토 일행은 불쾌하기 그지없었다. 특히 반드시 손에 넣고 싶은 아이템이 있는데도 포인트를 전혀 벌지 못했던 와이즈는 머리끝까지 분노가 뻗친 것 같았다.

"진짜 열 받아 미치겠네! ······저기, 마사토! 이게 대체 어떻게 된 거야?! 용서 못 해! 빌어먹을~!"

"나한테 화내지 마. 불만이 있으면 직접······ 아, 범인이 자리에 없으니 할 말이 있어도 못하겠네."

메디 어머니와 메디는 자리에 없었다. 혹시 화장실에 간 것일까? 이런 생각을 하는 것은 매너 위반이니 그만 하기로 했다.

아무튼, 눈앞에 있는 녀석이 너무 시끄러웠다.

"마사토! 이렇게 됐으니 네가 대신 욕을 들어! 너, 그게 특기잖아!"

"특기 아니거든? 괜한 트집 잡지 말아줄래?"

"트집이든 뭐든 상관없어! 아아, 정말! 내 샌드백이 되어달란 말이야!"

"싫어. 그만해. 그딴 소리를 하는 녀석한테는 답례로 헤드록을 걸어주겠어."

마사토는 불 같이 화를 내고 있는 와이즈의 뒤편으로 가더니, 머리를 안아들 듯이 팔을 두른 후 그대로 꽉 조르기 시작했다. 「아야야야얏?! 자, 잠깐만?! 여자애한테 무슨 짓을 하는 거야?!」, 「헤드록 정도는 해도 되잖아」 관자놀이를 꽉 졸라 주는 것은 우정의 증표니까 말이다.

그런 식으로 와이즈를 조용하게 만든 후, 마사토는 포타와 둘이서 생각에 잠겼다.

"그건 그렇고 수법이 불가사의하네……. 주문을 영창하지도 않았는데 혼란이나 수면 효과가 발생했잖아. ……혹시 장비품의 힘이 발동된 걸까……. 저기, 포타. 메디 어머니가 가지고 있는 지팡이에 대해 뭐 아는 거 없어?"

"실은 메디 어머니의 지팡이에 대해 몰래 감정을 해봤더니, 그 지팡이에는 장비한 사람이 습득한 마법을 MP 소비 없이 발동시키는 기능이 달려 있었어요! 주문을 영창하지 않아도 마법을 쓸 수 있는 거죠!"

"주문 영창이나 MP 소모 없이 마법을 쓸 수 있는 거구나……. 엄청난 물건이네……."

"예! 엄청난 지팡이예요! ……하지만 그런 물건에는 단점도 있는 법이에요. 보통은 어떤 마법이 발동될지 랜덤으로 정해지는데…… 원하는 효과만을 발동시키는 건 무리일 텐데요……."

"메디 어머니는 그게 가능하다는 거구나. 즉, 그 지팡이는 어머니 전용 치트 장비인 거네. 그럼 다소 납득이 되기는 하는데…… 그것보다, 포타한테도 영향이 미치다니 진짜 말도 안 되네……."

"예! 저도 놀랐어요! 저는 비전투로 등록되어 있는데, 수면에 걸려서 깜짝 놀랐네요!"

"이 정도면 설정 불량 아냐? ……메디 어머니는 앞으로도 그런 짓을 계속 벌일 텐데…… 우리가 어떻게 대항하면 좋을까……. 으음……."

"어떻게 하면 좋을까요……. 흐으으음……."

마사토와 포타가 생각에 잠겨 있을 때였다.

"아! 나, 좋은 생각이 났어! 이럴 때는 역시…… 눈에는 눈, 이에는 이 작전으로 대항할 수밖에 없다고 봐!"

마사토에게 헤드록을 당하고 있던 와이즈가 또 시끄럽게 떠들었다. 다시 입을 다물게 만들기 위해서 헤드록을 강화했다. 으드드드득.

마사토는 와이즈의 두개골이 깨질 정도로 세게 졸랐지만……. 「아야야야얏…… 아픈 척 하다, 빈틈 발견!」, 「아얏!」 와이즈가 갑자기 고개를 치켜들자 그녀의 머리가 마사토의 턱에 꽂혔다. 그 틈에 와이즈는 탈출에 성공했다.

"내 이야기 좀 들어봐! 진짜로 좋은 아이디어란 말이야! 이 아이디어라면 그 망할 아줌씨에게 이길 수 있어!"

"아줌씨…… 말이 좀 심한 것 같은데…… 그것보다 네 아이디어라는 걸 듣는 것 자체가 싫어……."

"좀 들어보란 말이야! ……지금이 바로 마마코 씨가 나설 때라고 생각해!"

"예! 저도 같은 생각이에요! 마마 씨라면 절대 지지 않을 거예요!"

"큭…… 그 소리를 할 줄 알았어……."

눈에는 눈, 엄마에는 엄마. 뭐, 타당한 생각이기는 했다.

마마코가 다방면에서 강력한 존재라는 것은 의심할 여지가 없는 사실이다. 메디 어머니에게 대항할 수 있는 존재로서 마마코보다 나은 인재는 존재하지 않을 것이다. 전술 면에서 볼 때도 마찬가지다.

하지만…….

"저기 말이야. 제발 부탁이니까 내 마음을 좀 헤아려줘."

"마사토의 마음? 어떤데?"

"한 번 생각 좀 해봐. ……여기는 학교거든? 아이들의 영역이거든? 그런 곳에 자기 엄마가 불쑥 나타나는 건 즉사 레벨의 일이라고."

"뭐? 그건 또 무슨 소리야? 말이 너무 심한 거 아냐?"

"저는, 저는 엄마가 학교에 와주면 정말 기쁠 거예요! 정말 정말 기쁠 거예요! 기뻐서 껑충껑충 뛸 거예요!"

와이즈는 약간 어이없다는 표정을 지었다. 그리고 포타는 자신의 엄마가 학교에 오는 것을 진심으로 환영한다는 듯이 제 자리에서 껑충껑충 뛰었다.

"아니, 여자와 남자는 다르고, 포타는 아직 어리니까 내 마음을 이해하지 못하겠지만…… 그래도 진심으로 하는 말이야. 나한테는 진짜 무리라고."

"으음…… 저기, 포타는 이해가 돼?"

"그, 그게…… 저는 잘 모르겠는데요……."

"이해를 못해도 돼. 아무튼 이 이야기는 없었던 걸로 해줘. ……말이 씨가 될지도 모르니까 말이야. ……이 이야기는 이걸로 끝. 자, 종료."

마사토가 억지로 이 이야기에 마침표를 찍으려 한 바로 그때였다.

갑자기 딩동댕동~ 하는 소리가 들리면서 교내 방송이 시작됐다.

『학생을 호출합니다. 용사 마사토 군, 용사 마사토 군. 당신의 히로인이 당신을 기다리고 있습니다. 지금 바로 사무국으로 와주십시오.』

방송을 한 이는 여성이었다. 그 여성은 코맹맹이 목소리로 그렇게 말했다.

와이즈와 포타는 그 말을 듣더니 미간을 약간 찌푸렸다.

"어? 이 목소리…… 시랏세 씨 목소리 같지 않아?"

"맞아요! 목소리를 변조한 것 같기는 하지만, 틀림없어요!"

두 사람은 방송을 한 자의 정체를 금세 눈치챘다.

하지만 마사토는 방송을 한 이가 누구인지 전혀 신경 쓰지 않았다. 안중에도 없었다. 아니, 마사토는 이미 그 두 사람의 옆에 있지 않았다.

"내 히로인이, 나를 기다리고 있어……. 헉! 설마 메디?! ……오케이~! 금방 갈게요~! 우랴아아아아아아아아아아아아아아아아아아아아아아아아아아아아아아압!"

이미 교실 밖으로 뛰쳐나간 마사토는 전력으로 내달렸다.

"기다리고 있어! 내 히로인이 나를 기다리고 있다고오오오!"

복도를 내달리던 마사토는 「……어이쿠! 잠깐 스톱!」 마침 눈에 들어온 화장실에 들어가서 머리 모양을 정돈한 후, 다시 출발했다. 방금 정돈한 머리카락이 흐트러지지 않을 정도의 속도로 내달린 그는 운명의 만남이 기다리고 있는 사무국 앞으로 향했다.

그리고 그곳에 도착한 마사토는 보았다. 꼭 안아주고 싶은 몸매와, 치맛자락이 꽤 짧은 세일러 교복을 입은 소녀의 뒷모습을…….

어? 세일러 교복?

'어, 어라? 세일러 교복을 입은 걸 보면…… 평범한 여학생인가? 메디가 아닌 거야?'

그러고 보니 복장뿐만 아니라 머리 색깔과 머리 모양도 달랐다. 눈앞에 있는 소녀의 머리카락은 밤색을 띠고 있으며 곱슬곱슬했다. 메디는 분명 아니었다.

하지만 아직 실망할 필요는 없다. 제1히로인과 경쟁하는 제2히로인이 느닷없이 등장했다, 같은 상황일 수도 있으니까 말이다.

'우, 우와…… 긴장되기 시작했어…….'

지금이 바로 저 소녀와 마주할 때다. 마사토는 심호흡을 한 후, 천천히 다가가서 말을 걸었다.

"저, 저기…… 네가 내 히로인이야?"

마사토가 말을 걸자…….

그를 향해 돌아선, 그 사람은 바로……!

"응, 나야. 마 군."

마마코였습니다.

마사토는 가볍게 한숨을 내쉬었다.

"하아…… 이럴 줄 알았어. 알고 있었다고."

"어, 어머? 마 군, 의외로 차분하네……. 이 엄마가 얼굴을 보이면, 뭐랄까, 발끈하면서 불같이 화를 낼 거라고 생각했는데."

"하하하. 그럴 리가 없잖아. 『이게 무슨 짓이야아아아앗!』, 『내 두근거림을 돌려줘어어어어!』 같은 소리를 왜 해. 나는 그런 일로 화낼 만큼 꼬맹이가 아냐. 아들을 얕보지 말아줄래?"

마사토는 미소를 지으며 그렇게 말했지만…….

그가 호주머니에 집어넣어둔 손은 너무 세게 말아 쥔 탓에 피범벅이 되어 있었다. 감정이 무시무시할 정도로 농축된 것이다. 분노 게이지는 이미 한계치에 도달해 있었다. 지금이라면 초필살 궁극 오의 같은 것도 손쉽게 쓸 수 있을 것만 같았다.

하지만 마사토는 겉으로나마 차분한 척 했다. 꼬맹이가 아니니까 말이다.

"그럼 우선 그 복장에 대해 설명해줄래?"

"이 교복 말이니? 이건 시라아세 씨가 보내준 거야. 기념 삼아서 말이야. 이 엄마가 다녔던 중학교도 세일러 교복이어서 왠지 반가운 느낌이 들지 뭐니? ……그래서 좀 입어보고 싶어졌어. 어때? 어울리니?"

마마코는 그 자리에서 몸을 빙글 돌렸다. 그러자 그에 맞춰 치마가 휘날리면서 안에 입은 팬티가 언뜻 보였다.

아들에게 있어서는 즉사효과를 발휘하는 일격이지만 마사토는 어찌어찌 견뎌냈다. 혈관이 터질 뻔 했지만 말이다.

"외, 외모와 체형만 고려한다면 어울리기는 하지만, 아들 입장에서 고려한다면 완전 꽝이야. ……그리고 치마가 너무 짧잖아. 허리 부분을 말아서 끝자락을 올리지 마. 무릎 언저리 길이로 되돌려."

"부우~. 치마가 짧은 편이 귀여운데~. 마 군은 너무 엄격해."

"학교 교복으로 귀여움을 추구할 필요는 없거든? 적당히 좀 해."

마사토는 딸의 치맛자락에 대해 설교하는 아버지의 심정을 이해할 수 있었다. 가족이 경박한 옷차림을 하고 다니는 걸 방관할 수는 없으니까 말이지요.

게다가 상대는 다름 아닌 엄마다. ……그 결과, 마사토의 인내심은 어마어마하게 강해졌다. 그런 쓸데없는 부분은 순조롭게 스테이터스 업을 하고 있었다.

마사토는 차분하게 다음 질문을 던졌다.

"아무튼, 그런 꼴로 일부러 학교에 올 수밖에 없었던 이유를 말해봐."

"그게 말이지. 세일러 교복을 입고 나니, 마 군의 도시락에 젓가락을 넣는 걸 깜빡했다는 게 갑자기 생각나지 뭐야."

"어, 그래? 그렇게 중요한 걸 깜빡한 거야?"

"응. 그래서 서둘러 전달해줘야 할 것 같아서, 옷도 갈아입지 않고 서둘러 학교에 온 거야. ……자, 받으렴. 덜렁대는 엄마라 미안해."

마마코가 젓가락 통을 마사토에게 내밀었다. 「뭐야, 그런 거였구나」 젓가락이 없으면 도시락을 먹을 수 없다. 그러니 솔직하게 감사히 여겨야 할 상황…….

잠깐만 있어봐. 문득 생각난 건데…….

"저기, 엄마. 설마…… 젓가락을 전달해준다는 구실이 있으면 이렇게 당당히 학교에 갈 수 있을 테니까, 일부러 젓가락을 챙겨주지 않았다…… 같은 건 아니지? 내 말 맞지?"

마사토가 차분한 어조로 그렇게 묻자…….

마마코는 가타부타 말이 없이 그저 귀엽게 고개만 갸웃거렸다. 「어이, YES인지 NO인지 빨리 말해」, 「응~? 으음~ 으음~~~?」 마마코는 귀엽게 웃으면서 얼버무리려 했다. 증거는 없지만 일부러 그런 거다. 틀림없다고.

하지만 마사토는 화를 내지 않았다. 그는 성장한 것이다. 마음을 넓게 먹었다. 도시락을 먹을 수 있을 테니 잘 된 거잖아. 이건 전부 도시락을 위한 일이야. 도시락 만세.

마사토는 한숨을 내쉬면서 이 상황을 받아들였다.

"……이번만, 특별히, 봐줄게."

"고마워. 이 엄마는 상냥한 마 군이 정말 좋아."

"예~ 감사합니다~. ……솔직히 말해, 이 정도 선으로 끝나서 솔직히 다행이라는 생각도 들어. 아들로서는 막대한 대미지를 입긴 했지만 말이야. 진짜 충격이 어마어마하지만……
그래도 우리 엄마까지 교실에 난입했다면 상황을 수습할 수가 없었을 거야……."

"어? 우리 엄마까지? ……혹시 다른 학생의 어머니가 교실로 찾아온 거니?"

"그래. 어제 만났던 메디 어머니가 수업참관을 하겠다며 교실에 쳐들어왔어. ……그 뿐만 아니라 나와 메디 사이의 자리에 딱 앉더라고. ……진짜 작작 좀 해줬으면 좋겠다니깐……."

"그럼 메디 어머니는 어떻게 됐어? 경비원에게 끌려갔니?"

"아냐. 완전 막무가내로 경비원보다 체격이 건장한 선생님조차 몰아붙이더니, 결국 수업참관 허락을 받아냈어. 진짜 속수무책이었다고."

"그래……. 막무가내로 밀어붙이면……."

마마코는 생각에 잠겨 있었다. 흠흠 하고 신음을 흘리며 생각에 잠겨 있었다. 「막무가내로…… 밀어붙이면……」 그리고 스모 선수가 시합에서 상대방을 밀어붙이는 듯한 포즈를 취했다.

무심코 그 이야기를 해버린 바람에 위험한 징후가 발생했습니다. 아들의 마음속에는 비상사태가 발령된 것이다.

"저기, 엄마. 알고 있겠지만……."

"무, 물론이야! 이 엄마도 알고 있어. 그런 짓을 했다간 마군이 이 엄마를 싫어할 거잖니? 이 엄마는 마 군에게 미움을 받으면 울어버릴 거야. 그러니까 그런 짓은 안 해."

"오케이~. 잘 알고 계시는 군요. 그럼 이야기는 이걸로 끝. 용건도 끝난 것 같으니까 여관으로 돌아가⋯⋯."

"아뇨. 모처럼 와주신 마마코 씨를 이대로 돌려보낼 수야 없죠. 부디 출진해주셨으면 합니다."

느닷없이 옆에서 말을 걸어온 이는 접수처 누님이 아니었다.

사무국 창구에서 얼굴을 내밀고 있는 이는 언제 어느 때나 차분한, 수녀 복장을 한 예의 그 사람이다. 어느 때는 이사장 대리, 그리고 수녀 복장을 했을 때는⋯⋯.

"저, 저기, 시라아세 씨⋯⋯ 대체 어디서 출몰한 거예요⋯⋯?"

"남을 해충처럼 여기지는 말아주셨으면 좋겠군요. 아무튼 그것보다⋯⋯ 마사토 군 일행의 반에서 문제가 발생한 것 같더군요. ⋯⋯이럴 때는 최고 화력을 통한 신속한 참견이 필요하겠죠. ⋯⋯마마코 씨, 당신이 원하는 대로 하시죠. 제가 허가해드리겠습니다."

"어머나! 감사해요!"

"자, 잠깐만요! 무슨 소리를 하는 거예요! 그런 짓을 했다간⋯⋯!"

교실 안의 분위기가 더욱 엉망진창으로⋯⋯.

"자, 그럼 2교시 수업을 시작하겠다. 인사당번은 인사를 하도록."

"예. 그럼…… 전원 기립. 인사. 착석."

마마코의 말에 따라 학생들은 자리에서 일어나 인사를 한 후, 다시 자리에 앉았다.

"그럼 1교시 수업에 이어서……."

"잠까아아아아아아아아아아아아아아아아아아아안!"

우락부락 선생님이 별말 없이 수업을 시작하려 하자, 마사토는 목청껏 고함을 질렀다. 고함을 지르는 게 당연했다. 책상을 손바닥으로 두드리며 그렇게 외쳤다. 최선을 다해 수업 진행을 저지했다.

"요, 용사 마사토여, 왜 그러느냐? 갑자기 난폭해진 것 같구나."

"난폭해질 만도 하잖아요! 부탁이에요, 선생님! 방금 이상한 일이 벌어졌잖아요! 당번이 아닌 사람이 인사를 맡아서 했다고요! 그리고 척 봐도 이 사람은 학생이 아니잖아요! 안 그래요?!"

마사토는 자신의 옆에 앉아있는 세일러 교복 차림의 마마코를 손가락으로 척 가리키면서 그렇게 외쳤다.

하지만 우락부락 선생님은 마마코를 지그시 쳐다보더니…….

"……어딜 봐도 학생 같아 보인다만?"

"너, 눈이 삐었냐?! ……아, 뭐, 아들이 보기에도 위화감 없이 반에 녹아들어 있기는 하지만……. 아아, 정말! 딱 잘라 말할게요! 잘 들어요! 이 사람은, 제 어머니예요!"

"크하하. 용사 마사토는 동년배 여학생을 어머니라고 부르는 걸 정말 좋아하는구나. ……나와 같이 병원에 가보는 게 어떻겠느냐?"

"안 갈 거야! ······하아, 정말! 엄마도 좀 적당히 해! 사실대로 말하라고!"

"그, 그래. 사실대로 말해야겠네. ······선생님, 죄송해요. 사실 저는 마 군의 엄마인 마마코라고 해요."

"뭐······?"

마마코가 사실대로 밝히자 우락부락 선생님은 그녀를 다시 쳐다보았다. 그리고 구석구석 살피려는 듯이 뚫어져라 쳐다보았지만······ 그래도 믿기지 않는다는 듯한 어조로 이렇게 말했다.

"으, 으음······ 정말로 용사 마사토의 어머니십니까?"

"예. 정말이에요. ······아, 맞다. 모자수첩을 가지고 있는데, 보시겠어요?"

"왜 그런 걸 항상 가지고 다니는 건데?! 아이가 크면 필요 없는 거 아냐?!"

"오오, 어머니와 자식의 기록을 항상 지니고 다니다니······ 당신은 정말로 용사 마사토의 어머니군요."

"예. 아들이 학교에서 어떻게 생활하고 있는지 보고 싶어 이렇게 실례를 범했답니다. 정말 죄송해요."

마마코는 고개를 숙이며 사과했다.

그런 마마코를 본 우락부락 선생님은······.

"음. 알겠습니다. 그럼 마마코 씨의 수업 참관을 허락하죠."

서슴없이 마마코에게 수업 착관을 허락했다.

"뭐?! 우락부락 선생님?!"

"용사 마사토여, 진정해라. 아들의 입장과 심정은 이해한다만, 일단 진정하고 이야기를 들어다오. ……나는 이런 생각이 드는 구나."

"어, 어떤 생각인데요……?"

"부모자식이 함께 시간을 보내는 것이야말로 이 게임, MMMMMORPG(가제)의 참맛이다. 어떤 식으로든, 부모가 자식과 함께 하는 것을 바란다면, 원하는 대로 해줘야 한다고 나는 생각한다."

"아니, 그래도…… 학교에도 엄연히 룰이……."

"정해진 룰 따위에 따를 필요 없다! 학생의 가정환경을 지키기 위해서라면, 나는 학교와도, 운영 측과도 싸울 거다! 설령 버그 취급을 당할지라도, 학생을 위해 싸우다 지워진다면 그야말로 바라는 바다! 몇 킬로바이트에 불과한 내 인생에 한 점의 후회도 없다!"

"발언 자체는 멋지지만, 나한테는 완전 민폐라고……. 그것보다, 그 데이터 량은 압축되어 있는 거죠? 압축된 게 아니라면, 선생님의 인생은 너무 가벼운 거 아니에요?"

힘차게 말아 쥔 주먹을 하늘 높이 치켜든 우락부락 선생님은, 좋은 선생님이셨습니다(과거형).

바로 그때였다.

"저기 말이죠!"

고압적일 뿐만 아니라 불만으로 가득 차 있어서 귀에 거슬리기 그지없는 목소리가 들렸다.

그 목소리의 주인은 바로 메디 어머니였다. 교실 뒤편에 특별히 마련되어 있는 수업참관자용 좌석에 당당히 앉아있던 그 사람은 더는 못 참겠다는 듯이 벌떡 일어섰다.

"선생님, 질문 하나 해도 될까요? 방금 이상한 행동을 취하지 않으셨나요? 예?"

"예? 이상한 행동이라고요? ……으음, 딱히 그런 건……."

"선생님의 방금 행동 자체가 명백하게 이상했단 말입니다! 제가 수업참관을 요청했을 때는 그렇게 필사적으로 거부했으면서, 마마코 씨의 요청은 순순히 받아줬잖아요!"

"그건…… 인간성 차이 때문이라고나 할까, 어머니로서의 품격 차이를 고려한 결과……."

"방금 뭐라고 하셨죠?!"

"아, 아무 말도 안했습니다! 저, 저기…… 메디 어머니라는 전례를 기준으로 이사회 측에서 검토한 결과, 이사장 대리께서 오케이를 하셔서 이렇게 된 겁니다! 참관석이 마련된 걸 보면 알 수 있듯, 마마코 씨만 특별대우를 받는 건 아니죠! 그러니 진정해 주십시오! 부탁드립니다!"

몸집이 큰 우락부락 선생님은 이마가 바닥에 닿을 것 같을 만큼 필사적으로 고개를 숙였다.

메디 어머니는 땅이 꺼져라 한숨을 내쉬었다. 화가 풀리지는 않은 것처럼 보였지만, 일단 마음은 좀 진정된 것 같았다.

"눈곱만큼도 납득은 못했지만, 이쯤 해두도록 하겠어요. 저 때문에 수업에 차질이 생기면 안 되니까요. ……자, 마마코 씨. 이쪽으로 오세요. 여기가 보호자석이랍니다."

"아, 예. ……마 군, 힘내렴. 이 엄마가 뒤편에서 지켜보고 있을게."

"그, 그런 소리 하지 말고 빨리 가기나 해!"

마마코는 마사토에게 말을 건넨 후, 참관석으로 향했다. 이런 짓 좀 하지 말아줬으면 좋겠는데 말이다.

엄마의 침공을 저지하지 못한 결과 이런 사태가 벌어지고 말았다. 「이렇게 될 것 같은 느낌이 들긴 했어~. 푸풉」 마사토의 오른편에 있는 와이즈가 능글맞게 히죽거리고 있었으며 뒤편에 앉은 포타 또한 미소를 짓고 있었다. 진짜 못해먹겠네.

'메디도 웃고 있을 게 뻔해…….'

왼쪽을 쳐다보니, 어머니의 말에 따라 마사토와 한 자리 떨어져서 앉아있던 메디가 기품 있는 웃음을 흘리고 계셨다. 메디에게마저 웃음거리가 된 것이다.

'……다 싫어……. 그냥 확 죽여줘…….'

마사토는 지금이라면 그 어떤 식의 죽음이든 다 받아들일 수 있을 것만 같았다. 기분 그 자체가 붕괴된 듯한 심정이다.

그렇게 2교시 수업이 시작됐다.

"전투를 치르지도 않았는데 빈사 상태에 처한 사람이 한 명 있는 것 같지만, 그 상처는 그 누구도 치유해줄 수 없을 테니 그냥 수업을 시작하겠다. ……그럼 1교시 수업 내용을 이어서 가겠다. 다들 칠판을 주목하도록."

우락부락 선생님은 분필을 쥐더니 칠판에 글자를 적었다.

【6-7(6-8)】

이게 뭐지.

"간단히 복습부터 하겠다. 용사는 테니스 대결을 제안했지? 그리고 라켓을 손에 쥐고 마왕에게 도전해서 타이 브레이크#3까지 가지만, 아쉽게도 지고 말았다. 패배한 용사는 기초부터 다시 단련하기 위해 미국으로 건너가지. 하지만 스폰서에게서「네가 해야 할 일은 이게 아니지 않느냐」라는 말을 듣고 자신의 사명을 떠올린 용사는 다시 검을 쥐고 마왕성으로 향했다⋯⋯라는 부분까지 했지?"

"대체 뭐가 어떻게 되면 그런 상황이 벌어지는 건데⋯⋯. 그것보다 용사가 있는 세계에도 미국이 있는 거냐고⋯⋯."

"크하하! 조느라 수업에 집중하지 못한 녀석들은 모르겠지. 자, 그럼⋯⋯."

우락부락 선생님은 문제를 냈다.

【용사는 디바인 슬래시를 날렸다. 하지만 마왕은 대미지를 입지 않았다.】

또 이거냐.

"또 이거냐, 하고 생각한 학생도 있겠지. 하지만 어쩔 수 없다. 문제가 해결되지 않았으니까 말이야. 다른 공간에 틀어박

#3 타이 브레이크(tie break) 테니스 게임에서 듀스가 될 경우, 12포인트 중 7포인트를 먼저 획득한 자가 승리하는 경기방식.

혀 있는 마왕 본체를 끌어내지 않는 한, 승리를 거둘 수 없다. 자, 어떻게 할 거지?"

생각하기에 따라서는 간단한 문제다. 하지만 용사가 마왕이 있는 공간으로 이동하거나, 공간의 벽을 없애는 특수 아이템을 사용한다, 처럼 생각하기에 따라서는 여러 가지 답이 존재하기 때문에 오히려 더 어렵다.

우락부락 선생님의 질문에는 마사토 일행은 물론이고 메디조차도 좀처럼 대답하지 못했다. 학생들이 침묵하자 교실 안은 정적으로 가득 찼다.

좋지 않은 상황이다.

'이 분위기는 위험한걸……'

차분히 생각에 잠긴 듯한 자세를 취한 채, 메디 이외의 학생들 전원이 잠들어버리고 만다. 그런 사태가 벌어지는 것은 아닐까? 아니, 그런 사태를 초래하려 하는 사람이 참관석에 앉아 있었다.

뒤편을 쳐다보니, 역시…… 참관석에 앉아있는 메디 어머니가 지팡이를 손에 쥐고 있었다. 이미 방해 공작이 시작된 것 같았다.

하지만, 뭔가 이상했다.

'으음, 이상하네……. 아무 일도 일어나지 않잖아……?'

메디 어머니는 방해를 시도하고 있는 것 같지만 교실에는 아무런 변화도 발생하지 않았다. 마사토는 물론이고, 와이즈와 포타한테도 이변은 일어나지 않았으며 다른 학생들도 잠들지 않은 채 생각에 잠겨 있었다.

　이게 대체 어떻게 된 것일까…… 하고 마사토가 생각한 바로 그때였다.

　마사토는 목격했다. 희미한 빛이 그의 눈에 비쳤던 것이다.

　'어라? 엄마의 팔꿈치 보호구가 반짝였어?'

　메디 어머니가 지팡이를 슬며시 들어 올린 순간, 옆에 있는 마마코의 팔꿈치 보호구가 희미하게 빛났다.

　메디 어머니는 당혹스러워 하면서 지팡이로 바닥을 톡 두드렸다. 그러자 마마코의 팔꿈치 보호대가 반짝였다. 그리고 아무 일도 일어나지 않았다. 신경질이 난 듯한 메디 어머니가 지팡이로 툭툭 바닥을 두드렸다. 그러자 마마코의 팔꿈치 보호대가 반짝반짝 빛났다. 그리고 또 아무 일도 일어나지 않았다. 이건…….

　'아~ 혹시…… 또 엄마가 뭔가를 한 걸까.'

　그렇다.

　그것은 너무 많이 만든 음식을 버리는 것은 아까우니 이웃들에게 나눠주는 어머니 같은 스타일의 스킬이다.

　마마코는 자신의 장비품이 지닌 상태 이상 완전 방어 기능을 타인에게 발생시킬 수 있는 보조 스킬 【어머니의 나눔】을 발동시켰다!

　하지만 본인은 그것을 눈치채지 못한 것 같았다. 마마코는 무사태평한 표정으로 아들을 향해 손을 흔들고 있었다.

　그런 마마코의 옆에는…….

　"어, 어떻게 된 거야?! 왜 효과가 발동하지 않는 건데?! 이

익, 진짜!"

불같이 화를 내며 지팡이를 흔들어대고 있는 아줌씨가 있었다. 웃기는 광경이었지만…….

"……풋…… 극성 엄마, 꼴좋다…….'

방금, 무슨 말 들리지 않았나?

마사토의 왼편, 메디 쪽에서 목소리가 들린 것 같은데…….
아니다. 말도 안 된다. 메디가 입에 담을 말이 아니니까
말이다. 잘못 들은 게 틀림없다.

그것보다…….

'아무튼 엄마 덕분에 살았어. ……진짜 대단하다니깐.'

마사토는 기분이 썩 나쁘지 않다고나 할까, 무심코 웃음을
터뜨릴 뻔…… 하고 있을 때가 아니다.

방해받을 걱정을 하지 않아도 된다면 문제에 집중해야 한
다. 마사토는 반드시 답을…….

바로 그때였다.

"저요!"

마마코가 힘찬 목소리로 그렇게 말하며 손을 들었다.

마사토는 벌써부터 머리가 지끈지끈했다. 방금까지만 해도
기분이 썩 나쁘지 않았는데, 순식간에 뇌가 으깨지는 듯한
느낌이 들었다.

"엄마! 왜 엄마가 대답하려고 하는 건데?!"

"미, 미안해. ……엄마, 왠지 답을 알 것 같아서 말이야……."

"알 것 같더라도 맞추면 안 되잖아! 이건 우리의 수업이라고!"

"아니, 괜찮다. 학생들은 답이 생각나지 않는 것 같으니, 마마코 씨의 답을 들어보도록 할까. 교복을 입고 있으니 특별이 기회를 주도록 하지."

"'뭐어……?!'"

마사토, 그리고 메디 어머니가 경악에 찬 목소리로 그렇게 외쳤다.

메디 어머니는 서둘러 윈도우 화면을 표시하더니 자신의 소지품을 확인해보기 시작했지만…… 역시 세일러 교복은 가지고 있지 않은 것 같았다. 다행이다. 세일러 교복 차림의 어머니가 늘어난다면 지옥도 그 자체일 것이다.

그 틈에…….

"그럼 마마코 씨. 답을 말해주시죠."

"예. 그럼……."

마왕은 다른 공간에 틀어박혀서 나오지 않고 있다. 자, 어떻게 할 것인가. 그 문제에 대한 마마코의 대답은…….

"틀어박혀서 나오지 않는다면, 마왕 씨의 어머니를 모셔 와서 같이 불러보면 좋지 않을까 싶어요. 「무서워하지 마렴. 자, 엄마는 여기 있단다. 괜찮으니 나와 보렴」 하고 말이에요."

그리고 자기 어머니의 말을 듣고 안심한 마왕이 「예, 지금 갈게요」 하고 말하더니, 다른 공간에 있던 마왕의 너저분한 본체가 쑤욱 나타날 거라는…….

"말도 안 되잖아……!"

"음. 흉악한 범죄자도 어머니의 말은 신경이 쓰이는 법이지. 마왕 또한 예외는 아닐 거다. 어머니가 부른다면 나올 수밖에 없을 거야. 마마코 씨, 딩동댕! 30포인트 증정!"

"어머나, 포인트를 받아버렸네."

"어어어엇?! 정답이야?! 게다가 포인트가 너무 많은 거 아냐?!"

"그럼 마마코 씨에게 문제를 드리겠습니다. 어머니의 말을 듣고 나타난 마왕은 용사를 보자마자 무슨 말을 합니다. 그 말은 과연 무엇일까요. 자, 답해 주시죠."

"으음…… 아, 맞아. 「너, 왜 우리 엄마와 같이 있는 거야. 빨리 떨어져」 아닐까요? 만약 마 군이 그 마왕 같은 상황에 처한다면 분명 그렇게 말할 거예요."

"그딴 소리 안 하거든?! 멋대로 지껄이지 마!"

"크하하! 용사 마사토는 마마코 씨를 정말 좋아하나 보군! 좋아, 정답! 마마코 씨에게 30포인트 증정!"

"어머, 기뻐라."

"그딴 걸 정답으로 삼지 마!"

"그럼 다음 문제. 마왕용사 마사토는 용사에게서 마마코 씨를 되찾기 위해 결사의 싸움을 시작하는데……."

"내가 마왕인지 용사인지 잘 모르겠거든?! 그것보다 나 좀 그만 등장시켜줄래?! 나는 딱히 상관없잖아?! 아니, 제발 부탁이니까 이제 그만 좀 하라고요!"

필사적으로 외쳤지만, 마사토의 소망은 누구도 들어주지 않왔다…….

마마코가 무의식적으로 서포트를 해준 덕분에 메디 어머니의 모략은 완전히 봉쇄됐고, 남은 수업은 별 문제없이 진행됐다.

하지만…….

"……하아…… 엄마가 전부 다 맞춰버려서 포인트를 독차지했어……. 게다가 포인트가 세 배였잖아……. 이게 대체 뭐냐고……."

"글쎄…… 오늘은 엄마 한정 포인트 3배 데이였던 걸까……."

"그런 날이 있다는 말은 들어본 적이 없거든?! 그리고 애들 입장에서는 좋을 게 하나도 없다고!"

좋을 게 없는 정도가 아니라 골치가 아플 지경이었다. 뭐, 마마코의 획득 포인트 배율 문제는 일단 제쳐두기로 하고…….

지금은 방과 후다. 동료, 그리고 보호자와 함께 사이좋게 돌아갈 시간이다. ……아니, 보통은 보호자가 포함되지 않아야 정상이지만, 지금은 함께 돌아갈 수밖에 없다. 학교에 같이 있으니까 말이다. 어쩔 수 없다.

고난이도 퀘스트나 강력한 보스 같은 것과는 근본적으로 다르지만, 그래도 가혹하기 그지없는 현실과 마주할 수밖에 없는 상황에 처한 마사토는 힘들어 죽을 것만 같았다.

바로 그때였다. 앞서 걷고 있는 치유술사 모녀의 뒷모습이 마사토 일행의 눈에 들어왔다.

'오오! 메디 어머니는 딱 질색이지만, 메디가 저기 있어! 마음의 오아시스 발견!'

지칠 대로 지친 마사토의 마음을 치유해줄 수 있는 이는 그녀뿐이다. 마사토는 사막에서 목이 말라 죽어가다 오아시스를 발견한 사람보다도 더 기뻐하며, 메디를 향해 뛰어가서 말을 걸었다.

"이봐~ 메디!"

"어? 아, 마사토 군."

"메디도 어머니와 지금 돌아가는 길이야?"

"예. 저희도 이제 여관으로 돌아가던 길이에요. ……아, 맞다. 오늘은 정말 고마웠어요. 마사토 군 덕분에 오늘 정말 즐거웠어요."

"나, 나 덕분?! 빈말이라도 고마워!"

이런 말을 들으니 「네가 원한다면 언제든 곁에 있어주겠어, 베이비」 하고 말하고 싶어지는데, 확 말해버릴까? 아, 하지만 무리야~ 같은 생각을 한 바로 그때였다.

메디 어머니가 갑자기 마사토와 메디 사이에 억지로 비집고 들어왔다.

"어어……."

"인사는 마친 것 같네. 메디, 가자."

"아, 예. 어머님……. 마사토 군. 그럼 이만 실례할게요."

"아…… 어어어어……."

아직 인사는 끝나지 않았다. 「그럼 잘 가」, 「응. 내일 또 봐」

같은 대화를 나누며 내일을 살아갈 힘을 얻은 후, 웃으면서 작별인사를 하고 싶었던 것이다.

하지만 말을 걸 수가 없었다. 마사토 일행을 극도로 경계하고 있는 메디 어머니에게 완전히 가드를 당한 탓에 메디와는 이대로 헤어지고 말았다.

마사토는 불이 죽었다.

"하아…… 대체 뭐냐고……. 나는 어머니라는 존재에게 저주 받은 게 틀림없어……."

그렇게 생각할 수밖에 없었다. 다른 가능성은 생각조차 나지 않았다.

학교생활 첫날은 매우 나쁜 의미에서 어머니로 점철된 하루였다.

참고로, 오늘의 성적.

마사토는 0SP, 와이즈는 0SP, 포타는 0SP 획득.

마마코는 비공식이지만 360SP 획득.

엄마, 대체 무슨 짓을 한 거야! ……같은 식의 불평불만은 이미 마사토가 전부 퍼부어뒀다. 그러니 이제 결과를 결과로서 받아들일 수밖에 없다.

학교생활은 이제 막 시작됐다. 아직 만회할 기회는 얼마든지 있을 것이다.

통 지 표

| 학생 : 오오스키 마사토 |
| 담임 : 오오스키 마마코 |
(담임은 아니지만, 이름을 기입할 란이 여기뿐인지라)

학습 태도

관심·의욕 : 수업에 관심을 가지며, 자발적으로 학습에 임한다.	◎
말하기·듣기 : 생각을 정확하게 말하며, 상대의 의도를 파악하며 듣는다.	◎
지식·이해 : 학습내용에 관한 지식 및 이해를 명확하게 가지고 있다.	◎
기능·표현 : 상상력을 발휘해, 독자적인 감성으로 표현한다.	◎

학습 시간의 종합적인 현황

수업에 대해 매우 긍정적이었습니다. 열심히 생각에 잠겨 있는
그 뒷모습에서 눈을 뗄 수 없을 정도였죠.
카메라를 가지고 오지 않은 게 정말 후회됐습니다.
하지만, 우락부락 선생님에게 좀 더 부드러운 말투를 써줬으면
좋겠다는 생각이 듭니다.

통지표를 기입한 보호자로부터의 연락

수업참관을 한 김에 통지표의 기입도 부탁받았습니다만,
이렇게 작성하면 될까요?
혹시 문제가 될 부분이 있다면 알려주세요.

죠코 아카데미아 학교

제3장
벽의 낙서는 추억이지만,
주먹질이나 발길질 자국은 흑역사.
서둘러 지워버릴 것.

학교생활 2일차.

"그럼, 다녀오겠습니다~."

마사토는 거점으로 삼고 있는 여관 쪽을 쳐다보며 대충 그렇게 말한 후, 걸음을 옮겼다.

서둘러, 그리고 재빠르게 걸음을 옮기던 그는 속도를 더욱 높이면서 마치 경보라도 하듯 쑥쑥 나아갔지만……

"잠깐만, 마사토! 좀 천천히 가! 너무 빠르잖아!"

"마사토 씨, 기다려 주세요! 같이 가요!"

마사토는 그 말을 듣더니 어쩔 수 없이 속도를 늦췄다.

그리고 뒤편을 힐끔 쳐다보니 와이즈와 포타가 쫓아오고 있었다. 단 둘뿐이었다. 일단 안심해도 될까?

와이즈는 몰라도 포타는 기다려주자고 생각한 마사토는 두 사람과 합류했다.

"하아, 혼자 멋대로 가버리지 말아줄래? 협조성이 너무 없는 거 아냐?"

"협조성 따윈 족쇄입니다. 높으신 분들은 그걸 몰라요."

"어, 무슨 소리를 하는 거야? 진짜 영문을 모르겠네. ……그 것보다, 아직 마마코 씨가 안 왔으니까 좀 기다리란 말이야."

"제 생각에도 마마 씨를 기다리는 편이……."

"둘 다 스톱. 제발 부탁이니까 더는 아무 말도 하지 마."

마사토는 혼자 서둘러서 여관을 나선 이유가 있었다.

이제 마마코의 종일 수업참관은 피할 수 없다. 마사토 일행 에게도 도움이 되고 있으니 눈감아 줄 수밖에 없겠지만…… 그래도 함께 등교하는 것만큼은 피하고 싶었다. 반드시 말이다.

마사토와 함께 등교해야 할 존재는 따로 있다.

'지금은 엄마가 나설 때가 아냐……. 지금 나타나야할 사람 은 바로 내 히로인이라고.'

등교 도중에 우연히 마주쳐서, 느긋하게 이야기를 나누면서 은근슬쩍 나란히 걷는다거나……. 그런 일에 적합한 천사가 존재하시는 것이다.

그 사람은 과연 누구인가? 뻔하다. 말할 필요도 없는 것이다.

마사토는 운명의 그녀와 재회하기를 고대하며 걸음을 내디 뎠다. 대로를 따라 나아가며 학교로 향한 것이다.

그리고 샛길과 이어진 모퉁이 근처에 도착했을 즈음이었다. 샛길 쪽에서 귀에 익은 목소리가 들렸다.

"늦잠을 자면 어떻게 하니! 메디! 자, 서둘러! 너는 모든 면 에서 1등이 되어야만 해! 등교 또한 누구보다 먼저 해야 한단 말이야!"

"예, 어머님! 그럼 먼저 갈게요!"

메디 어머니와 메디의 목소리였다. 길이 합쳐지는 곳에서 언뜻 샛길 쪽을 쳐다보니, 아니나 다를까 마사토의 히로인이 이쪽으로 뛰어오고 있었다.

'오예에에에에에에에엣! 고마워, 운명!'

왔다, 왔어, 왔다고! 자, 재회다! 마사토는 우연히 재회한 척하기로 했다. 만반의 준비를 마친 상황에서 우연히 재회하는 것이다. 자, 가자!

이쪽으로 뛰어오던 메디는 앞이 보이지 않을 정도로 고개를 숙인 채……

"……입만 열었다 하면 1등, 1등…… 아, 진짜……. 극성 엄마, 완전 짜증나……."

응?

메디가 낮은 목소리로 뭐라고 말했지? 『짜증나』 같은 소리를 한 것 같은데?

에, 에이, 그럴 리가 없다. 다른 사람도 아니고 마사토의 히로인이 그런 험한 말을 입에 담을 리가 없다. 틀림없다. 잘못들은 것이다. 그런 걸로 여기기로 했다.

그것보다, 이 상황은……

'……헉! 이건 설마, 바로 그……!'

등교 시간. 전방을 살피지 않으며 뛰고 있는 미소녀. 이 정도 조건이 갖춰졌으니 더는 설명을 할 필요가 없을 것이다. 그렇다. 시추에이션 상으로 의심할 여지가 없는 것이다.

또한 메디는 상당한 사이즈의 가슴을 탑재했다.

즉, 충돌 후 출렁~! 인 것이다!

하지만 그것은 부딪쳤을 경우에 발생하는 일이다.

마사토는 이미 충돌 위험을 눈치챘다. 그러니 메디에게 말을 걸어서 출렁~! 을 회피하는 것도 가능한 것이다. 여유롭게 가능하다.

하지만…… 과연 그래도 괜찮을 것인가.

"물론이지. 다치지 않는 게 가장 중요하잖아. ……안 그래?"

마사토는 하늘을 올려다보면서 물어보았다. 마사토의 애검인 천공의 성검 필마멘트의 근원인 하늘에 물어본 것이다. 하늘에 선택받은 용사의 질문에, 하늘은 분명 답해줄 것이다.

답해줄 거라 생각했는데…….

"어라, 이상한걸. 대답이 없잖아. 흐음, 대체 어떻게 된 거지?"

마사토는 좀 더 기다려보기로 했다. 꿈과 감동의 출렁~! 을 기대하고 있는 것은 아니지만, 역시 위대한 힘의 대답을 들어보는 편이 좋을 테니 이대로 대기하기로 했다. ……그 탓에 부딪치더라도 그건 어쩔 수 없는 일이다.

바로 그때였다.

"……응?"

마사토의 발치가 미세하게 흔들리기 시작했다. 지진이 일어난 것은 아니다. 매우 제한된 범위에서만 발생한 이 흔들림은…… 「설마【어머니의 송곳니】야?! 이 타이밍에?!」 아무래도 틀림없는 것 같았다.

마사토와 메디가 부딪치기 직전, 지면에서 맹렬한 기세로 흙으로 된 뾰족한 탑이 솟아났다. 그것은 아들이 있는 곳을 찾아내, 그곳에서 발생한 온갖 상황을 중단시키는 사랑의 스킬이다.

마을 한복판이라 그런지 평소보다 크기가 작기는 했지만, 그래도 송곳니가 느닷없이 마사토의 발밑에서 튀어나왔다.

"우왓?! 위험해?!"

정통으로 맞지는 않았지만 마사토는 뒤편으로 밀려나고 말았다. 그대로 뒤편으로 쓰러질 뻔 했지만, 그는 어찌어찌 몸을 뒤집는데 성공했다.

그리고 다음 순간, 출렁~! 하는 소리를 내며 얼굴이 부딪쳤다. 그리고 마사토가 부딪친 것은 바로……

"우후후. 겨우 따라잡았네. 마 군, 잡~았~다~."

엄마의, 크고 부드러울 뿐만 아니라 좋은 향기도 나는…… 예, 바로 그것이옵니다.

"아냐! 이게 아냐! 이게 아니라고!"

"이게 아냐? 으음, 그게 무슨 말이니?"

"아, 그게, 으음, 아무것도 아닙니다."

메디와 부딪쳐서 출렁~! 하기를 바랐는데…… 하지만 그런 말을 할 수는 없고……. 아, 마침 흙으로 된 탑이 눈앞에 있다. 좋아, 때리자. 때릴 게 있어서 다행이다.

그리고 주먹 자국이 200개 정도 생긴 탑 너머에서 메디가 고개를 쏙 내밀었다. 메디는 여전히 청순한 미소녀의 견본 그 자체였다.

"……아, 마사토 군. 그리고 여러분. 좋은 아침이에요."

"아, 응. 메디. 좋은 아침이야. 참, 혹시 이것 때문에 다치지는……."

"메디! 왜 멈춰서있는 거니?! 빨리 학교에 가렴!"

마사토가 말을 걸려던 순간 앙칼진 목소리가 들렸다. 메디는 그 말을 듣고 불만이 희미하게 어린 표정을 지었지만, 곧 학교를 향해 뛰어갔다.

마사토는 메디를 불러 세우고 싶었지만 그랬다간 그녀가 혼나고 말 것이다. 그러니 이대로 보내줄 수밖에 없다.

마사토는 자신에게 다가온 와이즈, 포타와 함께 보스에게 맞섰다.

"어머, 너희구나. 좋은 아침이야. 인사 정도는 제대로 할 줄 아니?"

"물론이죠. 좋은 아침입니다."

"거참 좋은 아침이네요~."

"저도 인사 할 줄 알아요! 좋은 아침이에요! 이러면 되죠?!"

마사토 일행은 왠지 어제보다 화장을 진하게 한 듯한 메디 어머니와 대치했다. 적개심이라고 할 정도는 아니지만, 상대방을 환영하지 않는 듯한 심정을 훤히 드러내면서 말이다.

한편, 마마코는 평소와 다름없어 보였다. 그녀는 미소를 지으며 인사를 건넸다.

"이런 데서 뵐 줄은 생각도 못했어요. 메디 어머니도 수업 참관을 하러 가시는 건가요?"

"예, 그래요. 마마코 씨도 같은 목적인 것 같군요. ……그럼 이 말은 미리 해둬야겠네요. ……마마코 씨."

"예. 왜 그러시죠?"

메디 어머니는 마마코를 노려보며 말했다.

"저는 세일러 교복을 비롯한 온갖 의상을 전부 준비해왔답니다! 당신 혼자만 활약하게 둘 것 같아요?! 이기는 건 우리 모녀입니다! 어제처럼은 안 될 테니까 각오하세요!"

메디 어머니는 엄청난 박력으로 자기 할 말만 한 후, 혼자 가버렸다.

일방적인 선전포고를 받은 마마코는 무슨 일이 일어난 건지 모르겠는지 얼이 나간 듯한 반응을 보이고 있었다.

"으, 으음…… 저기, 마 군? 대체 뭐가 어떻게 된 거니?"

"그냥 무시……하라고 말하고 싶지만…… 뭐, 그럴 수도 없을 것 같네. 우리를 표적으로 삼은 것 같으니까 말이야."

오늘도 메디 어머니는 열성적으로 남들에게 폐를 끼치며 딸을 지원할 속셈일 것이다. 그리고 마사토 일행은 또 피해를 입게 될 게 뻔했다. 자, 어떻게 하면 좋을까.

마사토는 와이즈와 포타를 불러서 긴급회의를 개최했다.

"으음, 방금 봤다시피, 오늘 수업도 난장판이 될 게 뻔해. 아무래도 서둘러 대책을 세울 필요가 있겠어."

"뭐? 무슨 소리를 하는 거야. 대책이라면 이미 세워져 있잖아."

"예! 마마 씨라면 메디 어머니가 하는 일을 전부 봉쇄해줄 거예요! 저희는 마음 놓고 수업을 들을 수 있을 거예요!"

"포타의 말이 일리가 있지만…… 잘 생각해봐. 엄마가 활약을 한 결과, 우리가 벌어야 할 포인트가 전부 엄마한테 들어가는 사태가 발생하고 있어. 이건 순순히 기뻐할 상황이 아니라고."

"""……아……"""

그렇다. 수업에 참가한 마마코는 모든 포인트를 독차지하고 있다. 그것은 틀림없는 사실이다. ……지나치게 강렬한 빛은 독이나 다름없는 것이다.

"그러니까, 우선 우리도 더욱 분발해야만 해. ……오늘은 마음 단단히 먹고 수업에 임하자."

"오케이~. 한 번 해보는 거야."

"예! 저도 힘낼게요! 엄청 힘낼 거예요!" 흥흥~!

포타가 콧김을 뿜으며 기합을 넣는 모습이 정말 귀여웠지만, 지금은 그런 그녀를 감상할 때가 아니다.

의욕 스위치가 찰칵, 아니, 찰카악~! 하며 켜진 마사토 일행은 눈에 띌 정도의 의욕 아우라를 온몸에 두르며 학교로 향했다.

해내야 한다. 반드시 해내야만 하는 것이다.

그들은 범상치 않은 열의를 가슴에 품으며 오늘 수업에 임했다!

"음~ 어제는 전투 관련의 수업 내용을 다뤘지만, 오늘 수업은 주로 생산 관련을 다룰 거다. 전투직인 이들에게는 어려울지도 모르지만, 그래도 최선을 다하도록."

""잠깐마아아아아아아아아아아아아아아아아아안!""

마사토와 와이즈는 의자를 치켜들더니 그대로 확 내던지려 했다. 표적은 바로 우락부락 선생님이다. 「어, 어이?! 여기가 무슨 양아치 집합소냐?!」그딴 건 아무래도 상관없다.

아무튼, 일단 진정을 하기로 했다.

마사토 일행이 모여 있는 곳은 교실이 아니라 조리과학실이다. 이름을 통해 알 수 있듯, 이곳은 조리실이자 이과실이며, 또한 과학실이기도 한 교실이다. 학생들이 앉아있는 테이블에는 조리도구와 실험도구가 놓여 있었다.

참고로 교실 뒤편에는 참관석이 있으며, 그곳에는 마마코와 메디 어머니가 있었다.

두 사람 다 세일러 교복을 입고 있었다.

그런 위험물은 일단 제쳐두기로 하고…….

우락부락 선생님은 마사토와 와이즈를 보고 약간 겁을 먹은 것 같았지만, 그래도 수업에 대해 설명했다.

"으, 으음…… 아, 아무튼, 생산에 관한 수업이다. 아이템 크리에이션을 직접 체험하면서 그 효과를 배워볼까 한다."

"그런데 선생님~. 저기 말이에요~."

"우리는 전투직이라~ 아이템 크리에이션은 못하는데요~."

"으, 음. 너희가 투덜댈 거라는 건 이미 예상했지. 아무튼 그 점은 안심해도 된다. 이 조리과학실은 아이템 크리에이션을 체험하기 위한 설비거든. 그 어떤 직종인 자들도 생산을 할 수 있도록 설정되어 있다."

"어, 그런가요?"

"정말~ 그런 이야기는 일찌감치 해줘야 할 거 아냐~."

"크하하. 기분이 풀렸나 보군. 정말 손쉬운…… 아니, 솔직한 학생들이구나. ……그럼……."

미소를 되찾은 우락부락 선생님이 손가락을 튕겼다.

그러자 교탁에 마법원이 그려지더니 다음 순간에는 다양한 조리용 식재료가 생겨났다. 고기와 생선, 채소와 과일, 밀가루와 조미료 같은 것들이 잔뜩 놓여 있었다.

"제작과제는 『음식』으로 하겠다. 그거라면 전투직인 이들도 이미지를 잡기 쉽겠지. 각 테이블에 놓여있는 도구에는 성공률 상승효과가 있으니, 그것들을 활용해서 해보도록. 평가 포인트는 성공률과 희소성이며, 그 점들을 고려해 채점을 하도록 하겠다. 그럼, 시작하도록."

학생들은 그 말을 듣고 바로 행동을 시작했다. 교탁에 놓인 소재들을 물색하더니, 필요한 것들을 가지고 테이블로 돌아와서 아이템 크리에이션에 도전했다.

마사토 일행도 바로 시작했다.

"이런 건 처음이지만…… 뭐, 걱정할 필요는 없겠지."

"맞아. 우리에게는 포타가 있잖아. ……그럼 포타, 시범을 보여줘."

"예! 저한테 맡겨주세요! 우선 제가 해볼게요!"

포타는 적당한 비커에 달걀을 넣더니 영창을 시작했다.

"괜찮은 게 만들어질까? 괜찮은 게 만들어질 거야! 괜찮은 게…… 만들어졌어~!"

비커 안에서 빛이 뿜어져 나왔다. 그리고 그 눈부신 빛이 사라지자 김이 모락모락 나는 달걀이 모습을 드러냈다.

포타는 【껍질을 벗기기 쉬운 대성공 삶은 달걀】을 작성했다.

"오오~. 간단히 성공시켰네. 역시 포타 선생님이야."

"과, 과찬이에요!"

"그럼 나도 도전해봐야지. 삶은 달걀 정도라면 나도 만들 수 있어."

와이즈도 포타와 마찬가지로 비커에 달걀을 넣고 영창을 했다.

"괜찮은 게 만들어질까? 당연히 만들어지지. 왜냐면 내가 만드니까 말이야. 그런고로, 삶은 달걀…… 만들어졌다~!"

와이즈의 아이템 크리에이션이 발동했다. 그리고 빛이 잦아들자…….

비커 안에는 녹색과 보라색과 적갈색이 뒤섞인 흐물흐물한 무언가가 생겨났다.

와이즈는 【물체 X】를 작성했다.

"어?! 왜 이렇게 된 거야?! 이게 뭐지?! 으윽, 냄새가 고약해!"

"아…… 으음, 저기…… 아이템 크리에이션에 실패한 것 같아요."

"푸하하하하! 너는 매번 그 모양 그 꼴이더라! 그럼 이번에는 내 차례야! ……귀여운 주문을 영창하는 건 부끄러우니까 생략하기로 하고…… 삶은 달걀…… 만들어졌어~! ……어, 어라?"

마사토가 손에 쥔 비커 안에는 폭발한 달걀의 잔해가 존재했다.

마사토는 【전자레인지로 삶은 달걀을 만들려다 생겨난 결과물】을 작성했다.

"으음…… 먹을 수는 있을 것 같지만…… 마사토 씨도, 실패했네요."

"너, 상식이 없는 거야? 어이없는 짓 좀 작작 해줄래?"

"아, 아냐! 이건 아이템 크리에이션의 결과일 뿐이야! 생달걀을 전자레인지에 넣고 돌리면 폭발한다는 건 나도 안다고! ……아아, 정말! 역시 생산직이 아니면 아이템 크리에이션은 성공하지 않는 거야! 다른 녀석들도……."

하나같이 실패했을 것이다. 마사토가 그렇게 말하려던 순간이었다.

"오오! 대단하구나, 치유술사 메디! 성공률이 정말 높은걸! 10포인트 주지!"

우락부락 선생님이 칭찬을 하는 목소리가 들렸다.

칭찬을 받은 메디의 테이블에는 달걀 프라이, 달걀말이, 오므라이스 등 달걀 요리가 즐비하게 놓여 있었다.

메디의 직업은 치유술사이며 전투직으로 등록되어 있었다. 그런데도 성공률이 엄청났다. 마사토는 놀랄 수밖에 없었다.

"오오! 메디는 대단하네! 역시 내 히로인이야! 나를 자기 포로로 만들려고 작정한 거 아냐?!"

바로 그때, 와이즈가 차가운 목소리로 입을 열었다.

"잠깐만 있어봐. ……마사토, 저기 좀 봐."

"응? 어……."

마사토가 와이즈가 가리킨 교실 뒤편을 쳐다보니 메디 어머니가 눈에 들어왔다.

세일러 교복을 착용 중인 엄마2다.

마음의 준비 없이 그쪽을 쳐다보고 어마어마하게 후회했지만 일단 마음을 진정시켰다.

메디 어머니는 지팡이를 쓰다듬고 있었다. 아무래도 지원효과를 발동시킨 것 같았다.

와이즈는 뭔가를 생각하는 투로 중얼거렸다.

"내 생각인데…… 저 애, 천연덕스러운 표정을 짓고 있지만 실은 물체X 같은 걸 만든 게 아닐까? 그걸 저 아줌씨의 환각 마법으로 숨기고 있는 것 같은 느낌이 들어."

"어이어이, 잠깐만 있어봐. 아무 근거도 없이 그런 소리를 하지 말라고."

"근거 없이 하는 말이 아니거든? 아이템 크리에이션의 성공률을 높이는 마법 같은 건 없고, 다른 마법직 애들도 수상쩍어 하고 있어. 아마 틀림없을 거야."

와이즈가 말한 것처럼 여러 학생들이 메디를 의심하고 있었다. 우락부락 선생님만이 메디를 칭찬하고 있었으며, 주위 학생들은 차가운 눈길로 쳐다보고 있을 뿐이었다. 분위기가 얼어붙어 있는 듯한 느낌이 들었다.

정황상으로는 그렇게 보일지라도 마사토는 메디를 믿고 싶었지만……

"저, 저기 말이죠! 지금은 남을 신경 쓸 때가 아니라고 생각해요! 저희는 저희 나름대로 노력을 해야 하지 않을까요?! 저는 그런 게 중요하다고 생각해요!"

포타가 느닷없이 그렇게 말했다. 음, 맞는 말이기는 했다. 순진무구한 노력가의 말이 옳다. 「……와이즈」, 「응, 알았어」 와이즈는 입을 다물었다. 메디에 대해 이러쿵저러쿵 하는 것은 관두기로 했다.

"우리도 어떻게든 요리를 성공시켜야 해. ……어떻게 하면 잘 만들 수 있을까……. 뭐, 엄마가 요리를 잘하기는 하지만, 아이템 크리에이션으로 만드는 거니까 조언을 구할 수도 없고…… 어, 어라? 엄마는 어디 갔지?"

참관석에는 세일러 교복 차림의 엄마1이 없었다. 마마코는 대체 어디에……

"마 군~! 엄마는 여기 있어~!"

바로 그때 목소리가 들렸다. 그쪽을 쳐다보니……

마마코는 어디서 난 건지는 모르겠지만 세일러 교복 위에 앞치마를 착용하더니, 테이블 하나를 차지한 채 열심히 작업을 하고 있었다.

도마에 채소를 놓고 식칼로 탁탁탁~ 자르더니 그것을 냄비에 넣는다. 그리고 그것은 젬을 연료로 삼는 버너에 올리고 가열했다.

그렇다. 요리를 하고 있었다.

"어, 엄마?! 뭐하는 거야?!"

"응? 요리를 하고 있어. 너희를 보고 있으니 이 엄마도 요리가 하고 싶어서 말이야. 선생님에게 부탁을 했더니 해도 된다고 하셨어."

"멋대로 일을 벌이지 좀 말란 말이야……!"

"아, 맞다. 저기, 마 군. 맛 좀 봐줄래? 간이 맞는지 잘 모르겠네."

마마코는 조그마한 접시에 국물을 담더니 마사토에게 맛을 볼 것을 권했다.

"이, 이러지 마! 그리고 뜨거워 보이거든?! 김이 펄펄 나잖아!"

"그러고 보니 마 군은 뜨거운 걸 잘 못 먹었지. 그럼 식혀야겠네." 후~ 후~.

"이보세요?! 그러지 말라고!"

"으음~ 아직도 뜨거운 것 같아." 후~ 후~.

"그만 좀 해! 다들 쳐다보잖아! ……아아, 정말! 알았어! 맛 볼게! 맛보면 될 거 아냐!"

어쩔 수 없이, 엄마가 후~ 후~ 해준 국물을 마사토가 단숨에 들이켜자…….

마사토에게 아이템 크리에이션 성공률 상승효과가 부여됐다. 두 번 후~ 후~ 해준 덕분에, 효과 또한 두 배가 됐다.

"……어?"

"어머나. 또 이 엄마의 특수한 힘이 발휘된 거니?"

"자, 잠깐만 있어봐! 너무 뜬금없잖아! 정말 말도 안 되지만…… 그래도 잘 됐어! 와이즈! 포타!"

"마사토가 마더콤이라고 마구 놀려대고 싶지만, 지금은 포인트 획득을 우선해야겠네! 마마코 씨, 나한테도 후~ 후~ 부탁해!"

"저도 후~ 후~ 부탁드려요!"

"알겠어. 그럼……." 후~ 후~. 후~ 후~.

와이즈와 포타도 엄마 후~ 후~ 국물을 받더니 단숨에 들이켰다. 두 사람에게도 성공률 상승효과가 부여됐다.

이제 해볼 만할 것이다.

"자, 해보자! 맛있게 요리해서 먹고 싶은 식재료를 가지고 와!"

"확률 상승효과가 있는 조리도구에 대충 집어넣고……!"

"영창할게요! …… 괜찮은 게 만들어질까? 괜찮은 게 만들어질 거야! 괜찮은 게…… 만들어졌어~!"

아이템 크리에이션 발동. 비커와 냄비와 조리 용기에 대충 넣은 식재료들이 맹렬한 빛을 뿜더니…….

테이블 위에는 육즙을 잔뜩 머금은 두툼한 스테이크, 배 모양 그릇에 예쁘게 놓인 제철 생선회, 그리고 높이가 2미터는 될 듯한 웨딩 케이크가 생겨났다.

그 모습을 본 우락부락 선생님이 눈을 동그랗게 뜨면서 깜짝 놀랐다.

"오오! 정말 엄청난 걸 만들어냈군! 감탄을 금할 수가 없구나! 용사 마사토, 현자 와이즈, 여행상인 포타, 세 사람에게 특별히 20포인트씩 주마!"

"""만세~!"""

대량 포인트 획득! 감격했습니다!

마사토 일행은 엄청난 찬사를 받았다. 주위의 학생들도, 그리고 메디도 미소를 지으며 박수를 쳤다. 진심으로 축하해주고 있는 것 같았다. 역시 그녀는 훌륭한 히로인이다.

하지만, 메디 어머니는······.

"······화가 치미네······. 어떻게 갚아준다······."

적의로 가득 찬 눈길로 마사토 일행, 그리고 마마코를 지그시 노려보고 있었다.

굳이 다시 알릴 필요는 없겠지만 세일러 교복 차림으로 말이다.

생산실습 수업을 마치고 점심 식사 시간이 되었다.

마사토 일행은 따뜻한 햇볕이 잘 드는 안뜰에 돗자리를 깔고 앉아서 런치 타임을 가졌다.

"그 아줌씨의 얼굴 봤어? 분해 죽겠다는 듯한 표정을 짓고 있더라니깐. 나, 그 얼굴을 봤더니 기분이 날아갈 것 같았어."

"너, 진짜 성격이 더럽구나······. 하지만 나도 기분이 좋더라고."

"예! 저도 한 방 먹여준 것 같아서 기분이 썩 나쁘지 않았어요!"

"다들 열심히 했잖니. 게다가 성적도 잘 받은 것 같아서 나도 기분이 좋은걸."

"응. 우리는 열심히 했어. 엄청 열심히 했지. ……열심히 하기는 했는데…… 너무 열심히 한 걸지도 모르겠어."

마사토는 탄식을 터뜨리면서 눈앞에 있는 음식을 쳐다보았다.

메뉴는 마마코 특제 도시락, 마마코 특제 조림, 두툼한 스테이크와 생선회, 그리고 2미터급 웨딩 케이크라는 디저트까지 있었다.

어마어마한 양이다. 그리고 어마어마한 칼로리다. 「……이걸 다 먹을 수 있을까?」, 「먹을 수밖에 없잖아」, 「저, 열심히 먹을게요!」, 「무리는 하지 마렴」 아무튼 다 같이 젓가락을 쥐면서 공략을 시작했다.

용사, 용사의 어머니, 현자, 여행상인. 동료 네 명이 협력을 하면서 잘게 자른 스테이크와 회를 도시락 음식과 함께 입에 집어넣는 사투가 펼쳐졌다.

'흐음…… 우리는 게임 안에서 대체 뭘 하고 있는 거지?'

마사토는 문득 그런 생각이 들었다.

바로 그때였다.

"어머나, 정말 호화로운 점심 식사군요."

귀에 익은 목소리를 듣고 고개를 돌려보니 수녀복을 입은 사람이 눈에 들어왔다. 바로 시라아세다.

"어머나, 시라아세 씨. 괜찮으시다면 같이 식사를 하지 않겠어요?"

"아, 그래도 될까요? 그럼 호의를 감사히…… 받아들이기 전에, 볼일을 끝마치도록 할까요. 마마코 씨, 괜찮으시다면 이쪽으로 잠시 와주셨으면 합니다만……."

"예? 왜 그러시죠?"

마마코는 그 말을 듣고 몸을 일으키더니 시라아세에게 다가갔다.

그러자 시라아세는 차분히 두 팔을 펼치더니 마마코를 상냥히 끌어안았다.

마사토는 뿜었다. 입안에 있던 음식물을 뿜을 수밖에 없었다.

"푸우웁?! ……콜록콜록! 시, 시라아세 씨?!"

"실은 저도 기혼자이며, 딸이 있습니다. 즉, 이 상황은 마사토 군에게 있어서 자기 어머니를 남의 어머니가 포옹하고 있는 겁니다만…… 기분이 어떤가요?"

"뇌가 활동을 포기한 탓에 아무것도 모르겠네요!"

"흠, 그런가요. 저도 이 상황의 어떤 점을 어필하면 되는 건지 전혀 모르겠군요. 그럼 이쯤 하도록 할까요. ……마마코 씨, 감사합니다."

"아, 예. 잘은 모르겠지만, 도움이 됐다니 저도 기뻐요."

시라아세는 포옹을 푼 후, 마마코와 함께 돗자리에 앉았다.

그리고 시라아세는 아무 일도 없었다는 듯이 식사를 시작했다. 웨딩케이크부터 말이다. 태연하게 한 조각을 잘라내더니 우걱우걱 먹기 시작했다.

먹성이 좋아 보이지만, 그리고 원래 이런 사람이기도 했지만 그래도 일단 이 말은 해야겠다.

"······설명을 좀 해달라고요. 방금 왜 아까 같은 행동을 한 건데요?"

"별것 아닙니다. 대략적인 사이즈 측정을 했을 뿐이죠."

"사이즈 측정?"

"예. ······와이즈 양 앞에서 언급하기 좀 그런 말입니다만······."

"좋아, 이제 더는 말하지 마! 한 마디라도 더 하면 스테이크 접시로 두들겨 패버릴 거야!"

"어어어어! 뜨거운 접시로 그러면 안 돼요~!"

참고로 스테이크 접시는 납작하다. 평평 그 자체인 것이다.

"뭐, 아무튼 사이즈 관련으로 마마코 씨가 착용을 할 수 있을지 사전에 조사해두고 싶었습니다."

"어? 착용? 그게 무슨 소리예요? ······서, 설마······ 엄마에게 또 이상한 걸 입히려는 건······."

마사토의 머릿속에서 경보가 울리고 있었다. 심박수 또한 이상 수치까지 상승했다. 당치도 않은 일이 일어날 듯한······ 특히 아들에게 있어서 비참한 일이 일어나지는 않을지······ 너무 불안해서 정신이 나가버릴 것만 같았다.

그런 마사토의 반응을 즐기려는 듯이 시라아세는 희미하게 미소 지었다.

"오후 수업에 맞춰 잘 먹어둘 것을 권합니다. 충분한 에너지를 섭취해두지 않았다간 버티기 힘들 테니까요. 후후후."

"오후 수업과 상관이 있는 거예요?! 버티기 힘들다는 건, 단순히 가혹한 수업이라는 의미죠?! 그런 거죠?! 그런 걸로 해주면 안 될까요?!"

"어머, 점심 식사 시간이 곧 끝나겠군요. 저는 교내 버그 조사를 하러 가야 하니, 그럼 이만 실례하겠습니다. ……후후후……."

"저, 저기, 시라아세 씨?! 시라아세 씨이이이이이이?!"

시라아세 씨는 케이크를 안아든 채, 뒤도 돌아보지 않으며 걸음을 옮겼다.

그리고, 무슨 일이 일어났다.

수업 시작을 알리는 벨 소리가 들리더니 오후 수업이 시작됐다.

집합장소는 실내 풀장이었다. 길이가 50미터나 되는 커다란 풀 앞에는 학교지정 수영복을 입은 학생들이 줄지어 서있었다.

하지만 마사토는 풀 가장자리에 있는 견학자용 구역에서 몸을 웅크리고 있었다.

솔직하게 말해 우울하기 그지없었다. 앞으로 어떤 일이 벌어질지 상상이 되었던 것이다.

'……수영복이야……. 게다가 평범한 엄마는 절대 안 입을 법한 수영복을 입고 나타날 게 뻔해…….'

마마코는 분명 풀장 수업을 받기 위해 나타날 것이다. 그것도 수영복 차림으로 말이다. 시라아세가 사이즈 측정이라는 말을 언급한 걸 보면 틀림없다.

하필이면, 엄마가, 수영복 차림으로, 수업을 들으러 온다니…… 그야말로 극형이다.

"……이런 가혹한 운명에 처하는 용사는 나뿐일 거야……. 설령 버텨내지 못하더라도, 이 세상 사람들은 용서해 줄 거야……. 마왕조차도 나를 동정할 게 틀림없어……."

힘들었겠구나, 고생했어, 이제 쉬어, 같은 말을 해줄 것이다. 험악하게 생긴 마왕이 어깨를 두드려줄 것 같은 느낌이 들었다. 그러고도 남을 상황이라고 생각하는데 말이다.

하지만 현실은 혹독했다. 일이 터지기 전부터 정신적으로 그로기 상태인 마사토를 다시 일으켜 세우기 위해, 동료들이 그에게 말을 걸었다.

"마사토! 뭐하고 있는 거야! 빨리 줄 서!"

"마사토 씨! 몸이 안 좋은 게 아니라면 같이 힘내죠! 포인트를 획득하는 거예요!"

와이즈와 포타가 그렇게 말했다. 참고로 두 사람 다 학교수영복을 입고 있었다.

와이즈는 스테이크 접시보다는 그나마 굴곡이 있어 보이는 정도였다. 포타는 무조건적으로 귀여운데다 머리 위에 얹어둔 가방까지 엄청 귀여웠다.

하지만…… 와이즈, 그리고 무엇보다 포타에게 격려를 받았는데도, 마사토는 다시 일어설 기력이…….

바로 그때였다.

"저기…… 마사토 군, 괜찮나요?"

"어? ……아……."

메디가 마사토에게 말을 건넸다. 그 학교수영복 소녀는 천사 같아 보일 정도로 청순하고 아름다웠다.

살며시 앞쪽으로 몸을 굽힌 그녀의, 상당한 볼륨을 자랑하는 보물이, 마사토의 눈앞에서 출렁출렁~거리고 있었다.

음. 더는 아무 말도 하지 않겠다.

남자라면 발딱 일어서야만 할 때가 있다. 아, 몸의 특정 부위를 말하는 게 아니다. 딱히 이상한 의미는 없다. 아무튼 일어서야만 할 때가 있는 것이다. 보물을 차지하기 위해서 말이다.

"저기, 마사토 군……?"

"아, 응! 괜찮아! 나, 진짜로 괜찮다고! 걱정 끼쳐서 미안해!"

"그런가요. 그럼 다행이에요. 그럼 같이 열심히 수업을 들어요."

메디는 가벼운 발걸음으로 멀어져 갔다. 그에 맞춰 몸의 특정 부위가 출렁거렸다. 「……와이즈한테는 절대 무리일 거야」, 「지금 어딜 쳐다보면서 그딴 소리를 하는 거야?」 와이즈에게 짓밟힌 발이 너무 아팠다. 아파서 미칠 지경이다.

아무튼, 히로인에게 꼴사나운 모습을 보여줄 수는 없기에 마사토는 어찌어찌 다시 일어섰다. 그리고 각오를 다지며 줄을 섰다.

잠시 후, 우락부락 선생님이 화이트보드를 밀면서 나타났다.

"음, 전원이 다 모인 것 같구나! 그리고 전원이 수영복을 입었군! 물론 보다시피 이 선생님도 수영복을 장비했지!"

먼 옛날부터 사나이의 수영복은 훈도시였다! ……하고 말하듯이, 우락부락 선생님은 당당히 훈도시만 걸치고 있었다.

하지만 쳐다본다고 딱히 즐거운 광경은 아니기에 그냥 고개를 돌렸다.

"크하하! 고개를 돌리는 녀석이 꽤 되는 것 같다만, 이 선생님은 아무렇지도 않아. 뭐, 나중에 문득 생각이 났을 때 슬프겠지만 말이야. ……그럼 오후 수업 내용을 설명하지. 화이트보드를 주목하도록!"

투박한 체격과 다르게 두부 멘탈인 우락부락 선생님이 화이트보드에 뭔가를 적었다.

이번 수업의 테마는 【물가에서의 실기 수업】이다.

전투직의 과제는 풀 안에 출현한 몬스터를 격파하는 것이다. 격파한 숫자와 적의 희소성에 따라 순위를 매기며, 상위인 이들에게는 포인트를 준다고 한다.

생산직의 과제는 몬스터한테서 얻은 소재를 사용한 아이템 작성이다. 이쪽은 작성 숫자와 완성품의 희소성으로 순위를 매긴다고 한다.

전투직은 몬스터를 격파해서 소재를 수집한다. 그리고 생산직은 그 소재를 양도받아 아이템을 생산해서 다시 전투직에게 양도하며, 전투직은 아이템을 구사해서 몬스터 격파의 효율을 높이는 것이다. ……그런 식으로 상호간의 연계가 좋은 성적을 내기 위한 열쇠라 할 수 있다.

"마지막으로 중요한 점을 하나 말해주지! 출현하는 몬스터가 민물에서만 사느니, 바닷물에서만 사느니 같은 것은 신경 쓰지 마라! 있는 그대로 받아들이는 거다! 알겠느냐!"

"""예!"""

다들 그게 불문율이라는 듯이 한 목소리로 대답했다.

설명을 마친 우락부락 선생님은 갑자기 우물쭈물하기 시작했다.

"으음~ 그럼 수업을 시작하기에 앞서 너희에게 소개하고 싶은 분들이 있다. ……자, 남자들이여! 준비는 됐겠지?! 내가 소개할 분은……."

"바로 저랍니다!"

힘찬 목소리로 그렇게 말하면서 등장한 이는 바로 메디 어머니였다.

상당한 미모에 몸매도 뛰어나며, 아직 젊음이 묻어내는 육체를 황금색 비키니로 감싸고 있었다.

당당한 태도로 학생들 앞에 선 메디 어머니는 얼마든지 찬사를 보내라는 것처럼 가슴을 쫙 폈다. 「어머님, 정말 아름다우세요!」 메디는 박수를 치며 환성을 보냈다.

하지만…….

"예. 감사합니다. 그럼 메인이벤트를 시작하도록 하겠습니다."

"잠깐, 선생님?! 잠깐만 기다려 주시죠! 남학생들이 저렇게 열광을……!"

"""……하아…….""" 헬쑥.

"너, 너희들! 왜 한숨을 쉬는 거니?! 왜 갑자기 핼쑥해진 거냔 말이야! 이쪽을 봐! 내가 수영복을 입고 있잖아! 기쁘지 않니?! 자, 열광하란 말이야!"

"으음~ 메디 어머니는 이제 그만 물러나 주시죠. ……자, 그럼……!"

눈을 부릅뜨고 잘 봐라! 하고 우락부락 선생님이 말하며 소개한 이는 당연히 그 분이다.

"잠시 실례할게요. 마 군의 엄마인 마마코라고 해요. 여러분, 힘내세요."

마마코다.

학교수영복을 착용한 어머니다.

학교수영복을 착용한 어머니인 것이다.

한순간, 이 자리에 있는 모든 이들이 그 광경을 어떤 식으로 받아들여야 할지 모르겠다는 듯한 반응을 보였다.

아무튼, 크기는 컸다. 게다가 마마코인 것이다.

"""끼얏호오오오오오오! 학교수영복 마마코 씨, 어서 오세요오오오오오오옷!"""

잠시 후, 남학생들이 일제히 환성을 질렀다. 가슴에 탑재된 큼지막한 녀석들이 출렁댈 때마다 남자들 안의 무언가가 용솟음쳤다!

한편, 마사토는 폐 안의 공기를 전부 토해버린 채로 풀에 다이빙해서 그대로 영원토록 풀장 바닥에 찰싹 붙어 있으려 했다.

'⋯⋯평범한 수영복이라면 몰라도⋯⋯ 하필이면 학교수영복⋯⋯.'

그런 모습을 본다면 아들로서, 아니 인간으로서, 아니 유기물로서 더는 살아갈 수 없을 듯한 느낌이 들었다.

마사토는 풀장 바닥의 재질과 동화되어서 그대로 자기 인생의 막을 내리려 했지만, 「마사토 씨!」, 「뭐하는 거야!」 포타와 와이즈가 건져낸 탓에 너무 슬펐다.

"으음~ 조용히 하도록. 다들 진정해라. 특히 용사 마사토는 진정하고 심호흡을 한 다음, 물속이 아니라 육지에서 살도록."

"큭⋯⋯ 시라아세 씨⋯⋯ 어떻게 이딴 짓을 하냐고⋯⋯. 그 사람, 절대 가만 안 둘 거야⋯⋯."

학교수영복 차림인 어머니란 존재는 아들에게 있어서 최악 그 자체다. 시각과 뇌에만 효과를 발휘하는 맹독이 눈으로 흘러들어오는 것만 같았다. 오염을 당했는데도 죽지 않는다고 하는 그럼 어마어마한 고통이 느껴졌다.

마사토로서는 다소 문제가 있다는 점을 고려하더라도, 차라리 메디 어머니의 수영복 차림 쪽이⋯⋯.

아니, 그렇지도 않다. 이런 곳에 황금색 수영복 차림으로 등장해서 폭사해버린 어머니라는 존재도 좀⋯⋯.

"⋯⋯크큭⋯⋯ 극성 엄마, 꼴좋다⋯⋯. 완전 웃겨⋯⋯."

"뭐, 그런 생각하는 것도⋯⋯ 무리는⋯⋯ 어?"

무심코 대꾸를 하기는 했지만 대체 누가 그런 말을 한 것일까?

마사토가 목소리가 들린 곳을 향해 고개를 돌려보니 천사 메디가 눈에 들어왔다.

"마사토 군, 왜 그러세요?"

"어? 아, 아무것도 아냐……."

아까 그 말은 메디가…… 에이, 그럴 리가 없다.

그녀는 완벽한 미소녀다. 『꼴좋다』, 『완전 웃겨』 같은 험한 말을 쓸 리가 없다. 와이즈도 아니고 말이다.

"하아…… 어이, 와이즈. 극성 엄마 같은 단어 좀 쓰지 마. 아무리 그게 사실이더라도 메디가 듣는 데서 그런 소리를 하는 건 실례잖아."

"뭐? 그게 무슨 소리야?"

와이즈는 영문을 모르겠다는 표정을 지었지만 그런 뻔한 거짓말에…… 아무튼, 그것보다…….

메디 어머니는 화가 머리끝까지 치솟은 것 같았다.

"이게 대체 뭐죠?! 너무한 것 아닌가요?! 마마코 씨에 비해 저를 너무 푸대접하고 있잖아요! 저기, 선생님! 대체 왜 이러는 건지 설명을……!"

"기, 기분 탓일 겁니다! 기분 탓! 그것보다 참관석으로 가시죠! 수업을 원활하게 진행하지 못했다간 따님의 성적에도 영향이 갈 테니까요! 그러니 양해 부탁드립니다!"

"큭…… 그, 그럼 어쩔 수 없죠! 어쩔 수 없이, 그냥 참고 넘어가겠어요! 제 딸을 생각해 어쩔 수 없이 넘어가는 거라고요!"

메디 어머니는 무시무시한 표정을 짓더니 불같이 화를 내면서 풀장 가장자리에 있는 벤치 좌석에 털썩 주저앉았다.

"마마코 씨도 오시죠! 자, 제 옆에 앉으세요!"

"아, 예. 그럼 실례할게요."

"흥! 뭐, 마마코 씨는 젊고 아름답지만…… 나도 나쁘지 않은 편인데……! 그런데……! 분해서 미치겠어……!"

메디 어머니가 푸념을 늘어놓고 있지만 신경써봤자 소용없기에 그냥 무시하기로 했다.

아무튼, 수업이 시작됐다.

마사토를 비롯한 학생들은 풀 가장자리에 흩어졌다. 전투직인 이들은 각자의 무기를 움켜쥐고, 생산직인 이들은 아이템 크리에이션을 할 준비를 마친 후 시작 신호를 기다렸다.

"그럼 준비, 시작! ……하고 말하면 시작하는 거다. 알겠지? 크하하."

모든 학생들이 우락부락 선생님을 표적으로 삼았다. 우락부락 선생님에 대한 위협 수준이 용솟음쳤다. 멍석말이 확정이다. 「미, 미안하다! 장난기 많은 선생님이라 정말 미안해!」 장난기 같은 말로 넘어갈 수 있는 문제가 아니다.

"그, 그럼 진짜로 시작하마! 준비…… 시작!"

이번에야말로 진짜로 시작됐다. 전투직 학생들은 일제히 풀에 뛰어들었다.

풀 안에는 대량의 몬스터가 있었다. 생선 형태의 괴물, 문어나 오징어 같은 연체동물, 그리고 움직이는 해조류 같은 것도 있었다. 수중형 몬스터들이 우글거리고 있었다.

그렇다. 수중형 몬스터만 잔뜩 있었다.

"우락부락 선생님! 공중형 몬스터는 없나요?!"

"그래. 없다. 물속이니까 말이다. 전부 수중형이지."

"뭐, 그럴 것 같았어요! 젠자아아아아아아아앙!"

공중의 적에게 특화되어 있는 마사토가 활약하는 것은 무리인 것이 확정됐다. 하지만 포기할 수는 없다. 마사토는 마음을 다잡으며 전투에 임했다.

하지만 바로 풀에 뛰어들지는 않았다. 이미 풀 가장자리에서 가까운 장소는 학생들로 붐비고 있었던 것이다.

마사토는 풀 중앙을 노리기로 했다.

'다이빙대에서 점프한 다음, 그대로 헤엄쳐가서 괜찮은 사냥터를 확보하는 거야!'

마사토는 뛰면 안 되는 풀 가장자리를 냅다 달리면서 다이빙대 쪽으로 향했다.

그리고 그 루트 중간에 참관석이 있었다.

"어머, 마 군이 이쪽으로 오네! 마 군~! 엄마는 여기서 지켜볼게~! 힘 내~!"

뾰루퉁한 표정의 메디 어머니 옆에 있던 마마코가 환하게 웃으며 아들을 향해 손을 흔들었다.

학교수영복 차림으로 환하게 웃고 있는 엄마에게 응원을 받는다고 하는, 그야말로 피를 토해도 이상하지 않은 상황에 마사토는 처했다. 「……쿨럭……」, 「꺄아아앗?! 마마마, 마 군?!」

마사토는 그대로 무너져버릴 수밖에 없었다.

바로 그때, 와이즈가 그런 마사토를 곁눈질하면서 다이빙대 위에서 풀에 뛰어들었다.

"흐흥~! 너는 거기서 널브러져 있어! 그럼 먼저 갈게!"

"앗! 기다려! 내가 먼저 눈독 들였다고! 젠장!"

학교수영복 차림 엄마한테서 심각할 정도의 대미지를 받기는 했지만 아직 마사토는 죽지 않았다.

바로 그때, 라이벌이 한 명 더 나타났다.

"마사토 군! 먼저 실례하겠어요!"

메디였다. 그녀 또한 풀 중앙을 점찍어둔 것 같았다.

메디는 멋진 폼으로 풀에 뛰어들더니 아름다운 자유형을 선보이며 쑥쑥 나아갔다. 풍만한 가슴에 가해지는 수압이 상당할 텐데도 그녀는 빠른 속도로 나아갔다.「빠, 빠르네?!」전혀 수압을 받지 않는 와이즈도 금세 추월했다.

그리고 메디는 생선 타입 몬스터와 마주치더니 손에 쥔 지팡이로……

물리공격을 날렸다!

"이야아압!"

퍼억! 하는 소리가 울려 퍼졌다. 그리고 머리 부분이 깔끔하게 함몰된 그 몬스터는 일격에 KO를 당했다. 물 위에 붕 떠오른 그 몬스터는 재가 되며 사라졌다.

"잠깐만…… 마법이 아니라 물리로 해치우다니……. 혹시 메디는『격투형 힐러』야?"

"예! 저는 타격 강화 타입 힐러예요! 힐러니까 힘이 약할 거라는 고정관념을 뒤집는 최고의 존재가 되라며, 어머님께서 저한테 권해주셨죠!"

"숙련자 스타일의 육성이네……. 감탄하겠어……. 잠깐만, 느긋하게 쳐다보고 있을 때가 아니지!"

마사토도 서둘러 풀에 뛰어들었다. 그리고 헤엄을 치면서 근처에 있던 문어에게 다가간 후, 「우선 한 마리!」 단칼에 두 동강을 냈다.

마사토는 문어를 해치웠다. 아이템 【문어 다리】를 손에 넣었다. 말 그대로 문어 다리다.

"어, 소재구나! ……어이, 포타! 어디 있어?! 이거, 잘 부탁해!"

"예! 저는 여기 있어요! 저한테 맡겨 주세요!"

마사토는 입수한 소재를 던졌다. 풀 가장자리에 있던 포타가 그것을 멋지게 잡더니 바로 아이템 크리에이션을 시작했다.

포타는 아이템 【문어 다리】를 살며시 움켜쥐더니, 귀엽게 영창을 했다. 그 모습 자체는 꽤 엽기적이지만, 그래도 귀엽게 영창을 했다.

"괜찮은 게 만들어질까? 괜찮은 게 만들어질 거야! 괜찮은 게…… 만들어졌어~!"

포타의 손안에서 빛이 뿜어져 나오더니, 손을 펼치자……!

타코야키 가루, 달걀, 물, 샐러드유, 두툼한 문어 다리, 그리고 동그란 홈이 파인 핫플레이트가 생겨났다.

포타는 【타코야키 파티 세트】를 작성했다.

포타에게는 미안하지만 마사토는 실망감을 감출 수 없었다.

"그, 그게 뭐야……?"

"【타코야키 파티 세트】예요! 이걸로 상태 이상을 해제시켜 주는 효과가 있는 타코야키를 만들 수 있어요! 지금 바로 만들게요!"

"으, 응……. 화상 안 입게 조심해……."

"어머나, 기대되네. 나도 같이 만들어도 될까? 시판 농축 우스터소스와 맛간장을 섞으면, 전용 소스 못지않은 맛있는 소스가 되거든. 맛 간장에 들어있는 육수 덕분이지."

"우와. 괜한 사람이 관심을 보였어."

"자, 굽자! 나, 뒤집는 거 엄청 잘해!"

"어느새 한 명 더 추가됐네."

참관석에 있던 마마코, 그리고 와이즈를 포함해 타코야키 걸즈 파티@풀사이드가 개최되고 말았다. 풀에서 학교수영복 차림으로 타코야키를 굽다니…… 진짜 영문을 모르겠다.

그런데 와이즈는 몬스터를 잡지 않는 건가? 마사토는 문뜩 그런 의문이 들었지만…….

'아, 혹시…… 이미 마법이 봉인당한 걸까…….'

마사토가 눈치채지도 못한 사이에 또 마법을 봉인당한 것이리라……. 필사적으로 눈물을 참으며 타코야키 재료를 섞고 있는 그녀가…… 너무 안 되어 보였다…….

뭐, 됐다. 와이즈가 마법을 못 쓰게 되는 게 하루 이틀 일도 아니니까 말이다.

"이건 승부야! 내가 매정한 게 아니라고! 나쁘게 생각하지 마!"

라이벌이 한 명 줄어든 것은 환영할 일이다.

이제 신경이 쓰이는 것은 또 한 명의 라이벌인 메디다.

"어이, 메디! 의욕이 넘치는 것 같네!"

"예! 저는 질 수 없으니까요! 마사토 군과 경쟁하게 되더라도 절대 봐주지 않을 거예요!"

"나도 이런 열띤 경쟁을 싫어하지 않아! 좋아, 승부다!"

이 기회에 『좋아해』하고 말하지 못한 게 분했지만, 지금 신경 쓸 일은 그게 아니다.

풀 중앙의 몬스터의 숫자가 급격히 줄었다. 메디가 쓸어버렸기 때문이다. 격파 숫자로는 꽤 차이가 날 것이다.

이제부터 만회하는 것은 좀 어려울까. 하지만 희망을 버리지 말고 최선을 다할 수밖에 없다.

"단발역전의 찬스 같은 녀석이 어딘가에 있을 거야! 특별 보너스가 붙은 녀석이…… 어……?"

마사토는 느닷없이 목격했다.

풀 안에 커다란 그림자가 있었다. 다른 몬스터와는 비교도 안 될 만큼 거대한 무언가가 몸을 비틀어대며 헤엄치고 있었다.

저건 특별한 적이 틀림없다. 아니, 그렇지 않다면 곤란했다.

"좋아! 이런 기회를 기다리고 있었어! 저 녀석을 내가 잡고 말 거야! ……메디! 미안하지만, 녀석은 내가 해치우겠어!"

"아뇨, 그렇게는 안 돼요! 제가 해치울 거예요!"

마사토는 그 그림자를 쫓으며 헤엄쳤다. 메디 또한 마찬가지로 헤엄을 치기 시작하자 둘은 나란히 헤엄치면서 경쟁했다.

바로 그때였다.

"마 군! 무리하면 안 돼! 순위 같은 건 개의치 말아! 마 군이 다치지 않는 게 가장 중요해!"

"메디! 알고 있지?! 무슨 수를 써서라도 1등을 해! 1등 이외에는 아무런 의미도 없어! 특히 마사토 군에게만은 절대 지지 마!"

두 어머니의 목소리가 들려왔다. 한쪽은 자식의 안전을 걱정하는 목소리. 그리고 다른 한쪽은 우수한 성적을 거둘 것을 강요하는 목소리였다. 두 어머니의 마음이 담겨 있는 말이었다.

그리고 그 말을 들은 두 아이들은⋯⋯.

"아아, 정말! 그런 말을 들으면 더 열심히 할 수밖에 없잖아! 쳇!"

마사토는 더욱 속도를 냈다.

그럴 수밖에 없었다. 무리하지 말라는 말을 들었다고 대충 했다간 마마코에게 어리광을 부리는 것이나 다름없다. 그것만은 싫다. 마더콤이 아니니까 말이다.

하지만, 마음 한편으로는⋯⋯.

'⋯⋯엄마는 나를 진심으로 소중히 여기는구나.'

왠지 그런 생각이 들었다. 의외로 기분이 나쁘지 않다고나 할까, 그런 기분이 힘이 되고 있는 것 같은 느낌이 들었다. 아무튼 개의치 않기로 했다.

한편, 메디는 속도가 떨어지더니 서서히 뒤쳐지기 시작했다. 왜 저러는 걸까…….

　바로 그때, 메디의 목소리가 불현듯 들렸다.

　"하아, 진짜, 입만 열었다 하면 1등, 1등…… 귀찮아……. 확 죽어버리란 말이야……."

　"……어?"

　마사토는 그 목소리를 똑똑히 들었다. 듣고 말았다.

　메디는, 눈부신 미소녀였던 그 소녀는…… 어느새 가라앉을 대로 가라앉은 표정을 짓고 있었다. 이 세상 자체에 실망한 것 같은 탁한 눈빛을 머금고 있었다. 짜증이 치솟는지 이도 갈고 있었다.

　'어, 어라? ……어떻게 된 거지……?'

　잘못 들은 걸까? 잘못 본 걸까? 아니다. 그것은 명백한 사실이었다.

　마사토가 마음의 오아시스라 여긴 소녀가, 겨우 발견한 천사가, 운명의 만남을 가졌던 히로인이, 충격적으로 변모해버린 것 같은데…….

　바로 그때, 물속의 그림자가 갑자기 떠오르기 시작했다.

　『뉴르르르르르르르르르르르르르르!!』

　그것이 목소리인지, 아니면 단순한 소리인지는 확실하지 않았다.

　모습을 드러낸 것은 거목만한 말미잘이었다. 거대했다. 몸통 상단부에 잔뜩 달려있는 촉수가 꿈틀거리고 있는 광경이 정말 역겨웠다. 게다가 비린내까지 풍기고 있었다.

그 거대 말미잘은 느닷없이 선제공격을 했다.

"이봐?! 느닷없이 공격하는 거냐?!"

"어? ……꺄앗?!"

수많은 촉수가 쭉 늘어나더니 멍하니 올려다보고 있는 마사토와 메디를 덮쳤다……!

하지만 「……어?」 촉수 다발은 갑자기 방향을 바꾸더니 「응?」 마사토의 머리 위를 지나서 「어이, 그쪽은……」 슈르륵~ 하며 늘어났다.

그 촉수는 타코야키 파티장에서 마사토를 응원하고 있던 마마코를 덮쳤다.

"어머? 어머어머어머?! 꺄아앗?!"

"잠깐만?! 왜 엄마를 노리는 건데?!"

이유는 명확하지 않지만…… 굳이 따지자면 어머니이기 때문일까.

인류 역사상, 어머니라는 존재가 촉수에 유린당한 횟수는 극도로 적다. 그렇기 때문에 거대 말미잘은 이런 생각을 한 걸지도 모른다.

지금이 바로 역사를 다시 쓸 때라고 말이다.

『뉴르르르르!! 뉴~르~르!』

촉수들은 당황한 여자 여행상인과 타코야키를 먹어치우고 있는 여고생 현자는 안중에도 없다는 듯이 마마코의 몸만을 집요하게 휘감았다!

미끌미끌한 촉수가 마마코의 팔을, 다리를, 허벅지를 휘감왔다!

그리고 장난기 많은 촉수 끝부분은 수영복 안으로 파고 들어갔다! 이 자식이!

앗…… 드, 드러났다! 수영복이 흐트러지면서, 드러나선 안되는 부분이이이이이잇……!

"꺄아! 미끌미끌하고 구불구불거리는 게 온몸을……! 이상한 느낌이야! ……저기, 마 군! 이 엄마, 수많은 미끌미끌 막대기에 유린당하고 있어! 꺄아!"

"잠깐마아아아안?! 적당히 좀 하란 말이야아아아아아앗?!"

큰일 났다. 진짜로 큰일 났다. 상황적으로도, 마마코의 발언적으로도, 완전히 큰일 났다. 마사토는 허둥지둥 마마코를 구하러 가려 했지만…….

"잠깐!"

바로 그때, 메디 어머니가 갑자기 고함을 질렀다.

메디 어머니는 거대 말미잘의 본체를 향해 고함을 질렀다.

"거기 당신, 이게 대체 무슨 짓이야?! 왜 마마코 씨만 노리는 건데!? ……아름다운 어머니라면, 여기 한 명 더 있잖아! 마마코 씨보다 내가 더 낫거든?! 안 그래?!"

메디 어머니는 가슴을 쫙 펴면서 마치 촉수 플레이를 원하는 듯한 발언을 했지만…….

거대 말미잘은 어느 부위가 얼굴인지는 모르겠지만, 메디 어머니를 지그시 쳐다보더니 휙 고개를 돌렸다. 「앗?!」 메디 어머니에게는 전혀 흥미가 없는 것 같았다. 인기면에서는 마

마코의 압승이었다. ……아들로서는 어떤 표정을 지으면 좋을지 모르겠지만 말이다.

하지만 지금은 그런 생각을 할 때가 아니다.

"마마 씨! 받으세요!"

"고마워, 포타 양! ……이 엄마에게 촉수로 못된 장난을 치는 몬스터에게 따끔한 벌을 내려주겠어!"

마마코는 포타한테서 성검 알투라를 건네받더니 높이 치켜들었다. 만물의 어머니 되는 바다의 성검은 어머니의 분노에 호응하더니 그 위대한 힘을 발동시켰다.

그 순간, 풀의 물이 소용돌이치면서 한곳으로 모여들더니, 거대 말미잘을 단숨에 튕겨냈다. 거대한 몬스터는 그대로 공중으로 떠오르더니…… 마사토가 공격하기 딱 좋은 위치에 도달했다.

"좋았어어어어어어! 하늘의 적은 나한테 맡기라고오오오오!"

마사토는 전력을 다해 성검 필마멘트를 휘둘렀다.

필마멘트에서 뿜어져 나온 날카로운 충격파는 그대로 표적을 향해 날아가더니, 그 괘씸한 몬스터를 일격에 두 동강냈다.

실내 풀에서의 실기 수업이 끝난 후 우락부락 선생님이 결과를 발표했다.

"그럼 순위를 발표하겠다! 우선 3위는 남자기사3! 5포인트를 증정하지! 다음으로 2위는 치유술사 메디! 10포인트 증정!

그리고 대망의 1위는…… 용사 마사토다! 30포인트 증정! 다들 박수!"

"""오오오오오오오! 마사토 군, 대단해애애애애애애애애!"""

"아~ 고마워."

마사토는 학생들에게 찬사를 받으면서 주위를 향해 꾸벅꾸벅 고개를 숙였다.

마사토의 격파수는 메디나 다른 학생들보다 적지만, 쓰러뜨린 적의 희소성이 높이 평가되면서 1위를 차지했다!

당당히 1위가 된 것이다. 게다가 대량의 포인트까지 획득했다. 일반적인 레벨업으로는 어마어마하게 고생을 해야 겨우 손에 넣을 수 있을 정도의 포인트를 입수한 것이다!

하지만 주위에 있는 이들이 흥분한 것과 달리, 마사토는 극도로 냉정했다. 눈곱만큼도 감격하지 않았다.

그 정도로 신경 쓰이는 점이 있는 것이다.

'……아까 그건, 내가 잘못 들은 거겠지?'

마사토가 신경 쓰고 있는 것은 물론 메디다. 수업 도중에 목격했던 그 광경…… 침울한 표정을 지은 메디가 폭언을 토하던 그 광경이 머릿속에서 사라지지 않았다.

은근슬쩍 메디 쪽을 쳐다보니 그녀는 평소와 다름없어 보였다. 마사토의 히로인답게 천사 같은 미소를 지은 채, 존경심으로 가득 찬 시선으로 그를 응시하고 있었다…….

"마사토 군, 축하해요! 레어 몬스터를 쓰러뜨린 그 일격은 정말 멋졌어요! 눈을 뗄 수가 없었다니까요!"

"뭐어?! 머, 멋졌어? 눈을 뗄 수 없었다고? ……아…… 고마워."

방금 그 말을 들으니 뱃속 깊은 곳에서 뜨거운 무언가가 샘솟았지만…… 역시 마음에 걸리는 점이 있기 때문인지 마사토의 마음은 금세 식어버렸다. 끼얏호~ 하고 외칠 기분이 아니었다.

어쩌지.

'아까 그건 뭐였을까……. 메디에게 물어보고 싶지만…….'

뭐라고 물어보면 좋을까? 단도직입적으로 「아까 완전히 맛이 가버렸던데, 그게 본성이야?」 하고 물어볼 수도 없고……. 마사토가 굳은 표정으로 그런 생각을 하고 있을 때였다.

"마 군! 축하해!"

"우으웁?!"

하아, 정말. 아들의 마음을 알 리 없는 사람이 나타나서, 마사토의 머리를 꼭 끌어안았다. 인정사정없이 가슴으로 마사토의 얼굴을 압박한 것이다. 수영복 너머의 부드러운 가슴에 얼굴이 파묻힌 탓에 마사토는 숨을 쉴 수가 없었다!

"푸핫, 잠깐, 엄마! 그만해! 남들이 보잖아!"

"잠시 동안은 괜찮아. 마 군은 최선을 다했는걸. 게다가 뭐뭐 포인트라는 것도 잔뜩 벌었잖아. 정말 대단했어. 엄마는 정말 기뻐!"

"잠깐만 있어봐. SP에 대해 아직 이해하지 못한 거지? 알지도 못하면서 난리법석 좀 떨지 말란 말이야."

"그럴 수는 없어. 나는 마 군의 엄마거든."

"무슨 소리를 하는 건지 모르겠거든?"

뭐가 어떻게 된 건지는 모르겠지만 자식이 표창을 받았으니 일단 기뻐하고 본다. 그것이 어머니라는 생물이다. 아무튼…….

포타도 마사토에게 다가오더니 존경심으로 가득 찬 눈길로 그를 올려다보았다. 흐흐. 이게 최고의 포상일지도 모른다.

"마사토 씨! 축하드려요!"

"응, 고마워. 그리고 포타도 축하해. 생산직에서 1등해서 30 포인트를 획득했잖아."

"예! 저도 정말 기뻐요!"

양손을 들어 올리면서 만세를 하는 포타가 너무 귀여운 나머지 「영차~!」, 「까아~!」 마사토는 아기에게 비행기를 태워주듯 그녀를 번쩍 들어 올리며 축하해줬다.

그럼 이제 어떻게 할까. 언급하지 않는 편이 좋을지도 모르지만…….

인상을 찡그린 채 멀뚱멀뚱 서있던 와이즈 양은…….

"흥! 나, 타코야키를 세 접시나 먹어치웠거든?! 한 접시 당 여덟 개였으니까, 문어를 스물네 마리나 격파했거든?! 내가 넘버원이거든?!"

"흐음…… 자기 입으로 그렇게 말해도 슬프지 않다면, 더는 아무 말도 하지 않겠어."

"큭…… 안 울어……. 나는 울지 않을 거란 말이야…….." 훌쩍훌쩍훌쩍훌쩍.

필사적으로 허세를 부리고 있는 와이즈는 그냥 내버려두는 편이 좋을 것이다. 그냥 못 본 척 하자.

　아무튼 지금은 와이즈를 신경 쓸 때가 아니다. 지금 신경 써야 할 사람은 바로 메디다.

　마사토가 메디를 찾기 위해 주위를 둘러보니······.

　"1등을 하라고 그렇게 말했는데, 결과가 이게 뭐니?! 부끄러운 줄 알아!"

　히스테리 섞인 고함 소리가 들린 직후 찰싹, 소리가 들렸다.

　고개를 돌리자 딸의 뺨을 때린 어머니, 그리고 가만히 선 채 꾸중을 듣고 있는 딸의 모습이 눈에 들어왔다.

　"멋졌어요~ 같은 소리를 할 때가 아니잖니?! 너는 졌어! 다른 사람도 아니고 자기를 이긴 상대를 치켜세워?! 대체 무슨 생각인 거니?!"

　"하, 하지만 마사토 군은 진짜로 강하고, 대단하다고 생각해서······."

　"말대꾸하지 마! 입 다물고 반성이나 해!"

　"아, 예, 어머님······ 죄송해요······."

　"하아, 정말······ 기분이 정말 최악이야······. 하아······ 이제 됐어. 방과 후에는 이 근처에서 자율 트레이닝이라도 해. 이건 너를 생각해서 내리는 지시야. 알겠니?"

　"······예······. 어머님의 말씀에 따르겠어요······."

메디에게 엄명을 내린 메디 어머니는 불같이 화를 내며 어딘가로 가버렸다.

남겨진 메디는 잠시 동안 발치를 쳐다보며 가만히 서있더니, 갑자기 뛰기 시작했다. 그리고 비상구를 통해 밖으로 뛰쳐나갔다.

이곳에 모여 있던 학생들은 어안이 벙벙한 듯한 반응을 보였다. 우락부락 선생님도 말문이 막힌 것 같았다.

마사토 또한 멍하니 서 있을……

"잠깐만, 멀뚱멀뚱 서 있을 때가 아니잖아! 나, 메디를 쫓아가볼게!"

"아! 기다려, 마 군! 엄마도 같이 갈게!"

"아아, 진짜! 엄마는 따라오지 않아도 돼!"

참견쟁이인 어머니가 못 쫓아오게 막고 싶지만 지금은 시간을 낭비할 때가 아니다. 마사토는 마마코를 개의치 않으며 메디를 쫓아갔다.

메디는 어디로 간 것일까? 행방은 알 수가 없다. 너무 늦게 뒤쫓은 것이다.

마사토와 마마코는 비상구 밖으로 뛰쳐나온 후, 「나는 오른쪽으로 가보겠어!」, 「엄마는 왼쪽으로 가볼게!」 흩어져서 수색을 하기로 했다.

마사토는 실내 풀장 외벽을 따라 시계 방향으로 뛰어갔지만…… 메디는 보이지 않았다.

"큭! 이쪽이 아닌 것 같네! 그럼 엄마가 향한 곳에 있는 걸까?!"

마사토는 뒤돌아서더니 왔던 길을 되돌아가기 시작했다.

그러자, 학교수영복에 감싸인 엉덩이가 눈에 들어왔다. ……괜한 관심은 가지지 말기로 했다. 저건 엄마의 엉덩이니까 말이다.

마마코는 건물 모퉁이에 숨은 채, 모퉁이 너머를 몰래 쳐다보고 있었다.

"엄마, 뭐하고 있는 거야?"

"아, 마 군. 마침 잘 왔어. ……저기를 좀 봐줬으면 하는데……."

마마코는 말로 형용하기 힘든 표정을 지으며 옆으로 비켜섰다.

꽤나 신경이 쓰이는 태도였지만 마사토가 순순히 건물 모퉁이에서 그 너머를 쳐다보니…….

'……응?'

그곳에는 메디가 있었다. 메디가 틀림없다. 분명 틀림없기는 한데…….

"……하아, 진짜…… 짜증나네……. 이게…… 이게……."

메디는 하염없이 퍽퍽, 퍽퍽, 건물 벽을 걷어차고 있었다. 짓밟는 듯한 저 발차기는 바로 건달킥이다.

잘못 본 것일까? 환각일까? 착시? 그럴지도 모른다고나 할까, 그랬으면 하지만…….

다시 쳐다보니, 메디는 여전히 건달킥으로 벽을 걷어차고 있었다. 짜증이 치솟은 표정으로 퍽퍽퍽퍽퍽퍽퍽퍽퍽퍽퍽 걷어차고 있었다.

"하아…… 그 극성 엄마, 확 작살내버리고 싶네……."

저 말투는 전에도 들은 적이 있었다. 때때로 들렸던 그 중얼거림은 메디가 한 말이 틀림없었던 것이다.

이 세상에는 알면 안 되는 일이 있다. 세상의 진리, 그리고 그 이면 등, 알기만 해도 목숨이 위험해질 수 있는 일이 존재하는 것이다.

미소녀의 다크 사이드 또한 그 중 하나다.

'……거짓말, 이야……. 누가 거짓말이라고 말해줘어어어…….'

천사라고 믿었던 소녀가…… 타락했다…….

확 눈을 도려내서 아무것도 못 본 걸로 하고 싶지만…….

이대로 내버려둘 수도 없는데다…… 게다가 「마 군, 파이팅」 매번 이럴 때만 마마코가 아들에게 차례를 양보하며 등을 밀어댔던 것이다. 아아, 어쩔 수 없네.

"아아…… 어험! 으음~ 메디는 대체 어디 있는 거지~? 이쪽에 있나~?"

어마어마~하게 자연스러운 어조로 그렇게 말하면서 상대방이 준비를 할 시간을 충분히 준 후, 마사토는 한 걸음 내디뎠다.

모퉁이 너머에서는…….

"······아, 마사토 군. 마마코 씨."

메디가 순진무구한 미소녀다운 표정과 태도를 취하며 마사토 쪽을 돌아보았다.

"두 분 다 이런 데서 뭘 하고 계신 거죠? ······혹시, 저를 찾으러 온 거예요?"

"응? 아, 응. 뭐, 그래."

"메디 양이 걱정되어서 보러 왔어."

"그랬군요······. 걱정을 끼쳐서 죄송해요. 하지만 보다시피 저는 괜찮아요."

메디의 얼굴에는 미소가 어려 있었다. 볼이 약간 부은 점만 이외에는 평소와 다름없어 보였다.

평소와 다름없지만······ 그녀에게 다크사이드가 존재한다는 건 틀림없기에······ 「YOU는 본성을 숨기고 있나요?」 하고 물어볼 수는 없었다.

그래서 마사토는 일단 평범하게 대화를 나눠보기로 했다.

"으음, 잠깐 이야기 좀 나누지 않겠어? ······저기 말이야. 메디의 어머니는 항상 저러시는 거야?"

"예. 제 어머니는 평소에도 저런 분이세요."

"항상 『1등을 하라』고 강요하고, 1등을 못 하면, 저기······ 화내면서 때려?"

"예. 제 어머니는 그런 분이세요."

메디는 태연한 어조로 그렇게 대답하면서 고개를 끄덕였다. 자신의 어머니가 그런 사람이라는 점에 눈곱만큼의 의문도 품고 있지 않은 것 같았다.

　마사토와 마마코가 아무 말도 못하자 이번에는 메디가 질문을 던졌다.

　"마사토 군과 마마코 씨는 제 어머니가 너무해 보이나요?"

　"아, 뭐…… 솔직하게 말하자면, 그냥 너무한 정도가 아니라 최악의 부류라고 생각해."

　"마 군! 말이 너무 심하잖아!"

　"그게 사실이잖아. 다짜고짜 자식을 때렸다고. 그게 말이 돼?"

　"그건…… 이 엄마도 자식을 때리는 건 옳지 않다고 생각하지만…… 그래도……."

　"괜찮아요. 제 어머니의 행동을 본 사람은 누구나 마사토 군과 마찬가지로 제 어머니를 너무하다고 말하니까요. ……하지만……."

　메디는 말끝을 흐리더니 곧 다시 미소를 지었다.

　"하지만 괜찮아요. 남들이 뭐라고 말하든 상관없으니까요. 저는 괜찮아요."

　"뭐가 괜찮다는 거야. 완전 문제잖아."

　"그래. 나도 문제가 있다고 생각해."

　"아뇨, 정말 괜찮아요. ……어머님은 저를 미워하시는 게 아니에요. 저를 어엿하게 키우기 위해, 그리고 무엇보다 저를 위하는 일이라고 생각하며 엄격하게 대하시는 거예요. 그런 어머님의 행동은 전혀 잘못되지 않았어요. 저는 어머님을 믿어요."

　단호한 어조로 그렇게 말하는 메디의 표정은 진지하기 그지없었다. 거짓말을 하는 것처럼은 보이지 않았다.

"그러니 걱정하지 마세요. 저는 정말 괜찮아요. ……어머니가 앞으로도 문제를 일으킬 거라고 생각하지만, 앞으로 며칠만 더 같은 반에서 지내면 되니 좀 참아주세요. 뻔뻔한 소리인 건 알지만, 그래도 부탁드릴게요."

메디는 정중히 고개를 숙이며 그런 부탁을 한 후, 돌아갔다.

마사토와 마마코는 그런 메디를 그저 쳐다볼 수밖에 없었다.

"……저기, 엄마. 어떻게 생각해?"

"그게…… 글쎄……. 메디 양은 자기 어머니를 많이 따르는 것 같으니까…… 엄마 면접이었다면 만점을 줬겠지만……."

"그 점만 보면 나쁘지 않은 것 같지만…… 그래도……."

"응, 그렇네……."

두 사람은 건물의 벽 쪽을 힐끔 쳐다보았다. 그곳에는 강렬한 건달킥의 흔적이 확연하게 남아 있었다.

메디의 마음속에는 어머니를 따르는 마음 이외에도 매우 성가신 감정이 숨겨져 있는 것이 틀림없다.

"……어떻게 하면 좋을까?"

"……어떻게 하면 좋겠니?"

아들과 어머니는 동시에 한숨을 내쉬었다.

오늘 교육과정을 마친 후, 통산 성적이 발표됐다.

마사토는 50SP, 와이즈는 20SP, 포타는 50SP를 모았다.

타코야키 한 개당 1포인트로 계산한다면 와이즈도 다른 두 사람에게 버금갈 정도의 포인트를 모았을 것이다. 아무튼, 섭취 칼로리 량은 와이즈가 단독으로 1위를 독주하고 있다. 그걸 깨달은 그녀가 허둥지둥 복근운동을 시작한 것은 일단 제쳐두기로 했다.

 성적도 물론 신경이 쓰이기는 하지만, 또 다른 걱정거리가 생겨난 학교생활 둘째 날이 이렇게 그렇게 막을 내렸다.

통 지 표

학생 : 와이즈
담임 : 오오스키 마마코(대리)

학습 태도

관심 · 의욕 : 수업에 관심을 가지며, 자발적으로 학습에 임한다.	◎
말하기 · 듣기 : 생각을 정확하게 말하며, 상대의 의도를 파악하며 듣는다.	◎
지식 · 이해 : 학습내용에 관한 지식 및 이해를 명확하게 가지고 있다.	◎
기능 · 표현 : 상상력을 발휘해, 독자적인 감성으로 표현한다.	◎

학습 시간의 종합적인 현황

마법봉인을 해제해주는 타코야키를 열심히
먹는 모습이 인상적이었습니다. 과식을 주의할 필요가 있겠지만,
잘 먹는 아이는 정말 멋지다고 생각합니다.
특히 여자애 중에는 적게 먹는 아이가 많은지라,
와이즈 양의 먹성을 보고 정말 감탄했습니다.

통지표를 기입한 보호자로부터의 연락

와이즈 양의 보호자인 카즈노 양을 대신해,
이 통지표를 기입하였습니다.

죠코 아카데미아 학교

제4장
엄마의 짐 안에,
식품위생 책임자 수첩이 있었다.
조리사 면허는 안 보였다.

셋째 날.

오늘도 마마코를 비롯한 동료 전원이 학교에 등교했다.

"하아…… 당연한 듯이 따라오는 것도 모자라…… 은근슬쩍 내 옆자리에 앉았어……."

"수업이 시작될 때까지는 괜찮지? 선생님에게 참관 허가도 받았으니까. ……하지만…… 마 군이 정 싫다면, 엄마는 여관으로 돌아가 있을게."

"그리고 아들에게 거절당한 마마코 씨는 방에 홀로 남아, 쓸쓸한 듯이 고개를 푹 숙인 채 하루를 보내고…… 매정한 아들 탓에 마음의 병을 얻고 마는데…… 흐흐흑……."

"어이, 와이즈! 그런 소리 하지 마! 진짜 성격이 더러운 녀석이라니깐! 이 성격 파탄자!"

"마마 씨가 혼자서 쓸쓸히 여관에 남아있는 건 옳지 않아도 생각해요! 너무 안 됐어요!"

"그래그래. 포타는 착하고 상냥한 애구나. 그런 포타의 의견을 채용해서, 나는 엄마의 동행을 허락할까 하옵니다."

"잠깐만, 마사토! 나와 포타를 너무 차별하는 거 아냐?!"

"엄연히 인간성 차이를 고려했을 뿐이야."

아무튼 평소와 다름없이 적당히 떠들면서 수업이 시작될 때까지 기다리고 있을 때였다.

"마마코 씨! 드릴 말씀이 있습니다!"

갑자기 한 남학생이 마마코의 곁으로 뛰어왔다. 얼굴이 글자 아트로 되어 있는지라 누구인지 알아볼 수는 없었지만, 아무튼 필사적인 표정을 짓고 있었다.

이 남학생은 마마코를 향해 고개를 숙이더니, 손을 내밀면서 혼신의 힘을 다하는 듯한 어조로 외쳤다.

"마마코 씨! 당신을 처음 봤을 때부터 결심했습니다! 부탁드립니다! ……제 애인이 되어 주세요!"

그 남학생은 느닷없이 마마코에게 고백을 감행했다.

하지만 고백을 받은 마마코는 전혀 당황하지 않았다. 그리고 상냥한 미소를 지으며 대답했다.

"고마워. 고백을 받아서 정말 기뻐. 하지만…… 미안해. 나는 마 군의 엄마이기 때문에, 네 애인이 되어줄 수 없단다. 정말 미안해."

"그, 그런가요……. 크윽……."

그 남학생은 터져 나온 눈물을 소매로 닦으면서 어딘가로 뛰어갔다.

그 모습을 본 포타는 놀란 표정을 지었고, 와이즈는 뭔가를 메모했다.

"이걸로 총 여섯 명에게 고백을 받은 거네요! 마마 씨, 정말 대단해요!"

"자, 격침 횟수 한 번 추가. 편지로 고백한 사람까지 합치면 이걸로 열세 명째네…… 어제 일이 화제가 되어서 인기가 급상승한 것 같아…… 저기, 마사토? 마마코 씨의 절대적인 인기를 아들로서 어떻게 생각해?"

"죽고 싶어. 그 이상도 그 이하도 아냐."

자신의 어머니가 자신과 같은 또래인 남자에게 고백을 받는 광경을 보고 싶은 사람은 아마 없을 것이다. 마사토는 고개를 돌리면서 아예 관심을 껐다.

그리고 그가 별생각 없이 고개를 돌린 방향에는 치유술사 모녀가 있었다. 그 두 사람은 마사토 일행과 일부러 거리를 두려는 것처럼 떨어진 곳에 앉아 있었으며…….

"……." 찌릿!

마사토가 쳐다본 순간, 메디 어머니는 그를 노려보았다. 그것도 무시무시한 눈길로 말이다. 「윽……」 마사토는 허둥지둥 고개를 돌렸다. 아무것도 보지 않았다는 듯이 말이다.

"으으으…… 나를 눈엣가시로 여기고 있는 것 같아……."

"당연하잖아. 마사토가 메디가 1등을 하는 걸 방해했으니까 말이야. 게다가 저 아줌씨, 마마코 씨를 라이벌로 여기고 있는 것 같거든. ……진짜 무모하다니깐~. 마마코 씨에게 이길 턱이 없잖아? 어머니 랭킹 1위는 마마코 씨란 말이야~."

"와이즈 양, 그렇지 않아."

마마코는 평소와 다르게 나무라는 듯한 어조로 말했다.

"어머니라는 존재에게 1등, 2등 같은 건 존재하지 않아. 누구에게나 최고의 어머니는 바로 자신의 어머니야. 다들 자신의 어머니를 가장 좋아하니까. 와이즈 양도 마찬가지지?"

"그, 그야, 뭐…… 우리 엄마는 진짜 문제 덩어리지만…… 그래도 역시 엄마는 엄마라고나 할까…… 확실히 그런 부분도 있긴 해."

"그렇지? 포타 양도 마찬가지도 마찬가지 아니니?"

"으음, 저기…… 저, 저도, 제 어머니가…… 1등, 이에요."

포타는 마마코를 배려하는 것인지 약간 더듬거리면서 그렇게 대답했다.

"물론 마 군도 이 엄마가 1등일 거야. 그렇지?"

"그렇지 않아. 눈곱만큼도 그렇게 생각하지 않는다고."

마사토가 딱 잘라 그렇게 말하자, 마마코는 슬퍼하듯 고개를 숙이며 정신 쇄약 마법을 영창하기 시작했다.

「……이 엄마가 태어나서 지금까지 들은 말 중에서 손꼽힐 정도로 가슴 아픈 말이야……」, 「윽?! 그런 소리 좀 하지 마!」 이 공격에 당하면 아들 용사는 엄청난 후회에 휩싸인다. 방어 불가. 마음이 갈가리 찢기는 것 같다!

아무튼, 농담은 이쯤 하기로 했다.

마사토는 마마코의 말을 듣고 문득 어떤 생각이 떠올랐다.

'……메디도 마찬가지인 걸까?'

사랑하는 어머니가 하는 일이기에 제아무리 심한 짓을 당해도 믿으며 따른다. 그런 심정인 걸까.

마음속에서 거무튀튀한 감정이 싹트고 있는데도 불구하고, 상대가 어머니이기 때문에 저렇게 곁을 지키는 것일까.

마사토는 폭군 엄마의 옆에 얌전히 앉아있는 메디를 쳐다보며, 오지랖이나 다름없는 생각에 잠겼다.

잠시 후, 우락부락 선생님이 교실에 나타났다. 「그럼 마 군. 뒤편에서 지켜보고 있을게」, 「알아서 해」 마마코가 참관석으로 이동했다. 메디 어머니도 그쪽으로 향했지만 마마코와는 꽤 떨어져서 앉았다.

그 후, 조례가 시작됐다.

"음! 다들 모인 것 같군! 그럼 연락 사항을 전달하지!"

교단에 선 우락부락 선생님은 칠판을 향해 돌아서더니, 두꺼운 손가락으로 가느다란 분필을 쥔 후…….

【문화제】

……라고 칠판에 썼다.

"오늘은 문화제 날이다! 다들 기뻐하도록!"

"오예~! 문화제다~! ……그, 그게 무슨 소리야아아아앗?!"

"응? 용사 마사토여, 갑자기 왜 그러는 것이지?"

"이상하잖아! 뜬금없이 문화제를 개최해?! 말도 안 되는 소리 하지 마! 문화제라는 건……!"

"실행위원을 정하고, 반별로 무엇을 할지 정한 다음, 차근차근 준비를 한다, 같은 단계를 밟지. 보통은 말이다. ……하지만 이제부터 너희가 할 문화제는 단순한 축제가 아니라, 학생들의 의욕을 가늠하기 위한 시험으로 인식해줬으면 한다."

"의욕을 가늠하기 위한 시험……?"

"돌발적인 개최된 이벤트에 얼마나 열렬히 참가하는가. 그런 자세가 평가 대상이며, 그에 맞춰 포인트가 증정되는……으음, 그러니까……."

"아…… 그러니까, 운영 측의 의향에 따라 이벤트 소화에 힘쓰는 순종적인 자세가 추천된다는 건가요. 아하, 그렇다면 게임에서의 중요 커리큘럼이라 할 수 있겠네요."

"음. 이벤트가 호응을 얻지 못한다면 신규 유저를 끌어들이는 건 고사하고, 기존 고인물 유저들도 질려서 은퇴하는 사태가 속출하지. 이벤트의 성공 여부는 게임의 존속에 직결되어 있다. 이 세계를 위해 군소리 하지 말고 이벤트에 열성적으로 참가해다오. ……그럼 필수사항을 전달하지. 칠판을 주목하도록."

자신이 존재하는 세계를 지키고 싶어 하는 우락부락 선생님이 칠판에 글자를 적었다.

게임 속 학교, 죠코 아카데미아의 문화제 요강.

개최일은 오늘. 오전오후에 걸쳐서 열리며, 후야제도 예정되어 있다.

학생은 개인 혹은 파티 단위로 참가하며, 자유롭게 가게 영업 및 공연을 해도 된다.

"필요한 재료는 매점에서 지급된다. 가게 영업이나 공연처럼 대대적인 준비가 필요한 경우에도 매점에 신청하도록. 그러면 학교 측에서 대응해줄 거다. 하지만 준비되어 있는 건물 데이터는 한정되어 있지. 설치 장소도 비롯해 선착순이니, 신속하게 행동하는 게 승리의 열쇠다. 그럼 연락사항을 전부 전달했으니 조례를 마치겠다."

농땡이 부리지 마라~ 하고 한 마디 남긴 우락부락 선생님이 교실을 나서려다…….

"……아, 맞다. 내일도 스페셜 이벤트가 준비되어 있으니, 고대하고 있도록."

우락부락 선생님은 한 마디 더 남긴 후, 교실을 나서려…….

……다, 다시 돌아왔다.

"이런, 중요한 연락사항이 하나 더 있는데 알려주는 걸 깜빡했군. ……보호자 두 분께서도 모처럼 열리는 문화제에 열성적으로 참가해주십시오. 자제분들과의 즐거운 추억이 될 테니까요. 그럼 이만 실례하겠습니다."

"예엣?! 우, 우락부락 선생님?! 그게 대체 무슨…… 앗, 잠깐만요!"

마사토는 필사적으로 항의하려 했지만 우락부락 선생님은 도망치듯 교실 밖으로 뛰쳐나갔다. 젠장…….

조례가 그렇게 끝나자, 교실 안은 시끌벅적해졌다. 학생들이 일제히 일어서더니 사이가 좋은 이들끼리 모여서 파티를 짜거나 문화제에서 뭘 할지 상의하느라 정신이 없었다. 주어진 준비 시간이 한 시간 밖에 안 되니 서두르는 게 당연했다.

마사토 일행도 힘차게 행동을 개시……하고 싶었지만, 마사토는 머리를 감싸 쥐며 절규했다. 뭐, 그럴 만도 했다.

"문화제에서까지 엄마 동반이라니……. 너무하잖아……. 내 학교생활은 대체 어떻게 되어가고 있는 거냐고……."

"너는 결국 이런 운명을 타고 난 거야. ……그것보다, 푸념을 늘어놓을 시간이 있으면 문화제에서 뭘 할지나 생각해. 시간이 없단 말이야."

"맞는 말이야. ……아, 맞다. 마 군. 가게를 하는 건 어떨까? 이 엄마는 말이지? 요리라면 자신이 있거든."

"아, 그거 좋은 생각 같아. 나는 찬성~."

"저도 찬성이에요! 마마 씨와 함께 가게를 차리고 싶어요!"

"……엄마가 태연하게 대화에 참가하는 것으로 모자라, 리더십까지 발휘하고 있어……. 이게 다 뭐냐고……. 진짜 뭐가 어떻게 돌아가고 있는 거야……."

마사토가 머리를 감싸 쥐며 괴로워하고 있을 때였다.

"잠깐 실례하겠어요."

메디 어머니가 갑자기 대화에 끼어들었다. 메디를 데리고 마사토 일행 곁으로 온 것이다.

"방금 우연히 들었는데, 가게를 차린다면서요? 그렇다면……."

메디 어머니는 마마코를 손가락으로 가리키며 말했다.

"누가 더 뛰어난 성과를 내는지…… 가게 매상으로 승부를 해요!"

"예? ……으음…… 예……?"

마마코는 무심결에 대답을 해버린 바람에 어머니간의 배틀이 발생했다! 마마코는 아직 영문을 모르겠다는 반응을 보이고 있었지만 메디 어머니는 전의를 불태우고 있었다!

문화제의 주체라 할 수 있는 아이들은 안중에도 없다는 듯이 행동하고 있는데…….

"……하아……. 진짜……. 극성 엄마, 완전 짜증……."

메디가 어두운 표정으로 중얼거린 말은 마사토는 똑똑히 들었다.

극성스럽게 난리를 피우는 메디 어머니에게 정신이 팔릴 뻔했지만, 가장 신경 쓰이는 것은 메디의― 「이기는 건 바로 우리예요! 크르르릉!」 아아, 메디 어머니는 진짜 시끄럽네. 이 사람, 진짜 어떻게 좀 해야 하나? 너무 성가시잖아.

대대적인 설치가 필요한 점포는 학교 측에서 해주지만, 종류가 한정되어 있으며 선착순이다.

그러니 서두를 필요가 있지만, 시끄러운 아줌씨한테 시간을 빼앗긴 바람에 늦게 신청을 하고 말았다. 그 결과…….

마사토 일행이 획득한 것은 쇠퇴한 마을의 낡은 식당 같은 디자인의 점포다.

"한 마디로 표현하자면…… 망한 가게 같네."

"일단 영업은 하고 있지만 손님이 전혀 오지 않을 것 같은 가게야."

"으음…… 조, 좀 오래된 가게네요!"

"고즈넉하고 차분한 분위기의 가게구나."

다들 다른 식으로 표현했지만, 한 마디로 정리하자면 허름했다. 비통한 느낌마저 감도는 쓸쓸한 가게다.

이런 가게에서 영업을 해야 한다니 너무 슬프지만…… 그렇다고 나쁘기만 한 것은 아니다.

건물 자체는 낡았지만 다행히 입지조건은 좋았다. 마사토 일행의 가게는 학교 정문에서 건물로 이어지는 메인스트리트에 존재했다. 이곳은 학교를 찾은 이가 꼭 지나가는 장소다. 즉, 손님이 몰리는 장소를 제공받은 것이다. 그 점은 기뻐해도…….

아니, 그렇지 않을지도 모른다. 가게의 주변 환경이 좋지 않은 것이다.

"어머나, 어머나. 정말 허름한 가게네. 참 불쌍해라."

비웃음을 섞으며 그런 짜증나는 소리를 한 이는 길 건너편에 있는 가게의 주인인 메디 어머니다. 메디 어머니는 메디를 데리고 이 가게를 살피러 왔다.

메디 어머니의 가게는 도시의 번화가에 있을 법한 멋진 카페였다. 미술공학적으로 디자인된 건물에 관엽식물의 자연색이 더해져 완성된 세련된 느낌이 감돌았고, 햇볕이 드는 나무 테라스도 있었다.

"큭…… 왜 이렇게 차이가 나는 건데…….."

"우후후. 영업을 시작하기 전에 이미 결판이 나버린 것 같네. 우리 가게에 손님이 몰려드는 광경을 손가락이나 빨며 지켜보세요. 우후후후후후후!"

메디 어머니는 멋대로 떠들어대고는 자기 가게로 돌아갔다.

그리고 메디 어머니가 마사토에게서 뒤돌아선 틈에 메디가 슬며시 다가오더니 고개를 숙이며 사과를 했다.

"미안해요, 마사토 군. 어머님께서 또 무례한 소리를 하셨네요······."

"아, 아냐. 메디가 사과할 필요는 없어. 개의치 마."

괜히 신경 쓸 필요 없으니까, 이만 가봐······ 하고, 마사토는 메디에게 말하려 했다.

하지만, 마사토는 메디에 관한 일 중에 좀 신경 쓰이는 게 있다는 사실을 떠올렸다.

"저······ 저기, 메디."

"예? 왜 그러시죠?"

"어제 일인데 말이야. 풀장 수업 후에, 메디가 밖에서······ 약간 광폭화한 것 같은······ 모습을 우연히 목격했는데······ 그건······."

마사토가 머뭇거리면서 물었다.

그러자 메디는 한순간 화들짝 놀라면서 표정을 굳힐 뻔 했지만······.

"예? 그게 무슨 소리죠? 무슨 말을 하시는 건지 모르겠어요."

그녀는 귀엽게 고개를 갸웃거리며 영문을 모르겠다는 반응을 보였다. 메디는 무슨 말을 들은 건지 진짜 모르겠다는 반응을 보인 후, 「그럼 저도 이만 가볼게요」, 「어, 아······」 허둥지둥 돌아갔다.

혹시, 도망친 걸까? 왠지 그런 느낌이 들지만······ 뭐, 대놓고 이야기할 만한 내용도 아니니 일단 메디 일은 제쳐두기로 할까. 어마어마하게 마음에 걸리지만 일단 보류해두기로 했다.

그것보다, 지금은 가게 준비를 해야 한다.

마사토는 마음을 다잡으며 허름한 가게를 쳐다보았다.

"자, 어떻게 한다……."

"어떻게 하기는 뭘 어떻게 해. 우리는 이 낡아빠진 가게로 영업을 할 수밖에 없어. 이제 와서 무를 수도 없으니까, 해보는 수밖에 없잖아."

"예! 열심히 이 가게를 운영해요! ……가게가 허름해도 괜찮아요! 중요한 건 정성이라고 생각해요!"

"포타 양의 말이 맞아. 중요한 건 정성이야. ……그러니까, 마 군."

"그래. 일단 해보는 수밖에 없겠지. ……다 같이 말이야."

다 같이.

그 말을 입에 담자, 시궁창에 처박힌 것 같던 기분이 조금은 밝아졌…….

'……하지만 엄마 동반…….'

그런 생각이 들자 바로 또 기분이 밑바닥까지 가라앉으려 했다. 일단 그 점에 대해서는 이제 생각하지 않기로 했다. 마음을 비운 것이다.

아무튼 오픈 준비를 하기로 했다. 마사토 일행은 일단 가게 안으로 들어갔다.

가게 안은 겉보기와 마찬가지로 허름하기 그지없었다. 값싸 보이는 테이블과 의자가 놓여 있었으며 카운터 너머에는 잡다하고 더러운 주방이 있었다. 가게 안은 전체적으로 어둡고 침울한 분위기였다. 이런 상황에서 준비를 시작하기로 했다.

"시간도 없으니까 흩어져서 작업을 진행하자. 가게에서 내놓을 음식은 요리가 특기인 엄마에게 전부 맡길게. 잘 부탁해."

"알았어. 이 엄마만 믿어."

"그리고 포타는 필요한 물건을 만들어줘. 가게에서 쓸 식기 같은 거 말이야. 부탁해."

"예! 저만 믿으세요!"

"그럼 나와 와이즈는 가게를 청소하자. 낡고 허름한 가게지만 가능한 한 청결하게 만들어 보자고."

"뭐, 왠지 그렇게 될 것 같았어. 잡일이지만 할 수밖에 없겠네……. 청소를 한다고 어찌될 것 같지는 않지만 말이야……."

"뭐, 그건 그래……. 어떻게든 가게의 분위기를 바꾸고 싶어. 하다못해 좀 더 밝은 분위기로 만들 수 있다면 좋겠는데……."

마사토가 갑갑한 느낌인 가게 안을 둘러보면서 좋은 방법이 없을지 생각하고 있을 때였다.

"아, 그래. 이런 건 어떠니?"

마마코가 갑자기 입을 열었다. 뭔가 좋은 생각이 난 듯한 마마코는 「와이즈 양, 잠시 이쪽으로 와보겠니?」, 「어~? 무슨 일이야?」 와이즈에게 귓속말을 했다. 소곤소곤.

그러자 와이즈는 마법서를 불러내서, 마법을 영창했다.

"……스파라 라 마지아 펠 미라레…… 폭구(爆球)^{볼바 스페라}! 한 번

볼바 스페라
더! 폭구!"

와이즈의 연속마법이 발동하자 폭발하는 구체가 두 개 생겨났다.

그리고 그 구체는 가게의 벽에 명중하더니, 쿠아아아아아아아아아아아앙! 하는 소리를 내며 벽을 깔끔하게 박살냈다.

어머나, 개운해라. 그리고 밖이 훤히 보이네…… 같은 소리를 할 때가 아니다.

"어이?! 와이즈, 니, 뭐하는 기고?!"

"응? 마마코 씨가 시킨 대로 했을 뿐인데?"

"시킨 대로…… 어이, 엄마! 대체 무슨 생각이야?!"

"이러면 햇빛이 들어와서 밝을 테고, 바람도 잘 들어올 거잖니?"

"그건 그렇지만……! 아아, 정말! 소동이 벌어졌잖아! 밖에서 가게 안이 훤히 보인다고!"

마사토 일행이 운영할 가게 앞에는 많은 학생들이 모여 있었다. 폭음을 듣고 놀라서 와본 것이다. 뭐, 와보는 게 당연했다. 그들이 가게 안을 쳐다보자 마사토는 마치 구경거리가 된 듯한 기분이 들었다.

바로 그때, 마마코가 또 입을 열었다.

"아, 맞아. 이 엄마, 또 좋은 생각이 난 것 같아."

"이제 됐어. 그만해. 제발 부탁이니까 아무것도 하지 말아주세요."

"너무 그러지 마. 일단 이 엄마의 말 좀 들어볼래? ……저기…… 소곤소곤……."

마마코는 마사토의 팔을 잡아끌어서 몸을 웅크리게 하더니, 귓속말을 했다.

마사토는 마마코의 아이디어를 듣더니…….

"…………………뭐?".

얼이 나간 듯한 표정으로 그렇게 말할 수밖에 없었다.

그야말로 전력으로, 진심에 진심을 담아, 철저할 정도로, 친아들로서는 무슨 말을 해야 할지 짐작조차 되지 않았다.

하지만 문화제는 곧 개최된다. 느긋하게 생각에 잠겨있을 여유는 없는 것이다.

안내 방송이 학교 전체에 울려 퍼졌다.

『지금부터, 제1회 죠코 아카데미아 학교 문화제를 시작하겠습니다.』

그것은 개막의 신호이자 싸움의 시작을 알리는 신호였다.

그 방송을 들은 메디 어머니가 우월감으로 가득 찬 미소를 지었다.

"……시작됐네."

화려한 카페의 2층에 있는 사장실.

소파에 몸을 맡기고 있던 메디 어머니는 손톱을 관리하면서 느긋하게 시간을 보내고 있었다. 여유가 넘쳤다.

당연했다. 할 일은 전부 해둔 것이다. 빈틈은 눈곱만큼도 존재하지 않았다.

"가게 분위기는 최고, 입지조건도 최고, 가게에서 제공하는 디저트와 음료수 또한 마을의 전문점에서 취급하는 최고급품……. 게다가 무엇보다…… 학생 중에서 가장 아름다운 내 딸이 웨이트리스를 맡고 있으니, 질 리가 없어."

그렇다. 질 리가 없다. 승리는 따 놓은 당상이다. 즉, 이것은 승리가 확정된 대결이다. ……그래서 재미가 덜하지만, 그래도 기분은 정말 좋았다.

"자, 그럼 어떻게 되어가고 있는지 살펴보러 가볼까. 사장으로서 손님들에게 인사를 할 필요가 있으니까 말이야. 우후후. 나한테 찬사가 쏟아지면 어떻게 하지?"

문화제는 방금 시작됐지만 가게는 손님으로 넘쳐나고 있을 것이다. 틀림없다.

발 디딜 틈은 있으면 좋겠는데…… 같은 생각을 하면서 아래층으로 내려간 메디 어머니는…….

목격하고 말았다.

"……어?"

가게 안은 텅텅 비어 있었다. 화려하고 고급스러운 테이블과 의자에는 아무도 앉아 있지 않았다. 「어? 어? 어?」 눈을 씻고 찾아봐도 손님은 단 한 명도 보이지 않았다.

"이, 이게 대체……."

충격적인 광경을 본 탓에 현기증이 난 메디 어머니는 그대로 쓰러질 것만 같았지만 어찌어찌 버텼다.

이게 대체 어떻게 된 거냐고 버럭 고함을 지르고 싶었지만 어찌어찌 마음을 진정시키며 이렇게 말했다.

"그, 그래…… 장사를 이제 막 시작했잖아. ……좀 조바심이 났던 것 같네."

그렇다. 너무 일찍 확인을 하러 온 것이다. 문화제는 방금 시작됐으니, 아직 손님들이 여기까지 오지 않은 것이다. 틀림없다.

메디 어머니는 그렇게 생각하며 테이블석에 앉았다. 손님이 없으니 자기가 손님인 척 하며 호객행위를…… 하려는 것이 아니다. 그저 이곳에서 상황을 좀 살펴볼 생각인 것이다.

바로 그때, 가게의 문이 열렸다. 기념비적인 제1호 손님께서 왕림~! 메디 어머니는 벌떡 일어섰지만…… 들어온 이는 손님이 아니었다.

"다녀왔습니다."

가게 안에 들어온 이는 웨이트리스 복장을 한 메디였다. 그 누구에게도 뒤지지 않을 만큼 뛰어난 미모를 지닌 웨이트리스가 가게 안을 향해 그렇게 말하면서 들어온 것이다.

메디는 그제야 자신의 어머니를 발견했다.

"아, 어머님. 내려오셨군요."

"그, 그래. 가게가 어떤 상황인지 보러 온 건데…… 너는 어디 갔다 온 거니?"

"마사토 군의 가게를 살펴보고 왔어요."

"어머, 그랬구나……. 아직 학교를 찾은 방문객이 많지 않은 것 같고. 설령 사람들이 몰리더라도 그 가게에는 아무도 안 갈 테니까, 살펴볼 필요는……."

"아뇨. 그렇지 않아요. 아직 이른 시간인데도 불구하고, 그 가게는 성황 중인 것 같았어요."

"……뭐?"

메디가 방금 뭐라고 했지? 메디 어머니가 잘못 들은 게 아니라면 『성황』이라는 단어가 들린 것 같은데 말이다.

아니다. 절대 그럴 리가 없다. 말도 안 된다. 그런 일이 일어나선 안 된다.

하지만, 만약 그게 사실이라면……?

"그런 말도 안 되는 일이 일어날 리가 없잖니! 그, 그딴 일이……!"

메디 어머니는 벌떡 일어나더니 가게 밖으로 뛰쳐나갔다. 「아니?!」 그리고 목격했다.

맞은편…… 【엄마의 등】이라고 적힌 간판이 걸려 있는 식당 앞에서는 백 명이 넘는 사람들이 우글거리고 있었다.

마사토와 와이즈는 필사적으로 손님들을 관리하고 있었다.

"죄송합니다만 가게 앞에 모여 있지 마시고, 줄을 서주세요! 부탁드립니다!"

"말 안 듣는 사람은 마마코 씨한테 설교를…… 아, 그건 포상이겠네……. 아, 아무튼 줄 서! 가게 앞에 몰려 있지 마! 대로 변에서 가게 안이 보인다는 점도 이 식당의 장점이란 말이야!"

두 사람이 그렇게 외치자 모여 있던 이들이 순순히 줄을 서기 시작했다. 잘 만들어진 NPC들이다. 역시 일본제다. 줄을 서는 습관을 지닌 민족이 만든 NPC답다.

그리고 그들이 줄을 서자 가게 안이 보이기 시작했다.

식당【엄마의 등】은 길가 쪽의 벽을 전부 철거한 시스루 구조였다.

가게 좌석은 마치 교실처럼 손님들이 전부 같은 방향을 보며 앉을 수 있게 배치되어 있었으며, 이미 만석이었다.

손님들의 시선은 주방을 향하고 있었으며 그곳에는 바로 마마코가 있었다.

그녀는 도마 위의 채소를 썰고, 불 위에 올려놓은 냄비의 상태를 확인하고 있었다.

어릴 적에 누구나 봤을 법한, 가족을 위해 요리를 하는 엄마의 등을 그 가게에서는 볼 수 있었다.

엄마는 뒤를 돌아보더니 빙긋 웃으면서 말했다.

"거의 다 됐으니까, 잠시만 더 기다려줘."

누구나 그런 말을 듣는다면, 당연히……

""""응! 기다릴게~!""""

손님들은 힘찬 목소리로 대답했다.

실제 연령 같은 것은 상관없다. 손님들은 전부 어린이다. 그리고 어린이인 만큼, 대답을 할 때는 『예』가 아니라, 힘찬 목소리로 『응!』이다. 그리고 말끝을 늘어뜨려야 한다. 이것도 철

칙이다.

게다가 『기다릴께~』처럼, 어미 부분의 기억을 쌍기역으로 즉시 변환해준다면, 이제 어엿한 어린이라 할 수 있다.

대량의 다 큰 어린이들이 찾아준 덕분에 엄마를 극한까지 추구하는 콘셉트의 식당【엄마의 등】은 성황리에 영업 중이었다.

너무 바빠서 마사토와 와이즈는 지쳐버렸을 정도다.

"하아…… 말도 안 되는 일이 벌어졌네……."

"그, 그래……. 남자들은 하나같이 마더콤이라고 생각하지만…… 설마 이 정도로 반응이 뜨거울 줄은 상상도 못했어……. 진짜 장난이 아니네……."

"엄마의 아이디어가 대박을 치다니…… 하아…… 장사가 잘 되서 좋기는 하지만, 왠지 마음이 석연치 않아……."

"아하~ 그럴지도 몰라~. 마마코 씨가 모두의 엄마가 되어버려서, 아들인 너는 불만인 거구나~. 질투하는 거네~? 푸풉."

"아니거든~? 그딴 게 아니라고."

"크크큭. 말은 그러면서도, 실은……."

"저기, 마사토 씨! 와이즈 씨! 줄 정리가 끝났으면 이쪽 좀 도와주세요! 저 혼자서는 벅차다고요!" 헐레벌떡헐레벌떡!

"어이쿠. 우리 가게의 간판 웨이트리스가 눈코 뜰 새 없을 정도로 바쁜가 보네. 빨리 도우러 가야겠어."

와이즈의 말을 신경 쓸 때가 아니다. 가게 안에서는 포타가 혼자서 서빙을 하며 헐레벌떡 뛰어다니고 있었다. 마사토는 서둘러 포타를 도우러 갔다.

시원한 물을 준비해서 쟁반에 올려놓은 후, 손님에게 가져다줬다. 「아직 물 못 받았는데요~」, 「아, 예! 금방 가져다드리겠습니다!」, 「물 좀 더 주세요~」, 「예! 금방 가져다드리죠!」 물을 찾는 손님들이 곳곳에서 마사토를 불러댔다.

　게다가 완성된 요리를 서빙하는 일도 해야만 했다.

　"자, 다 됐어. 엄마 특제 오므라이스야. 가져다주겠니?"

　"알았어! ……으음, 오므라이스는 어느 손님이 시키셨던 거더라……."

　"어이, 서두르라고! 엄마가 만들어준 밥이 식어버린단 말이야!"

　"아, 예! 금방 가져다드리겠습니다! ……오래 기다리셨습니다!"

　"어이, 뭐하는 거야! 내가 주문한 건 이게 아니라고!"

　"예엣?! 죄죄죄, 죄송합니다!"

　너무 바빠서 눈이 핑핑 돌 것 같았다. 게다가 열심히 일하고 있는데도 혼났다. 이게 뭐야. 눈물이 날 것만 같아.

　다른 사람에게 도움을 청하고 싶지만 마마코는 요리에 전념할 수밖에 없는데다, 포타와 와이즈도 마사토와 마찬가지로 일하느라 정신이 없어서 남을 도와줄 여유가 없었다. 일손이 부족한 것이다…….

　바로 그때였다.

　"아, 그래. 이 엄마, 좋은 생각이 났어."

　"또야? 이번에는 또 뭘……."

　"우후후. 이 엄마만 믿어."

　마마코는 손님을 향해 말했다.

"혹시 엄마를 돕고 싶은 착한 아이는 없니? 너희가 도와준다면 엄마도 한숨 돌릴 수 있을 것 같아."

바쁘니까 도와 달라. 손님을 향해 그런 소리를 한 것이다. 「자, 잠깐만, 엄마?!」 아무리 그래도 이건 좀 과하다는 생각이 들었다. 너무 무모한 요구라는 생각이 들었지만…….

"나, 나, 도울래~! 엄마를 도울 꼬야~!"

"이, 인마! 엄마를 도울 사람은 바로 나야! 내가 젓가락 챙길래~!"

"우후후. 다들 착한 아이구나. 고마워."

어린이들은 엄마를 돕고 싶어 안달이 난 것 같았다.

"나, 나도 엄마를 도울 꼬야! 내가 요리를 옮길래~! ……오오, 용사 마사토여. 그 쟁반을 빌려주지 않겠느냐?"

"어, 아, 예. 자요……. 어…… 우락부락 선생님?!"

눈에 익은 인물 한 명을 비롯해, 엄마를 돕고 싶어 하는 어린이들이 마사토의 일거리를 빼앗아갔다.

마사토 일행은 할 일이 없어졌다. 세 사람은 멍하니 서서, 다 큰 어린이들을 멍하니 쳐다보고 있었다.

"……저기, 마사토. 내가 지금 무슨 생각을 하는지 알아?"

"응. 짐작이 돼. 하지만 말하지는 마. 상대방은 엄연히 손님이라고."

"저, 저는, 저 분들이 대단하고 생각해요! 다른 생각은 눈곱만큼도 안 했어요!"

포타의 말이 옳다. 이 녀석들 기분 나빠, 같은 생각은 하지 않은 것으로 여겨주기를 바란다.

마사토 일행은 눈앞에서 벌어지고 있는 일들이 여러모로 대단하다고 생각할 뿐이었다.

식당 【엄마의 등】 현관 앞에서는 가게 안을 몰래 훔쳐보는 이가 있었다.

바로 메디 어머니다. 그 옆에는 메디도 있었다.

"큭…… 뭐야! 대체 뭐가 어떻게 된 건데?! 왜 이렇게 장사가 잘 되는 거냔 말이야!"

"저기, 어머님. 주위에 있는 분들이 보고 계시니, 이렇게 대놓고 훔쳐보는 것은 관두는 편이……."

"들킬지도 모르니까 좀 조용히 해!"

걱정해주는 메디를 향해 버럭 고함을 지른 메디 어머니는 손톱을 물어뜯었다. 짜증이 머리끝까지 치솟은 것 같았다.

메디 어머니는 자신의 가게를 쳐다보았다. 그곳에는 파리만 날리고 있었다. 울고 싶은 심정이었다.

매상은 현격하게 차이가 나고 있다. 이대로 가면 지고 말 것이다. ……어떻게든 손을 써야…….

"……아, 그래. 좋은 방법이 생각났어."

메디 어머니는 음험한 미소를 지으며 지팡이를 쥐었다.

느닷없이 일어난 일이다.

"우왓?! 이게 뭐야?!"

마마코 엄마와 수많은 어린이들로 북적이는 가게 안에서 비명에 가까운 목소리가 울려 퍼졌다. 「무슨 일이지?」 점원인 마사토는 재빨리 그곳으로 향했다.

어떤 남자 손님 앞에 녹색과 보라색과 적갈색이 뒤섞인 흐물흐물한 물체 X가 놓여 있었다.

"우와…… 이게 뭐야……."

"그건 내가 할 말이야! 딱 먹으려고 하는데 이렇더라고! 이 가게는 손님에게 이딴 걸 내놓는 거냐! ……아아, 젠장. 고소하겠어. 손해보상을 해달라고. 적절한 보상 없이는 넘어갈 수 없는 일이거든? 어이, 내 말 맞지?"

"으, 으음, 그게……."

"아니면 지금 바로 보상을 해줘도 되거든? 나, 어쩌면 이 일을 온 동네에 퍼뜨리고 다닐지도 모른다고. 그러면 곤란하지 않아? 아앙?"

그 손님은 어린이에서 진상 고객으로 순식간에 변모했다. 어, 어떻게 하지?!

바로 그때, 소동이 일어난 걸 안 마마코가 주방에서 뛰쳐나왔다. 그리고 난리를 피우는 남자 손님 앞에 서더니 필사적으로 고개를 숙였다.

"어머나, 큰일 났네! 정말 죄송합니다! 폐를 끼치고 말았군요!"

마마코는 연신 고개를 숙였다. 몇 번이나, 몇 번이나, 필사적으로 고개를 숙였다.

그러자, 마마코의 특대 가슴이 위아래로 마구 출렁거렸다. 「우와…… 어, 엄청나……」 불평을 늘어놓으려던 남자 손님의 눈이 그 가슴에 고정되어 있는 가운데…….

근처에 있던 다른 손님이 느닷없이 이렇게 중얼거렸다.

"어, 혹시 이것도 서비스야? 실패한 요리에 걸리면, 마마코 엄마가 눈앞에서 출렁출렁해주는 거구나?"

"엄마의 출렁출렁…… 그야말로 새로운 경지구나! 내 개척자 스피릿이 떨리고 있어! 저 가슴에 맞춰 출렁대고 있단 말이다!"

"업계의 선구자가 될 사람은 바로 나야! 실패 요리를 나오기를 빌며 요리를 또 시켜야지!"

주위에 있는 손님들이 멋대로 그런 식으로 해석하더니 멋대로 그런 소리를 늘어놓기 시작했다.

선망에 찬 눈길을 한 몸에 받고 있던 진상 고객은…….

"나, 나, 실은 화 안 났어! 응! 진짜로 화 안 났어!"

착한 어린이로 되돌아갔다. 그리고 수저를 쥐더니, 끝내주는 미소를 지으면서 물체 X를 우걱우걱 먹기 시작했다. 「어, 마딨떠! 보기에는 이상한데, 맛은 엄쩡 쪼아!」 아무래도 이상해진 것은 요리의 겉모습, 그리고 저 남자의 머리뿐인 것 같았다.

한때 소란스러웠던 가게는 순식간에 원래 분위기로 되돌아가더니 요리를 하는 마마코와 엄마를 돕는 다 큰 어른들로 붐볐다. 그리고 대박을 노리는 어린이들 덕분에 매상도 쑥쑥 늘어났다. 그야말로 장사가 번창하고 있었다.

마사토는 그 모습을 지켜본 후, 테이블을 차지하고 앉아서 식사 중인 와이즈와 포타의 곁으로 돌아갔다.

"마사토, 수고했어~."

"수고하셨어요, 마사토 씨!"

"아, 고마워. 뭐, 나는 딱히 아무것도 안했지만 말이야. 결국 엄마가 해결하긴 했는데……. 그것보다……."

"응. 방금 그건 방해공작이야."

"마법으로 요리의 겉모습을 바꾼 것 같아요! 용서 못해요!"

"그래. ……한 마디 해두도록 할까."

사태의 확대를 방지하기 위해서라도 빨리 대처하는 편이 좋을 것이다. 마사토는 쉬고 싶은 걸 참으면서 가게 밖을 향해 걸음을 옮겼다.

그리고, 가게 앞에서는…….

"크으으윽! 이, 이렇게 되면 최후의 수단을 쓸 수밖에 없어! 메디!"

"예, 어머님."

"지금 바로 수영복으로 갈아입고 오렴! 수영복 차림으로 마마코 씨의 가게에 쳐들어가서, 손님들 앞에서 섹시 댄스를 추는 거야! 자, 빨리 해!"

"예, 알겠…… 자, 잠깐만요?! 그런 짓을 왜 시키시는 거죠?!"

"너의 수영복 차림을 미끼삼아서 여기 있는 손님들을 내 가게로 유인할 거야! 누구보다 귀여운 너의 수영복 차림이라면 분명 손님들을 낚을 수 있어! 여차 하면 M자 다리 벌리기도 해! 이 엄마가 허락할게!"

"그런 허락을 요청한 적 없거든요?!"

"아아, 정말! 쓸데없는 소리 하지 말고 빨리 내가 시키는 대로 해! 이건 명령이야!"

"아, 아무리 그래도……."

대항심을 불태우고 있는 메디 어머니는 메디에게 그런 말도 안 되는 짓을 강요했다.

아무리 이기기 위해서라고 해도, 딸에게 M자 다리 벌리기를 시키려고 하다니, 정말 악랄했다. 악랄하기 그지없었다. ……그렇다고 보고 싶지 않은 거냐면 그렇지도 않지만…… 아무튼 말려야 한다.

부질없는 짓이라는 것은 알지만, 그래도 마사토는 불에 기름을 끼얹지 않도록 조심하면서 천천히 말을 걸었다.

"아~. 저기, 손님. 가게 앞에서 소란을 피우지는 말아주셨으면 합니다만……."

"뭐어?! 소란 같은 건 피운 적 없거든?! 괜한 트집 잡지 말란……!"

메디 어머니는 웬만한 길고양이보다 독기가 바짝 오른 듯한 반응을 보였지만…….

상대방이 마사토라는 것을 안 메디 어머니는 즉시 태도를 바꿨다. 옷매무새를 고치더니 여유로운 듯한 반응을 보인 것이다. 정말 자존심이 강한 사람 같았다.

"어, 어머나, 마사토 군. 안녕. 이런데서 마주치다니, 참 기묘한 우연도 다 있네."

"필연 그 자체인 것 같지만, 아무튼 안녕하세요."

"그런데, 우리한테 무슨 볼일이라도 있니?"

"아, 예. 그렇기는 한데…… 으음……."

이렇게 당사자와 마주 서니 입이 잘 떨어지지 않았다. 정당성은 마사토 측에 있는데도 말이다. 마사토는 그냥 관둘까도 생각했지만…….

가게 안에 있는 와이즈가 「자, 빨리 말해!」 하고 말했다. 그리고 포타는 「마사토 씨! 힘내세요!」 하고 말하며 진심으로 응원해주고 있었다.

게다가 메디 또한 마사토를 지그시 쳐다보고 있었다. 도움을 청하는 듯한 표정으로 말이다.

이것이야말로 물러설 수 없는 싸움이다. 그렇기에 마사토는 말했다.

"……저기, 메디 어머니. 이제 그만하지 않겠어요?"

"뭘 그만하자는 거니?"

"전부 다 말이에요. 승부라든가, 메디에게 무리한 짓을 시킨다든가, 아무튼 그런 걸 전부 그만둬달라는 거예요. 부탁드립니다."

마사토는 고개를 숙이며 부탁했다. 진지하게, 진심을 담아,

성의를 보이며 부탁했지만…….

"싫어."

메디 어머니는 딱 잘라 거절했다.

"승부라는 건 애들 장난이 아냐. 시작을 했으면 최선을 다해야 하고, 결판이 날 때까지 하는 게 당연하잖니? 도중에 관둔다는 건 말도 안 돼. 누가 더 뛰어난지 명확하게 판가름하지 않으면 아무런 의미도 없어."

"이미 충분히 판가름이 났다고 생각하는데요……. 손님 숫자만 봐도 일목요연……."

"누, 누구 가게가 더 장사를 잘 되느냐로 승부는 판가름 나지 않아! 그런 건, 그러니까…… 그, 그래! 가게 자체의 문제인걸! 우리 자신과는 별 상관이 없잖아! 맞아! 딱히 상관이 없어!"

"자기 입으로 매상 승부를 하자고 말했으면서……."

"닥쳐! ……아무튼! 우리는 좀 더 직접적인 대결을 해야 한다고 생각해! 수많은 사람들의 공평한 판정에 따라 깨끗하게 승패가 갈리는 걸로, 정정당당히 승부하자! 그게 좋겠어!"

"으으……."

이미 충분히 판정이 됐다고 생각하는데 말이다. 게다가 뻔뻔하게 정정당당 같은 소리까지 지껄이고 있었다. 마사토는 너무 어이가 없어서 말문이 막혔다.

바로 그때였다.

"문화제 실행위원이 알려드립니다~. 곧 미인대회가 열립니다~. 참가자를 모집 중입니다~. 자기 자신을 추천해도 되고,

남을 추천해도 되니, 협력 부탁드립니다~."

한 학생이 주위를 향해 그렇게 외치면서 걸음을 옮기고 있었다. 호박이 넝쿨째 굴러 들어왔다는 말은 이럴 때 쓰는 것이리라. 「거기, 당신!」, 「예엣?!」 눈에 핏발이 선 메디 어머니가 그 학생을 주저 없이 포획했다.

"방금 미인대회가 열린다고 말했지? 그게 사실이야?!" 크르르릉!

"아, 예! 미인대회가 개최 중이에요! 참가자를 모집 중이에요! 가게나 공연을 어필해도 되니, 잘 부탁드립니다!"

"그럼 우리 가게에서는 메디가 참가하겠어! ……마사토 군 가게에서도 참가해! 두 가게의 간판 웨이트리스가 미인대회라는 무대에서 대결을 펼치는 거야!"

"자, 잠깐만요! 멋대로 결정하지……!"

마사토는 거절하려 했지만, 바로 그때…….

"좋아. 한 번 해보자. 간판 웨이트리스 대결…… 받아주겠어!"

와이즈가 그런 소리를 하면서 불쑥 나타났다.

와이즈는 하늘이 두 쪽 나도 이 가게의 간판 웨이트리스가 될 수 없겠지만…… 본인은 의욕이 넘치는 것 같았다.

학교 운동장에 설치된 특설 무대에서 미인대회가 개최됐다.

사회자인 학생이 화려하게 마이크를 돌리더니 이곳에 모인 관객들에게 힘찬 목소리로 선언했다.

"오래 기다리셨습니다! 그럼 이제부터 문화제의 메인이벤트, 미인대회를 개최하겠습니다! 여러분, 박수!"

와아~, 좋아~, 빨리 시작해~, 너 보러 온 거 아니니까 빨리 여자애나 무대에 올려~ 등등. 관객들은 꽤 뜨거운 반응을 보이고 있었다. 주목도 또한 상당했다.

마사토는 포타와 메디 어머니와 함께 관객석 가장 앞줄에 있었다.

"와이즈는 이런 무대에서 폭사하게 된 거구나……. 안됐네."

"그, 그렇지 않아요! 와이즈 씨가 분명 1등을 할 거예요!"

"어머, 무슨 소리를 하는 거니? 1등은 메디 차지나 다름없거든? 우후후."

메디 어머니는 자신만만한 목소리로 그렇게 말했다. 뭐, 십중팔구 그렇게 될 테니 마사토는 미리 와이즈를 위해 애도의 묵념을 올리기로 했다. 와이즈여, 하다못해 편안히 잠드소서……. 무리겠지만 말이다.

자…….

"그럼 우선 미인대회의 집계방법을 설명하겠습니다. 이 미인대회는 심사위원이 채점 및 투표를 하는 게 아니라, 여러분이 보내는 성원의 크기에 따라 순위가 결정됩니다. ……『성원의 크기로 정해진다면 판정이 애매하지 않을까?』 하고 생각하는 분도 계시겠죠……. 하지만 걱정할 필요 없습니다! 성원 크기는 전용 기자재로 정확하게 집계되니까요! 이쪽을 보시죠!"

그 말에 맞춰, 미인대회 관계자로 보이는 학생이 수레를 밀면서 무대 위로 나타났다.

그 수레 위에는 【성원 측정기】라고 적힌 거대 패널이 놓여 있었다.

"계측된 음량은 이 패널에 디지털 표시됩니다! 단위는 데시벨이며, 그 수치가 그대로 출전자의 점수가 되는 거죠! ……목소리 크기로 점수가 정해진다…… 그렇다면…… 예, 그렇습니다! 지지자가 딱 한 명뿐이더라도, 그 지지자가 열렬히 응원해준다면 우승을 할 수도 있죠! 정말 멋진 시스템 아닙니까?!"

성원의 크기로 점수가 정해진다. 그것은 좋은 아이디어일지도 모른다. 심사위원의 독단에 따라 정해지는 것보다 훨씬 낫다.

하지만 지지하지 않는 참가자에게는 성원을 보내지 않을 것이다. 그러니 지지자가 없는 참가자는 침묵을 지키고 있는 관객들 앞에서 멀뚱히 서있어야만 한다. ……그런 상황에 처할 누군가가 벌써부터 불쌍하다는 생각이 들었다.

아무튼, 미인대회는 본격적으로 시작됐다.

"그럼 참가해주신 미소녀를 소개하겠습니다! 우선 참가번호 1번…… 치유술사 메디 양입니다! 나오시죠!"

"예! 잘 부탁드려요!"

메디는 약간 긴장한 듯한 목소리로 그렇게 말하면서 무대에 올라왔다.

메디는 웨이트리스 복장을 입고 있었다. 끝내주는 가슴과 팔로 메뉴책을 꼭 안은 채, 하늘하늘한 치마를 휘날리며 등장했다. 관객들은 그 광경을 보자마자 술렁거리기 시작했다.

무대 한가운데에 선 메디는 마이크스탠드 앞에서 인사를……
하려다, 실수로 마이크에 이마를 찧고 말았다.

"아야…… 죄, 죄송해요! ……으으으…… 부끄러워……."

메디는 귀까지 새빨개진 채 메뉴책으로 얼굴을 가렸다. 그
순간…….

"""귀, 귀여워어어어어어어어어어어엇!"""

모에를 느낀 관객들의 입에서 함성이 터져 나왔다. 그야말
로 야단법석이었다.

그 성원이 즉시 측정됐다. 패널에 표시된 수치는 90데시벨
이었다.

90데시벨이면 5미터 정도 떨어진 곳에서 들은 불도저의 작
동음에 버금가는 음량이다. 참을 수 없을 만큼 시끄러운 음
량이다.

"오오~! 첫 번째 참가자부터 고득점을 기록했습니다! 치유
술사 메디 양, 인기가 정말 좋으시군요!"

"가, 감사합니다! 정말 감사해요! 으음…… 메인 스트리트
쪽에서 카페를 운영하고 있어요! 괜찮으시다면 들러주세요!
기다리고 있을게요! 그럼 실례하겠습니다!"

메디는 부끄러워서 더는 못 참겠다는 듯이 빠른 어조로 인
사와 가게 홍보를 마친 후, 서둘러 무대에서 내려가다가……
걸음을 헛디뎠다. 관객들은 그 모습을 보고 또 뜨거운 반응
을 보였다.

한편, 엄청난 성원을 받은 딸을 본 어머니는 콧대가 하늘을

찌르려 했다. 「잘했어, 메디! 멋지구나! 이미 네가 우승한 거나 다름없어!」 하고 외치며 으스대고 있었다.

사회자는 흥분한 어조로 미인대회를 계속 진행했다.

"멋진 덜렁이 웨이트리스였군요! 감사합니다! ……그럼 계속 진행해볼까요! 참가번호 2번 분, 나와 주시죠!"

"안녕하세요~! 반장2에요~! NPC학생이라 이름은 없어요~! 하지만 다른 애들도 대부분 마찬가지라 개의치 않아요~!"

자학 개그로 관객들을 폭소를 터뜨리게 만든 반장을 비롯해 다른 출전자들도 차례차례 소개됐다.

하나같이 NPC학생이며, 얼굴은 글자 아트로 대충 만들어져 있어서 미인인지 아닌지 알 수도 없지만 말이다. ……아무튼 그런 참가자가 일곱 명 정도 소개됐다.

NPC참가자들은 50데시벨(1미터 거리에서 들리는 환기팬 소리와 비슷)에서 70데시벨(2미터 거리에서 들리는 매미 소리와 비슷) 정도의 수치를 획득하며, 꽤 분위기를 고조시켰다.

그리고, 드디어, 그 녀석이 등장했다.

"자, 분위기가 뜨겁게 달아오르고 있습니다! 이 기세를 그대로 이어가보죠! 참가번호 9번은 바로 이 분…… 현자 와이즈 양입니다! 나와 주시죠!"

"흐흥! 우승후보인 내 차례가 드디어 돌아왔구나!"

자, 이제 나올 거야. 폭사 담당이 폭사하기 위해 나올 거라고. 마사토가 합장을 하면서 무대를 올려보고 있을 때…….

와이즈는 평소 옷차림 위에 앞치마를 걸친 채 등장했다. 그리고 가벼운 발걸음으로 무대 한가운데로 걸어왔다.

그리고 마이크스탠드 앞에서 인사를 하려다, 마이크에 머리를 찧었다.

"아야~. 어머나~ 죄송해요. 저는 덜렁이거든요. 에헷~."

그리고 이딴 헛소리를 늘어놓았다.

그 결과…….

"""…………하아…….""""

관객들이 동시에 한숨을 토했다.

측정된 수치는 20데시벨이었다. 나뭇잎이 바스락거리는 정도의 음량이다. 그것만으로도 어떤 상황인지 얼추 상상이 될 것이다.

딱 한 사람, 「와아~! 와이즈 씨~!」 포타만은 열심히 성원을 보내고 있었지만 마사토가 그런 포타를 아무 말 없이 말렸다. 포타의 이런 행동이 와이즈의 마음에 더 깊은 상처를 남길 게 뻔하니까 말이다.

마사토가 와이즈의 동료로서 가슴 아파하고 있을 때, 메디 어머니가 즐거워죽겠다는 듯한 목소리로 말했다.

"이걸로 결판은 난 것 같네. 우후후!"

"예. 그러네요. 눈곱만큼도 부정을 못하겠어요."

적어도 와이즈는 메디에게 완패한 것만은 틀림없는 사실이다. 미인대회 행사장에는 정적이 감돌고 있었다.

그저 무대 위만이 시끌벅적했다.

"아앙?! 뭐 이딴 반응이 다 있어?! 메디 때와는 완전 딴판

이잖아! 너희는 이런 거 좋아하는 거 아냐?! 맞지?! 그럼 좀
더 열렬한……."

"감사합니다, 현자 와이즈 양. 이만 꺼져주시죠."

"어, 사회자의 텐션도 바닥을 치네?! 그리고 말투가 뭐 그따
위야?!"

와이즈는 무대 뒤편에 줄지어 서있는 참가자들의 가장 뒤편
으로 쫓겨났다.

그 후, 사회자가 다시 분위기를 살리며 미인대회를 진행할
거라고 생각했지만…….

"으음, 그럼 분위기 환기 삼아 다음 참가자를 소개드리고
싶습니다만…… 미인대회에 참가해주신 건 이 아홉 분이 전부
인지라…… 이제 막을 내려야 할 것 같습니다…….'

사회를 맡은 학생이 송구해 하면서 그렇게 말하자 관객들의
입에서 엄청난 야유가 터져 나왔다. 「어이, 헛소리 하지 말라
고!」, 「우리 기분을 이따위로 만들어놓고 멋대로 끝내지 말라
고!」, 「분위기를 밑바닥까지 끌어내린 상태에서 끝낸다는 게
말이 되냐!」 관객들의 불만이 폭발했다. 이대로 있다간 폭동
이 일어날 것만 같았다.

사회를 맡은 학생은 관객들을 필사적으로 진정시키면서 애
절한 목소리로 외쳤다.

"맞습니다! 관객 여러분의 말씀이 옳아요! 이대로 끝낼 수
야 없죠! ……그러니 도중 참가자를 모집할까 합니다! 자기 자
신을 추천해도 되고, 다른 분을 추천해도 됩니다! 자, 가벼운

마음으로 무대에 올라와 주십시오! 부탁드립니다!"

사회 학생이 그렇게 외친 순간……

"어머, 그럼 잠시 실례할까?"

……하고 말한 사람은 다름 아닌 마마코였다.

그 사실을 눈치챈 순간 마사토는 즉시 고개를 숙였다. ……
아들로서 불길한 예감만 들었던 것이다……

앞치마를 걸친 마마코는 양손으로 냄비를 든 채 무대 옆의
계단을 올라오더니 종종걸음으로 와이즈에게 다가갔다.

"어, 어라? 마마코 씨? ……어쩐 일이야?"

"그게 말이지. 가게의 화로가 부족해서 된장국을 데울 수가
없지 뭐니. 그래서 와이즈 양에게 불 마법으로 데워달라고 부
탁하러 온 거야. 부탁해도 되겠니?"

"아, 응. 그야 간단한데…… 마마코 씨가 이런 곳에 와버리
면, 가게는……."

"걱정하지 마. 우리가 어쩌고 있는지 보러온 시라아세 씨가
가게를 맡아줬으니까. 시라아세 씨도 엄마니까 잘 할 거야."

차갑기 그지없는 인상의 수녀가 앞치마 차림으로 부엌에 서
서 요리를 하다, 불쑥 뒤를 돌아보면서……

『곧 식사가 완성될 거라는 알려드립니다. 시라아세[#4]라는 이
름에 걸맞게 말이죠.』

……하고 말한다면……

#4 시라아세 일본어로 「시라세(知らせ)」에는 「알림, 통보」라는 의미가 있다. 등장인물인 시라세 (白瀬)의 이름과 발음이 동일하며, 시라세는 그걸 이용한 언어유희를 곧잘 사용한다.

"가게 분위기가 꽁꽁 얼어버릴 거야! 경영 상황이 걱정되니까 서두를게!"

와이즈는 재빨리 마법을 영창해서 손에 화염을 발생시켰다. 「고마워」 마마코는 냄비를 그 불에 댄 채 잠시 기다렸다.

그리고 곧 된장국은 금방이라도 끓을 것처럼 가열됐다.

"어때? 이러면 돼?"

"그래. 고마워. 정말 큰 도움이 됐어. 그럼…… 아, 마침 마이크가 있네. 이참에 가게 선전도 해야지."

따끈따끈한 된장국이 든 냄비를 손에 쥔 마마코가 마이크 스탠드 앞에 서서 말했다.

"얘들아~! 된장국이 완성됐어~! 하지만 뜨거우니까, 이 엄마가 후~ 후~ 불어서 식혀줄게~! 다들 먹으러오렴~!"

그 순간…….

"""우오오오오오오오오오! 가정적인 여자애, 너무 귀여워어어어어어어어어어어엇!"""

관객들이 일제히 함성을 질렀다. 경천동지할 정도의 어마어마한 성원이었다.

사실 『여자애』나 『귀여워』 같은 말을 들어도 될 연령이 아니지만, 외모가 너무나도 젊은지라 다들 마마코를 이 학교 학생으로 착각한 것 같았다.

패널에 표시된 수치는 120데시벨이었다. 제트 엔진 소리를 가까이에서 듣는 것에 버금가는 음량이었다. 귀가 멀 수도 있는 수준이었다.

그 결과를 확인한 사회자가 열정적인 목소리로 선언했다.

"오오오오오! 결정됐습니다! 우승자는 바로…… 마마코 씨입니다! 축하드립니다!"

"어, 어머?"

미인대회의 우승자는 마마코로 결정됐다.

잠깐만 있어봐. 이 사람은 이 학교 학생이 아니라 학부모라고 말하며 이의를 제기해도 될 상황이지만…….

너무 갑작스럽고 압도적인 상황이 펼쳐진 탓에, 메디 어머니와 마사토는 눈을 까뒤집힌 채 얼이 나가버렸다.

그리고, 문화제는 성황리에 막을 내렸다…….

해질녘. 학교 정문 앞.

문화제를 마치고 귀가하는 학생들로 붐비는 그곳에서…….

"아아, 정말…… 아아아아아아앗, 정말! 이게 대체 어떻게 된 거야?! 완전 말도 안 되잖아!"

분노에 사로잡힌 메디 어머니는 손에 쥔 지팡이로 지면을 내려쳤다. 그러자 보석이 깨지면서 지팡이가 두 동강이 났다.

어머니 전용 치트 장비인데도 불구하고 내구성이 약한 건지, 아니면 분노한 탓에 괴력을 발휘한 건지는 잘 모르겠지만…… 어쨌든 메디 어머니의 광란은 그 후에도 잦아들지 않았다.

"말도 안 돼! 이건 말도 안 된단 말이야! ……무슨 짓을 해도 이길 수가 없다니…… 이게 말이 돼?!"

"어머님! 제발 진정하세요! 제발……!"

"시끄러워!"

"꺄앗……?!"

메디는 난동을 피우는 어머니를 말리려 했지만, 메디 어머니는 딸의 팔을 잡고 억지로 잡아당겼다. 그리고 무시무시한 눈길로 메디를 노려보기 시작했다.

"어, 어머님……?"

"그래……. 맞아……. 메디. 따지고 보면 네가 1등을 하지 못해서 이렇게 된 거지? 응. 그래. 네가 순조롭게 이겼다면, 이렇게는 되지 않았을 거란 말이야!"

"저, 저기…… 수업에서 만족스러운 성적을 받지 못한 것은 정말 죄송하게…….."

"입으로만 사과해봤자 의미가 없거든?! 어떻게 할 거니?! 응?! 어떻게 할 거냔 말이야! 메디, 너는 이 상황에서 뭘 어떻게 할 건데?!"

"뭐, 뭘 어쩌라니…… 그건 저도 잘…….."

"자기가 이런 사태를 초래해놓고, 어쩌면 좋을지도 모른다는 거야?! 그걸 말이라고 하는 거니?! 아아, 정말! 진짜 못난 애라니깐! 벌을 받아야 정신을 차리겠어?!"

메디 어머니는 발끈하면서 손을 치켜들었다. 그리고 손바닥으로 메디의 뺨을……!

그렇게는 안 된다.

"멈춰. 진짜로 못난 게 누군지도 모르나 보네."

마사토는 손을 뻗어서 메디 어머니의 팔을 움켜잡았다.

메디 어머니의 핏발 선 눈이 마사토를 향했다. 하지만 움츠러들지 않았다. 지금은 절대 물러설 수 없다.

마사토야말로 분노 때문에 정신이 나가버릴 것 같았지만, 화를 참으며 메디 어머니를 마주 쳐다보았다. 냉정하게 말이다.

"부탁이니까, 이런 짓 좀 하지 마세요."

"간섭하지 마! 이건 우리 모녀의 문제야! 너와는 상관없는 일이거든?!"

"뭐가 상관없다는 거죠? 우리도 당신이 벌인 일에 몇 번이나 휘말렸어요. 적당히 좀 하세요. 그리고 좀 진정하시라고요. ……남들이 쳐다보고 있잖아요."

"누가 쳐다본다는 거야……?!"

주위에는 귀가 도중에 멈춰 서서 쳐다보는 이들이 잔뜩 있었다. 와이즈와 포타, 그리고 마마코도 불안 섞인 표정으로 응시하고 있었다.

아마 마마코의 시선이 가장 효과적이었을 것이다. 더는 못난 모습을 보여줄 수 없다고 생각한 것일까. 메디 어머니는 약간 진정하더니 마사토의 팔을 뿌리치며 뒤돌아섰다.

일단 사태는 수습됐다. 하지만 이제부터 어떻게 할 것인가.

마사토는 동료들을 슬쩍 쳐다보았다. 하지만 와이즈와 포타는 물론이고, 마마코도 뭘 어쩌면 좋을지 모르겠다는 듯이 그저 멍하니 쳐다보고만 있었다.

……바로 그때였다.

'……응?'

마사토는 등골이 오싹해질 정도의 한기 같은 것을 느꼈다. 뭔가 당치도 않을 만큼 무시무시한 무언가가 근처에 있는 듯한 느낌이 들었다. 그 기운은…… 마사토의 바로 옆에서 뿜어져 나오고 있었다.

그쪽을 힐끔 쳐다보니…….

"……죽여 버리겠어……."

그렇다. 무언가가 있다. 암흑의 아우라를 두른 무언가가 말이다. 흉흉하기 그지없는 눈동자로 메디 어머니의 뒤통수를 응시하며, 손에 쥔 지팡이를 치켜든 무언가가…….

메디다. 그녀는 자기 어머니를 두들겨 팰 심산이었다.

"잠깐마아아아아아안?! 스톱! 스토오오오오오오옵!"

마사토는 다크 메디를 필사적으로 말렸다. 한 방 먹이고 싶은 심정을 이해 못하는 것은 아니지만, 그래도 안 된다. 돌이킬 수 없는 사태가 벌어질지도 모르는 것이다.

다음 순간…….

"꺄앗?! 마, 마사토 군?"

마사토를 향해 고개를 돌린 메디는 평소와 다름없는 표정을 짓고 있었다. 아까 전의 다크 파워는 어디 가버린 것일까. 마사토가 무심코 뒤편으로 몸을 젖히고 말 정도로 아름다운 소녀가 코앞에 있었다.

"저기, 무슨 일 있었나요?"

"무슨 일 있었어! 나 말고 메디가! 무시무시할 정도로 무슨 일 있었다고!"

"제가, 말인가요? ……으음, 기억이 나지 않는데요……."

메디는 완벽한 미소녀 그 자체 같은 표정을 지은 채 영문을 모르겠다는 듯이 고개를 갸웃거렸다. 자각을 못했을 리가 없으니…… 전력을 다해 시치미를 떼고 있는 것 같았다. 이 애, 대체 어떻게 하지? 뭐, 별 뾰족한 수가 없을 것 같지만 말이다.

아무튼 이대로 몸을 밀착시키고 있을 수는 없다. 마사토의 정신건강에 좋지 않을 것이다. 놔줘도 될지 걱정이 됐지만, 그래도 마사토는 천천히 메디에게서 떨어졌다.

메디 쪽이 일단락되자 그녀 못지않게 성가신 분이 행동을 시작했다. 아아, 정말 바빠서 미치겠네.

"그만 좀 떠들면 안 되겠니? 정말 시끄럽네……. 하아……."

메디 어머니는 마음이 꽤 진정된 것 같지만 아직 주의할 필요가 있었다. 마사토는 은근슬쩍 메디를 감싸듯 그녀의 앞에 섰다. 모녀 사이에 서서, 서로가 서로에게 해를 끼치지 못하게 막고 있었다.

그런 마사토의 모습을 본 메디 어머니는 또 땅이 꺼져라 한숨을 내쉬었다.

"……손찌검은 이제 안 해."

"미안하지만, 눈곱만큼도 믿을 수가 없거든요. 지금은 양쪽 다 믿음이 안 가요."

"양쪽 다? ……무슨 소리를 하는 건지 모르겠지만…… 뭐,

좋아. 그러면 메디를 데리고 가렴. 메디도 그 편이……."

"아뇨. 저는 어머님과 함께 가겠어요."

메디는 앞으로 나서더니 어머니의 옆에 조용히 섰다.

메디 어머니는 뜻밖이라는 듯이 메디를 쳐다보았다.

"……정말이니?"

"예. 저는 어머님의 곁에 있고 싶어요. 어머님께서 허락해주신다면……."

"기다려, 메디! 네 어머니와 단둘이 있다간……!"

네가 어머니를 두들겨 팰 거라는 말을 해도 될지 안 될지 감이 오지 않아 말을 잇지 못하고 있을 때였다.

메디는 살며시 고개를 저으면서 「괜찮아요. 약속할게요」 하고 작은 목소리로 말했다. 어머니를 두들겨 패지 않겠다는 뜻인 거지? 저 말을 믿어도 될지 의문이 들지만 말이다.

"어머님. 따라가도 될까요?"

"……마음대로 해. 어제까지 묵었던 여관은 다른 예약이 잡혀있다면서 우리를 쫓아냈으니까, 새로운 여관을 찾아야만 해. 좀 서두르자. 메디, 너도 따라올 거면 따라와."

"예, 어머님."

치유술사 모녀는 멀어져갔다. 딸은 어머니의 뒤를 따랐다.

그녀들은 조용히 대화를 나눴다.

"……여러모로, 미안하구나."

"아뇨, 괜찮아요. 개의치 마세요. ……어머님은 저를 생각해서, 항상 엄격하게 대해주신다는 것을 저는 알고 있어요."

"그래…… . 메디는 참 영리한 애라니깐."

메디는 웃었다. 메디 어머니도 약간 겸연쩍어하면서 미소를 지었다.

그런 두 사람은 화해를 한 것처럼 보였지만…… .

그래도 마사토는 마음에 걸렸기에 멀어져 가는 그 두 사람에게서 눈을 떼지 못했다.

밤. 여관의 목욕탕.

"하아…… 뭐가 어떻게 된 거지…… ."

마사토는 천장에서 떨어지는 물방울을 이마로 받아내며 생각에 잠겼다.

마사토는 문화제를 치르면서 지친 몸을 온수에 담근 채, 손발을 가볍게 마사지해주면서 계속 생각했다.

그가 생각하고 있는 것은 대체 무엇일까? 그야 물론…… .

"휴우. 조금 뜨겁기는 하지만, 괜찮은 물이야. 역시 모자지간이 함께 즐기는 목욕은 참 각별하다니깐."

가장 먼저 떠오른 의문은 왜 자신의 옆에 마마코가 있는가, 였다.

옆쪽을 힐끔 쳐다보니 마사토의 옆에는 바로 마마코가 있었다. 큼지막한 가슴섬×2를 물 위에 둥둥 띄운 채, 아들과의 목욕을 만끽하고 있었다. 피부는 희미하게 벚꽃빛깔을 띠고 있었다.

게다가…….

"하아…… 왜 이렇게 된 거야……. 진짜 이상하잖아…….."

"좀 뜨겁지만, 저는 괜찮아요! 다 같이 목욕을 하니 정말 즐겁네요!"

뭉게뭉게 피어오른 김 너머에는 와이즈와 포타가 있었다.

와이즈는 최상급 경계태세를 발령 중이었다. 코밑까지 물에 담근 채 물속에 있는 입으로 중얼거리고 있었다. ……어마어마한 살의가 느껴졌다…….

포타는 편하게 목욕을 즐기고 있는 것 같았다. 커다란 가방은 머리 위에 올려놓은 채, 한시도 몸에서 떼어놓지 않았다. 정말 나무랄 구석이 없는 애다.

바로 그때, 마사토의 머리 위편에서 팡파르 소리가 울려 퍼졌다! 마사토가 몰래 보유하고 있던 칭호 【혼욕남 레벨1】이 【혼욕남 레벨2】로 승격됐다! 만세!

뭐, 마사토는 이런 상황에 대해 우선 생각해야만 했다.

"……어째서…… 대체 어째서 이렇게 된 거지……."

"네가 여탕에 당당히 들어온 바람에 이렇게 된 거잖아. 이 변태야."

"아냐! 내가 들어왔을 때는 분명 남탕 천막이 걸려 있었어! 내가 목욕하는 사이에 여성 여러분의 입욕 시간이 된 거라고! ……그것보다, 내가 안에 있는데 들어온 너야말로 비정상이잖아! 이 밝힘증 환자야!"

"나는 들어올 생각이 없었거든?! 그런데 다른 두 사람이……!"

"다 같이 목욕을 하는 것도 괜찮잖니? 이 엄마는 멋진 일이라고 생각해."

"예! 동료들과 함께 목욕을 하는 건 정말 멋진 일이에요!"

"이런 소리를 하잖아! 혼욕을 거부하면 동료가 아닌 것 같아서, 들어올 수밖에 없었던 거야!"

그렇게 된 결과, 합의하에 혼욕을 하게 된 거다. 이건……세이프겠지?

자아…….

"그럼 다들 진정한 것 같으니까, 정례행사인 알몸 작전회의를 시작하자. 오~."

"잠깐만! 이거, 정례행사였어?!"

"몸도 마음도 알몸이 되어서, 자신의 생각을 숨기지 않고 말하는 것도 중요한 거잖니. ……그럼 마 군? 우리와 의논하고 싶은 일이 있지? 이 엄마는 마 군의 얼굴을 보면 그 정도는 알 수 있어. 자, 오늘 의제는 과연 무엇이려나?"

"그야 물론…… 메디 모녀에 관한 거야."

"""……아……."""

다들 표정이 좋지 않았다. 괜히 설명을 할 필요가 없는 것이다. 다들 그 성가신 현장을 보고 사태를 파악한 것이다. 그 광경을 떠올리더니…….

와이즈는 어이없다는 듯이 한숨을 내쉬었다.

"내 생각인데 말이야. 그런 건 그냥 못 본 걸로 하고 넘어가는 게 좋지 않을까?"

"그럴 수야 없잖아. 내버려뒀다간 진짜로 큰일이……."

"그야 그렇지만, 주위 사람이나 딸을 그렇게 막 대하는 그 아줌씨가 우리가 하는 말에 귀를 기울일 것 같아? 메디도 그런 아줌씨에게 순종적이잖아. 손 쓸 방법이 없어."

"하, 하지만…… 메디 어머니는 그대로 놔둘 수도 없고, 메디도 엄청 스트레스가 쌓인 것 같았어. 마음속의 어둠이 어마어마하게 자란 것 같더라고……."

"힐러가 어둠 속성인 것도 괜찮지 않아? HP나 MP를 흡수하는 드레인 계열 마법도 보통 어둠 속성이잖아. 그런 마법을 익히면 의외로 쓸모가 많을지도 몰라."

"그런 게 아니라……."

"그런 걸로 치부하고 넘어가도 돼. ……대체 마사토는 왜 그 두 사람을 그렇게 신경 쓰는 건데?"

"그건……."

듣고 보니, 마사토가 그렇게 열심히 메디 모녀를 신경 써줄 의리는 없다. 의무도 없다. 필요성도 없다.

부모자식간의 유대를 원만하게 만든다는 사명을 지닌 용사이기는 하지만, 그 사명 또한 어카운트 작성 때 원치 않게 떠맡은 것이다.

하지만, 마사토는 생각했다.

"……내버려둘 수는 없어. 아니, 내버려두고 싶지 않아. 남일이라고 생각할 수 없거든."

마사토는, 메디 모녀와 자신의 모자지간을 겹쳐서 보고 있었다. 특히 자식의 입장과 심정은 처절할 정도로 이해할 수 있었다.

비상식적인 부모에 의해 자식의 자유가 제한되거나 억압되고 있으며, 자식은 그런 부모에 대한 반항적인 마음을 품고 있다. 마사토는 비슷한 경험을 한 적이 있다. 그래서 누구보다도 메디가 느끼고 있을 고뇌에 공감할 수 있었다.

겨우 제대로 된 히로인과 만났나 했더니, 상대방의 마음속 어둠을 목격한 탓에 배신당한 느낌을 맛보며 마음이 서글퍼졌다. 그렇더라도……

"나는 어떻게든 해주고 싶어. 그러니까 도와줘. 부탁이야."

마사토는 동료들을 향해 고개를 숙이며 부탁했다. 그러자……

어머니의 따뜻한 말이 마사토의 귓속으로 기분 좋게 스며들었다.

"이 엄마는 찬성이야. 마 군이 어떻게든 해주고 싶다면, 그렇게 하자. 엄마도 협력할게."

"엄마……."

아들의 마음을 헤아리며 살며시 등을 밀어주는 고마운 어머니다. 하지만…… 「협력해주는 건 고맙지만, 너무 참견하지는 마」, 「으, 응. 알았어」 아들의 마음고생을 줄이기 위해서라도, 그리고 부모가 자각하게 하기 위해서라도 다짐을 받아둬야만 한다.

마마코는 마사토의 말을 진지하게 받아들이면서 와이즈에게 물어보았다.

"저기, 와이즈 양. 괜찮다면 와이즈 양도 마 군에게 협력해 줬으면 하는데, 어떨까?"

"협력…… 왜 내가 마사토의 흑심을 위해 협력을 해야 하는 건지 납득이 안 되지만……." 지그시~.

"그렇게 미심쩍은 눈길로 쳐다보지 마! 흑심 같은 건 없다 고! 예전에는 몰라도, 지금은 메디를 순수하게 걱정하고 있을 뿐이야!"

"순수하게, 걱정…… 흐음……."

와이즈는 마사토를 지그시 쳐다보며 생각에 잠긴 후…… 체 념한 것처럼 한숨을 내쉬었다.

"하아, 알았어. 나는 현자로서 바보에 변태에 쓸데없이 열혈 한 용사에게 휘둘릴 수밖에 없는 거네."

"우리 파티의 용사는 지적이고 신사인데다 믿음직한 미남 아냐?"

"헛소리 그만 좀 해줄래? ……하아…… 뭐, 나도 이런 참견 덕분에 우리 엄마와 화해하기도 했고…… 이렇게 되면 끝까지 어울리는 수밖에 없겠네."

"고마워, 와이즈 양. ……저기, 포타 양은…… 어머?"

마마코가 포타를 향해 고개를 돌려보니……

"예, 예에에에에에에…… 저도오, 도울, 께요오오오오오……."

온몸이 새빨개진 포타는 눈이 빙빙 도는지 비틀거리고 있었 다. 그리고 비틀거리고 있는데도 머리 위에 올려둔 가방은 떨 어지지 않았다. 대단하네…… 같은 말을 할 때가 아니잖아!

"어이, 포타! 괜찮아!?"

"어머나! 포타 양, 현기증이 나나 보구나!"

"앗! 큰일 났네! 빨리 물에서 꺼내야 해!"

마마코와 와이즈가 벌떡 일어나더니 허둥지둥 포타에게 다가갔다.

욕조 안의 물을 가르면서 두 엉덩이가…… 잠깐, 지금은 엉덩이를 쳐다볼 때가 아니잖아!

마마코는 포타를 안아들더니 와이즈와 함께 욕실 밖으로 나갔다.

"포타 양을 옮겨야 하니까, 엄마와 와이즈 양은 먼저 나갈게!"

"너는 한동안 나오지 마! 우리고 옷을 입고 탈의실을 나선 다음, 2천만까지 센 다음에 나와! 그리고 이쪽을 쳐다보지 말란 말이야!"

"응, 응……. 뜻대로 하소서……."

마사토는 가능한 한 그녀들을 쳐다보지 않으며 그렇게 말했다.

그리고…….

"……그러고보니 이번에도 벌은 안 받았네."

딱히 벌을 기대하지는 않았지만 말이다. 그래도 혼욕을 하고, 알몸을 봤는데도, 딱히 혼나지 않으며 넘어갔다. 「감사합니다…… 하고, 말하면 되려나?」 마사토는 낮은 목소리로 그렇게 중얼거렸다.

"하나~ 둘~ 셋…… 넷~ 곱하기, 5백만…… 2천만."

마사토는 중간단계를 뛰어넘으며 2천만까지 센 후, 욕실을 나섰다.

숫자는 대충 셌지만 확인은 꼼꼼하게 했다. 세 사람은 이미 탈의실에서 나간 것 같았다. 그러니 이제 괜찮을 것이다. 분명 괜찮다. 마사토가 그렇게 생각하며 탈의실의 문을 열려던 순간…….

문 너머에서 소리가 들렸다. 누군가가 탈의실에 들어온 것 같았다.

이 여관에는 욕실이 하나밖에 없다. 그리고 지금은 여성의 입욕시간이다. 그렇다면……?

'……어라? 이거, 큰일 난 거 아냐?'

큰일도 이만저만한 큰일이 아니다. 상대방과 딱 마주쳤다간 그대로 변태라는 낙인이 찍히고 말 것이다.

하다못해 상대방이 옷을 벗기 전에 밖으로 뛰쳐나가면…… 그럴 수도 없다. 마사토는 알몸이니까 말이다.

그야말로 사면초가다.

'아, 아아아아, 아무튼, 숨자!'

마사토는 일단 욕조 뚜껑을 벽에 걸친 후, 그 뒤편에 숨었다. ……어…… 이런 곳에 숨어 있다 들키면 여탕을 훔쳐보러 온 걸로 오해받을 게 뻔했다. 하지만 더는 방법이 없었다.

문이 열리더니, 누군가가 들어왔다. 마사토는 필사적으로 숨을 죽였다. 그리고 절대 안 볼 테니 용서해 주세요~ 하고 마음속으로 빌면서 필사적으로 눈을 감았다.

……하지만, 눈꺼풀의 근육이 약한 탓에 멋대로 눈이 떠졌고…… 눈이 떠졌으니 어쩔 수 없이 조금만, 아주 조금만 보자고 생각하며 소리가 난 쪽을 쳐다보았다. 그러자…….

긴 머리카락을 지닌 소녀가 눈에 들어왔다. 가슴은 크고, 허리를 잘록하며, 손발이 길 뿐만 아니라, 아름다운 몸매를 지닌…….

'앗…… 메디?!'

틀림없다. 메디다. 눈앞에 있는 이는 실오라기 하나 걸치지 않은 미소녀다.

메디는 자신의 몸을 가리고 있던 수건을 떼어내더니…….

그 수건을 있는 힘껏, 욕조의 물을 향해 휘둘렀다. 그러자 찰싹! 소리가 울려 퍼졌다.

메디는 물 위에 떠있는 수건을 줍더니, 또 휘둘렀다. 찰싹! 소리가 또 울려 퍼졌다. 메디는 그런 행동을 반복했다. 집요하게, 물이 부모 원수라도 되는 것처럼 몇 번이나, 몇 번이나 말이다.

게다가 독설까지 입에 담았다.

"하아…… 짜증나……. 저녁 먹기 전에 자율 트레이닝, 밥 먹은 후에도 자율 트레이닝…… 극성 엄마 때문에 짜증나 미치겠네……. 빨리 죽어버리란 말이야……."

메디의 입에서 독기에 찬 말이 연이어 흘러나왔다.

메디는 스트레스가 꽤나 쌓인 것 같으니 이런 행동을 취하는 것도 어떻게 보면 당연하다는 생각이 들었지만…….

　그래도 알몸 미소녀가 아름다운 투구 폼으로 수건을 휘두르는 모습은 여러 가지 의미에서 차마 두 눈 뜨고 보기 힘든 광경이었다.

　"……하아~."

　마사토는 무심코 땅이 꺼져라 한숨을 내쉬었다. 자기가 지금 숨어있다는 사실을 망각한 채 말이다.

　그리고 그 결과, 마사토는 들키고 말았다.

　"어…… 누, 누가 있나요?!"

　"헉, 큰일 났다!"

　말까지 해버렸으니 완벽하게 걸리고 말았다. 더는 숨어있을 수 없다.

　마사토는 일단 무릎을 꿇은 채, 욕실 바닥만을 쳐다보며 뚜껑 뒤편에서 나왔다.

　"어…… 마, 마사토 군?! 마사토 군이 왜 여기 있는 거죠?!"

　"아~ 으음, 간략하게 설명하자면…… 나는 원래 이 여관에 묵고 있었는데, 내가 목욕을 하는 사이에 여성들의 입욕시간이 되었거든. 그래서 나가려고 하는데, 메디가 탈의실에 들어왔고, 결국 이렇게 된 것입니다."

　"그, 그랬군요……. 저희는 오늘부터 이 여관에 묵게 됐는데…… 저기, 그것보다……."

　"안 봐요! 진짜로 안 봐요! 보시다시피, 이렇게 바닥에 얼굴을 박고 있다고요!" 오체투지~!

"아, 예. 지금은 안 보는 것 같지만…… 아까 전에는……."

"으……."

메디가 스트레스성 다크 파워를 폭발시키며 토한 독설을 마사토는 똑똑히 들었고, 그 광경 또한 겸사겸사 보긴 했는데…… 뭐라고 대답하면 좋을까…….

마사토가 고민에 잠겨있을 때였다.

"메디? 왜 그렇게 떠드는 거니?"

메디 어머니가 욕실 안에 들어왔다. 마마코보다는 못하지만, 그래도 꽤나 젊고 매력적인 중년 여성의 보디를 아낌없이 드러내면서 말이다.

마사토가 이곳에 있다는 사실을 눈치챈 그녀가 빙긋 웃은 순간, 그녀의 얼굴 전체에 푸른색 힘줄이 돋아났다. 화가 이만저만 난 게 아닌 것 같았다.

"어머나, 마사토 군. 이게 대체 어떻게 된 거니?" 부글부글 부글부글!

"어…… 자초지종은 메디에게 이야기해뒀으니, 나중에 물어보세요. 그럼…… 자, 주저 말고 빨리 손을 쓰시죠."

"어머, 그러니? 마음가짐은 괜찮네. 그럼…… 발칙한 짓을 한 당신에게, 내가 직접 그에 상응하는 벌을 내리겠어."

메디 어머니는 아까 박살냈던 지팡이 대신, 칠흑빛 보석이 박힌 지팡이를 거머쥐며 마법을 읊조렸다.

"……스파라 라 마지아 펠 미라레…… 청화(淸化)!"

마사토의 발치에 마법원이 그려지더니 냉엄한 빛이 뿜어져 나왔다.

'……아아, 맞아……. 그랬구나…….'

부정한 자를 멸하는 힘에 휩싸인 채, 마사토는 깨달았다.

러키 색골 이벤트를 겪인 남자가 온갖 방법으로 그 대가를 치른다. 그것은 단순한 폭력이 아니라 벌이다.

그리고 남자들 중에는 그런 벌을 받으면서 감사의 뜻을 표하는 이가 많다.

하지만 그 감사는 벌을 내려줘서 감사하다는 뜻으로 하는 말이 아니다. 자신의 내면에 존재하는 죄책감에 그에 상응하는 벌을 내려줘서, 속죄를 시켜줘서, 감사하다는 뜻에서 한 말이다.

그러니…….

"……감사, 합니다……."

마사토는 밝은 마음으로 그렇게 중얼거리면서, 몸도 마음도 깨끗하게 소멸……된 줄 알았지만…….

'……어라? 어떻게 된 거지?'

소멸된 줄 알았던 마사토는 아직 욕실에 있었다. 관 안에 들어간 게 아니라, 관 위에 둥둥 떠 있었다. 마치 유령처럼 말이다.

이 게임을 시작한 후로 밤이면 밤마다 와이즈에게 살해당

하면서 사망 횟수가 일정수치에 도달한 결과, 마사토의 사명 형태가 『부유령』으로 진화한 것이다. 축하한다!

'행동제한이 걸리기는 했지만, 관 안에 있을 때와는 다르게 주위의 상황을 살필 수 있는 거구나…….'

또한, 부유령 상태인 마사토는 다른 사람에게 보이지 않는 것 같았다.

이곳에 있는 메디 어머니와 메디는 마사토가 자신을 쳐다보고 있다는 것을 눈치채지 못한 채, 알몸을 훤히 드러내고 있었고…… 몰래 훔쳐보는 게 아니라 이렇게 당당히 쳐다볼 수 있다니, 완전 대박…… 안 봤다! 진짜로 보지 않았다!

메디 어머니는 지팡이를 쳐다보면서 약간 놀란 듯한 반응을 보였다.

"어머나. 진짜로 소멸시켰네. 생각했던 것보다 효과가 더 좋은걸……. 내 진정한 힘이 해방된 걸까……. 누가 준 건지는 모르겠지만, 이 『해방』의 지팡이는 정말 우수하네. 우후후."
_{아페르토}

"저, 저기, 어머님. 빨리 마사토 군을 소생시켜야……."

"그런 건 나중에 해도 돼. ……그것보다 메디, 이쪽으로 와 보렴. 이 해방의 힘으로 너를 더욱 매력적으로 만들어줄게."

"예? ……어, 어째서……."

"그야 뻔하잖니? 마사토 군을 함락시키기 위해서란다."

"함락, 이라고요……?"

"그래. 매료시켜서, 너한테 푹 빠지게 만들 거야. ……매력이 넘치는 네가 마음이 있는 척 하면, 마사토 군은 너를 좋아하게 되겠지……. 그리고 너희가 대결을 펼칠 수밖에 없는 상황을 만든다면…… 그는 마음속에 둔 너를 공격하지 못할 테고, 결국 네가 확실하게 승리할 거야. 어떠니? 좋은 작전이지?"

"저, 저기! 그건 너무 비겁하다고 생각해요……!"

"괜찮아! 내가 괜찮다면 괜찮은 줄 알아! 너는 잔말 말고 내가 시키는 대로 해! 이 지팡이의 힘을 너에게 부여하겠어!"

메디 어머니는 메디를 향해 아페르토의 지팡이를 내밀었다. 지팡이에 박힌 칠흑빛 보석에서 뿜어져 나온 거무튀튀한 빛이 메디의 몸을 비췄다.

"너는 반드시 이겨야만 해……. 이기고, 1등이 되어서…… 나를 끝내주는 기분으로 만들어달란 말이야. 우후후후."

메디 어머니는 희열에 찬 미소를 입가에 머금고 있었다.

그런 어머니를 본 딸은 당혹스러워했다.

"……어머님을 끝내주는 기분으로……? 아무리 그래도 그건……."

이 모든 것은 누구를 위한 것인지 알 수가 없었다.

'그래. 말이 너무 심하잖아. ……어떻게 그런 소리를 할 수 있냐고…….'

괴로운 심정이 묻어나는 목소리로 메디가 중얼거리는 가운데, 부유령이 된 채 이 광경을 지켜보고 있는 마사토 또한 당혹스러워했다.

통산 성적.

마사토는 70SP, 와이즈는 45SP, 포타는 70SP를 획득.

동료들과 힘을 합쳐 영업한 가게는 어마어마한 성공을 거뒀다. 그 점을 평가해 전원에게 일률적으로 20포인트가 증정됐으며, 와이즈에게는 미인대회 참가상으로서 5포인트가 가산됐다.

하지만…… 그런 걸 신경 쓸 때가 아닐지도 모른다.

소녀의 내면에 존재하는 어둠은 더욱 짙어졌으며, 소녀를 둘러싼 환경에도 이변이 일어나고 있었던 것이다.

통 지 표

학생 : 포타
담임 : 오오스키 마마코(대리)

학습 태도

관심·의욕 : 수업에 관심을 가지며, 자발적으로 학습에 임한다.	◎
말하기·듣기 : 생각을 정확하게 말하며, 상대의 의도를 파악하며 듣는다.	◎
지식·이해 : 학습내용에 관한 지식 및 이해를 명확하게 가지고 있다.	◎
기능·표현 : 상상력을 발휘해, 독자적인 감성으로 표현한다.	◎

학습 시간의 종합적인 현황

매사에 최선을 다합니다.
무슨 일이든 열심히 하는 모습이 정말 멋져요.
그리고 문화제 때는
가게에서 쓰이는 식기와 앞치마를 전부 만들어줬습니다.
아직 어리지만 정말 믿음직한 아이예요.
참 좋은 아이랍니다.

통지표를 기입한 보호자로부터의 연락

포타 양의 어머님을 대신해 기입을 했습니다.
그러고 보니, 포타 양의 어머님에 대한 이야기는 듣지 못했는데,
대체 어떤 분일까요.
언젠가 만나게 될 테니, 그때는 포타 양이 그 동안 해온 활약을
전부 이야기해드릴 생각이에요.

죠코 아카데미아 학교

제5장
말하지 않으면 전할 수 없지만,
말했다간 높은 확률로 다투게 된다.
부모 자식 사이라는 건 참 어렵다니깐.

4일차.

푸른 하늘 아래에 집합해 있는 학생들 앞에서, 우락부락 선생님이 선언했다.

"음, 어제 언급했다시피, 오늘은 스페셜 이벤트…… 불시 수학여행을 떠나겠다! 자, 다들 기뻐하도록!"

"오예~! 불시 수학여행이다~! 끼얏호~!"

"불시 수학여행이래요! 정말 기대되네요!"

아니나 다를까, 오늘은 수학여행을 떠난다고 한다. 학교생활 중에서 가장 고대되는 이벤트다. 와이즈와 포타를 비롯해, 대부분의 학생들이 일제히 환성을 질렀다.

기뻐하는 게 당연했다. 수학여행 자체만으로도 즐거운데, 이동수단 또한 비공정인 것이다. 정말 호화로운 수학여행이다.

비공정은 말 그대로 하늘을 나는 배다. 운동장에 정박 중인 꿈의 운송수단에 탑승한 학생들은 우락부락 선생님의 말에는 전혀 귀를 기울이지 않으며 갑판 위를 뛰어다니고 있었다.

하지만 그런 즐거운 분위기에 녹아들지 못하는 학생이 한 명 있었다. 바로 마사토다.

"비공정을 타고 떠나는 수학여행…… 즐거워야 정상인데 말이야……. 하아……."

즐거워하고 있는 다른 학생들과 떨어져 있던 마사토는 추락방지용 울타리에 기댄 채 땅이 꺼져라 한숨을 내쉬었다. 기분이 쭉 가라앉아 있었기 때문이다.

그 원인은 바로 메디다. 크나큰 근심거리가 마사토를 속박하고 있었던 것이다…….

바로 그때, 목소리가 들렸다.

"마 군! 조심해서 잘 다녀와~!"

아래쪽을 쳐다보니, 마마코가 힘차게 손을 흔들며 배웅을 하고 있었다. 마마코의 옆에는 시라아세가 있었고, 조금 떨어진 곳에는 메디 어머니도 있었다.

수학여행에는 학생만 참가할 수 있다. 즉, 보호자는 당연히 참가할 수 없는 것이다.

아들의 마음을 알 리 없는 마마코가 환한 목소리로 그렇게 말하자 마사토는 약간 짜증이 치솟았다. 그는 대충 손을 흔든 후 마마코에게 관심을 주지 않기로 했다.

바로 그때였다.

"마~사토 군~!"

메디가 엄청난 기세로 뛰어오더니, 마사토의 팔을 꼭 끌어안았다. 「우와앗?!」 마사토는 팔을 통해 끝내주는 감촉을 느꼈다! 부드러워! 팔이 행복에 겨워하고 있어!

완전 끝내주네…… 하고 평소 같으면 말했을 지도 모르지만, 마사토는 꽤 냉정했다. 그는 알고 있는 것이다.

메디가 자기 어머니의 지시에 따라 마사토에게 열렬한 어필을 하고 있다는 사실을…….

"저기, 마사토 군! 저와 함께 수학여행을 마음껏 즐겨요! 저와 단둘이서요! 이참에 마사토 군과 더 가까워질 수 있다면 좋겠네요!"

"아, 응……."

메디는 마사토와 몸을 더욱 밀착시켰다. 열기를 띤 표정과, 달뜬 목소리, 그리고 여자의 육체…… 여자의 모든 무기를 총동원해서 마사토를 함락시키려 했다.

그리고, 왠지 필사적이었다.

'근심거리가 자기 발로 나한테 다가왔네……. 이제 어떻게 하지…….'

마사토가 어떻게 대처하면 좋을지 몰라 허둥대고 있을 때였다.

"어이~ 용사 마사토여. 잠시 나 좀 보자꾸나."

우락부락 선생님이 갑자기 나를 불렀다. 아무래도 메디와 거리를 둘 기회인 것 같았다. 「선생님이 나를 찾으니까 가볼게! 나중에 봐!」, 「어, 아, 마사토 군……!」 마사토는 메디의 포박에서 벗어나더니 우락부락 선생님의 곁으로 긴급피난을 했다.

"기다리게 해서 죄송합니다. 무슨 일이죠? 아, 그리고 찾아주신 덕분에 살았어요."

"흠…… 아무래도 내가 제때에 말을 건 것 같구나. 치유술사 메디가 평소와 너무 달라보여서 좀 신경이 쓰이던 참이었지."

"바로 맞췄어요. 참고로 그 원인은 메디 어머니예요."

"또 메디 어머니가…… 정말 성가신 사람이군……."

"동감이에요. 덕분에 메디의 정신 상태가 꽤나 위험한 것 같거든요……. 이대로 둘 수는 없을 것 같아요."

"흠, 그렇군……. 문제를 안고 있는 모녀를 구하기 위해, 용사가 나서는 건가."

우락부락 선생님은 천천히 고개를 끄덕이더니 갑자기 마사토의 등을 때렸다.

"좋다. 그럼 이 선생님도 용사 마사토를 은밀히 지원하도록 하지."

"은밀히 지원? 그게 무슨……."

"용사 마사토와 치유술사 메디가 함께 할 기회를 늘려주겠다는 거다. 하다못해 그런 식으로라도 도와주고 싶구나. 그럼……."

우락부락 선생님은 말끝을 흐리며 마사토의 등을 또 때리더니, 다른 곳으로 갔다. ……등이 엄청 아팠다. 아마 손바닥 자국이 남아있을 것이다.

하지만 덕분에 기합이 들어갔다.

"……힘내라는 거겠지? 뭐, 애초부터 그럴 생각이었지만 말이야."

마사토는 메디가 엄격한 눈길로 쳐다보는 자신의 어머니를 향해 어색한 미소를 지으며 손을 흔들고 있는 모습을 쳐다보앉다. 그리고 아무런 고민도 없어 보이는 맑은 하늘을 올려다보며…….

어떻게든 이 문제를 해결하겠다고 마음속으로 맹세했다.

'수학여행 기간 동안에는 어머니들이 우리 곁에 없어. 이 기회를 최대한 살리는 거야!'

성가신 일은 전부 잊고, 즐거운 일만 하며, 마음껏 즐기다 보면, 기분은 상쾌, 스트레스를 발산. 몸도 마음도 개운해질 것이다. 그것은 매우 중요하다. 우선 메디를 그런 상태로 만들어야 다음 목표를 향해 나아갈 수 있을 것이다.

전력을 다해 즐겁게 놀 필요가 있다. 진정으로 해방되기 위해서는 말이다.

방침은 결정됐다. 마사토는 그대로 메디를 향해 뛰어갔다.

"메디, 기다리게 해서 미안해! 이번 수학여행을 마음껏 즐기자! 딴 생각은 전혀 들지 않을 정도로 말이야!"

"아, 예! 저도 그러고 싶어요! 마사토 군과 함께라면 정말 즐거울 것 같아요! 너무 즐거워서 정신이 나가버릴지도 몰라요!"

"에이~! 빈말이라도 그렇게 말해주니 기분이 좋네! 에잇!"
톡톡.

마사토가 장난삼아 메디의 볼을 손가락으로 살짝 찌르자, 「꺄앗~! 마사토 군, 간지러워요! 아하하!」 그녀는 환하게 웃으면서 즐거워했다.

수학여행 기간 동안 계속 이런 느낌을 유지해서 즐거운 일들로 성가신 일들을 전부 씻겨내는 것이다!

비공정이 운동장에서 이륙하더니, 학생들의 웃음소리를 가득 실은 채로 하늘 저편으로 날아갔다.

그 모습을 본 시라아세는 마마코와 메디 어머니에게 말을 걸었다.

"자, 아이들은 무사히 출발했으니…… 저희는 어머니 모임이라도 가질까 하는데, 어떠신가요?"

"어머, 좋은 생각이네요. 그렇게 하죠."

어머니 모임— 그것은 어머니들이 자기 아이들에 대해 이야기를 나누는 이른바 폭로대회다. 아이들이 전전긍긍하게 만드는 무시무시한 회합인 것이다. 마마코는 시라아세의 제안을 듣고 긍정적인 반응을 보였다. 마사토에 대해 이야기하고 싶어 입이 근질근질하는 것 같았다.

한편, 메디 어머니는 난색을 표하고 있었다.

"나는 내키지 않지만…… 그래. ……승리를 위한 정보수집의 자리라 생각하면 나쁘지 않을지도 모르겠네. 하지만 마마코 씨와 단둘이 있으면 거북할 것 같으니까, 시라아세 씨도 동석해줬으면 해요. 어때요?"

"바라던 바입니다. 그럼 저도 두 분과 함께 하도록 하겠습니다. 마마코 씨, 그래도 괜찮을까요?"

"예. 물론이죠. 저도 환영해요."

시라아세가 조건을 받아들이자 어머니 모임의 개최가 결정됐다.

그러자 메디 어머니가 나서면서 이렇게 말했다.

"그럼 제가 추천하는 카페테라스로 안내하죠. 기간한정으로 영업하는 멋진 가게를 안답니다. ……자, 제 몸에 손을 대세요. 전송마법으로 이동하겠어요."

"그렇게 하죠."

"예. 실례할게요."

시라아세와 마마코는 메디 어머니의 어깨에 손을 얹었다. 그러자 메디 어머니는 지팡이를 움켜쥐었고…….

마마코는 그 지팡이를 문득 쳐다보았다.

'어머나, 왜지……. 불길한 느낌이 들어…….'

메디 어머니가 쥔 아페르토의 지팡이, 특히 그 끝부분에 박힌 칠흑빛 보석을 본 마마코는 말로 형용하기 힘든 불안에 가까운 무언가를 느꼈다.

학교를 출발한 비공정은 천천히 하늘을 가르더니 약 한 시간 동안의 비행 후에 첫 번째 목적지에 도착했다. 그리고 비공정은 광대한 이착륙장에 당당히 착륙했다.

곧 승하차용 계단이 연결되더니, 수학여행을 온 학생들이 즐거워 죽겠다는 것처럼 환호성을 지르며 내려왔지만…….

"……하아…… 지쳤어……."

계단의 난간에 의지한 채 비틀거리면서 내려오는 학생이 한 명 있었다. 바로 마사토였다. 그는 이미 지칠 대로 지친 것 같았다.

포타는 그런 마사토를 부축하면서 쓴웃음을 지었다. 그리고 마사토를 뒤따르던 와이즈는 어이없다는 듯한 표정을 지었다.

"아하하…… 마사토 씨는 너무 들떴나 보네요."

"이동 중에 그렇게 난리를 피우더니, 목적지에는 지칠 대로 지쳐서 도착했네. 뭐, 어디에나 이런 애가 한 명씩 있기는 했어. 진짜 바보라니깐."

와이즈의 말은 사실이기에 대꾸를 할 수가 없었다. 「큭…… 반박을 못하겠네……」 한심하기 그지없다.

바로 그때, 메디가 마사토에게 다가왔다.

"자, 마사토 군! 목적지에 도착했어요! 빨리 가요! 안 따라오면 혼자 가버릴 거예요~! 자, 저를 잡아봐요~! 아하하하!"

메디는 경쾌하게 계단을 내려가더니 마사토의 곁을 지나가면서 그의 어깨를 가볍게 두드렸다. 그리고 그대로 내달렸다.

"오오, 달콤한 향기가 감돌아. 내 코가 행복에 겨워하고 있어. ……그러고 보니 메디도 나만큼 난리법석을 피웠는데…… 체력이 정말 끝내주네……."

메디는 흥분을 감추지 못했다. 어린애처럼 순수한 미소가 정말 멋졌다.

이대로 가만히 있을 수는 없다고 생각한 마사토는 기력을 쥐어짜내서 이 근처를 빙빙 돌며 뛰어다니고 있는 메디를 쫓아가려고…… 「우선 줄을 서도록. 줄도 제대로 못 서는 녀석은 비공정에 두고 갈 거다」 우락부락 선생님이 그렇게 말했다. 진짜 눈치가 없다니깐~.

비공정에서 내린 학생들은 우선 줄을 서서 우락부락 선생님의 말에 귀를 기울였다.

"그럼 이제부터의 일정을 설명하겠다. 우선 단체연수로서, 다 같이 신전을 견학하겠다. 너희가 견학할 신전이 어디에 있냐면…… 선생님이 오른손으로 가리킨 언덕을 주목하도록."

우락부락 선생님이 두꺼운 손가락으로 가리킨 곳에는 녹음이 우거진 언덕이 있었다. 기슭부터 구불구불한 길이 이어져 있으며, 언덕 정상 쪽에는 원형 기둥이 줄지어 세워진 신전이 존재했다.

유적이 아니다. 새롭게 만들어진 신전이다.

"너희가 견학할 곳은 바로 저기다. 여기서 봐도 알 수 있다시피 꽤나 장엄하지? ……신경 쓰이는 점이 있다면 뭐든 물어보도록. 이 선생님이 알고 있는 정보를 알려주마."

마사토는 그 말을 듣자마자 바로 손을 들었다.

"그럼 물어볼 게 있어요. 저 신전은 수학여행 때 꼭 가봐야 할 만큼 멋진 곳인가요?"

"음, 좋은 질문이다. ……사실…… 저 신전은 현재 역사적 배경이 없다. 아마 운영 측의 시나리오라이터가 현재 필사적으로 설정을 만들고 있을 거다."

"예? 그게 무슨……."

"일단 내 이야기를 끝까지 들어봐라. ……으음, 저 신전은 곧 추가될 이벤트에서 중요한 유적으로서 등장할 예정이다. 전란 혹은 천재지변에 의해 파괴된 상태가 될 것이며, 또한 시간 경과 이펙트까지 가해서 그럴 듯한 필드로 만들어 등장 시킬 예정이지."

"마치 게임 같은…… 아, 맞아……. 이건 게임이지……."

"그러니 멀쩡한 상태인 저 신전을 견학할 수 있는 건 지금 뿐이다. 이건 매우 귀중한 체험일 거다."

예를 들어, 건설 당시의 그리스 신전을 볼 기회가 있다면 보고 싶다는 생각이 들 것이다. 충분히 볼 가치가 있다.

"좋아. 그럼 출발 전에 주의사항을 하나 알려주겠다. ……신전으로 이어지는 길에는 강대한 몬스터가 출현하지. 이 몬스터는 이곳에 있는 이들 전원이 함께 싸워도 이길 가능성이 없을 만큼 매우 강력한 적이다."

"어…… 그럼 신전에 도달할 수 없는 거잖아요……."

"보통은 그렇지. 하지만 말이야. 이번에는 수학여행으로 온 거니까 특별히 플레이어를 강화하는 특수한 필드 효과가 발생하도록 설정되어 있다. 이 혜택을 통해 평소에는 쓰러뜨릴 수 없는 강적도 술술 해치우면서 대량의 경험치와 젬, 그리고 운이 좋으면 레어 소재까지 입수하는 즐거운 여행을……."

우락부락 선생님의 설명은 아직 끝나지 않았지만…….

"마사토 군, 빨리 가죠! 사실 저는 예전에도 여기에 온 적이 있어요! 제가 안내할게요! 자, 빨리 가요!"

"으, 응……?"

메디는 느닷없이 마사토의 팔을 끌어안더니 그를 잡아끌면서 내달렸다. 말랑말랑하고 부드러운 물체가 말캉~하는 감촉을 자아냈다. 팔이 행복에 겨워했다. 마사토는 저항을 할 수 없었기에 그대로 메디와 함께 신전을 향해 달려갔다.

이런 짓을 했다간 인솔 선생님이 불같이 화를 내는 게 정상이겠지만…….

"앗, 어이! 이건 단체연수다! 멋대로 행동하지…… 응?"

우락부락 선생님의 앞에는 학생들이 한 명도 없었다. 마사토와 메디의 뒤를 따르듯, 모든 학생들이 신전을 향해 달려간 것이다.

이 자리에 멍하니 홀로 남아있는 이는 우락부락 선생님뿐이었다.

"……으, 음! 학생들이 다들 즐거워하는 것 같아서 기쁘구나! 크하하!"

넓은 마음으로 학생들을 용서하며 호쾌하게 웃은 후, 「선생님에게 같이 가자고 말하는 학생이 한 명 정도는 있을 줄 알았는데…… 훌쩍」 우락부락 선생님은 몰래 눈물을 흘렸다.

앞장을 선 메디의 뒤를 따르듯 다른 학생들이 일제히 스타트를 하며 전력질주를 했다. 대리석으로 만든 넓고 긴 길을 달리며 신전으로 향하는 레이스가 갑작스럽게 시작된 것이다.

선두는 마사토와 메디였다. 팔짱을 낀 채로는 달리기 힘들기에 손을 맞잡은 채 선두에서 하염없이 뛰고 있었다.

"자, 마사토 군! 고~고~! 고~ 고고~!"

"그래! 가자, 메디! 고~ 고고고고고고~!"

흥분한 메디에게 영향을 받은 것처럼, 마사토도 덩달아 흥분했다. ……부디 이대로 메디가 모든 고민에서 해방되기를 빌며, 상냥한 심정으로 그녀를 지켜보고 있었다.

그런 마사토와 메디를 누군가가 따라잡았다. 바로 와이즈와 포타였다.

"하아, 하아…… 잠깐만, 너희들! 좀 기다려! 너무 빠르잖아!"

"마사토 씨! 저도 같이 갈게요! 저는 마사토 씨와 같이 가고 싶어요!"

"응! 가자! 따라와, 포타! ……와이즈는 잠이나 자."

"그러니까! 왜 나와 포타를 차별하는 거냐 말이야!"

"그야 인간성의 차이 때문에…… 어…… 우왓?!"

바로 그때, 마사토는 봤다. 당치도 않은 것을 봤다.

숨을 헐떡이며 뛰어오는 와이즈의 바로 뒤편에, 거대한 육식공룡의 머리가 있었다.

길가에 존재하는 숲에서 고개를 내민 그 녀석은 와이즈를 노리는 것 같았다. 큰일 났다. 와이즈가 꿀꺽 잡아먹히게 생겼다.

"어이, 와이즈! 등 뒤! 등 뒤, 등 뒤! 등 뒤 좀 봐!"

"뭐어?! 무슨 소리를 하는 거야?! 그딴 장난에 내가 걸려들 것 같아?!"

"아니, 그게 아니라……! 하아, 정말!"

내버려둬도 되겠지만, 그래도 일단은 동료다. 마사토는 성검 필마멘트를 뽑아들면서 와이즈를 구하러 갔다.

상대는 지상의 적이다. 공중의 적에게 특화되어 있는 성검으로 상대하는 것은 불리할 것이다. 이길 자신은 없지만, 하다못해 한 방이라도…….

바로 그때였다.

"제가 엄호해드릴게요! ……스파라 라 마지아 펠 미라레……
공격력 상승!"

메디가 마법을 영창했다. 그녀가 쓴 것은 공격력을 상승시키는 보조 마법이다. 그 효력은 필드 효과에 의해 증폭됐다.

마사토의 공격력이 초신성 폭발급으로 증가됐다.

"우오오오오오! 힘, 이, 넘, 쳐, 흐, 른, 다아아아아앗! 이길 수 있어! 이길 수 있다고! ……와이즈! 고개를 숙여! 우랴아아아아아아아아압!"

"어?! 무슨 일이야?!"

마사토는 수평으로 검을 휘둘렀다. 깜짝 놀란 와이즈의 머리를 스치듯 뻗어나간 그 일격은 그녀를 물어뜯으려 하던 공룡의 코에 명중했다.

그 순간, 공룡의 머리가 두 동강났다. 놀라울 정도로 날카로웠다.

마사토는 공룡을 해치웠다!

"어? ……우와아아아아아아아앗?! 이게 뭐야?! 내가 지금 뭘

한 거지?!"

그 누구보다도 공룡을 일격에 해치운 당사자가 가장 놀라고 있었다.

얼굴이 깨끗하게 썰려나간 공룡은 그대로 쓰러지더니, 환금 소재인 젬으로 변했다. 주사위 모양의 물질이 산더미처럼 등장했다. 「와아앗! 엄청난 양이에요!」 포타가 서둘러 회수 작업에 착수했다.

결과 화면에 이어, 레벨업을 알리는 윈도우 화면이 연속에서 표시되며 마사토를 칭송했다. 축하해! 축하해! 축하해!

그리고 마사토는 사나이의 뜨거운 눈물을 흘렸다.

"이게 바로 내가 진정으로 꿈꿔온 모습이야. 정말 감개무량해. 크윽!"

눈에서 눈물이 쏟아져 나왔다. 뜨거운 눈물이 폭포처럼 흘러내렸다. 그렇다. 마사토는 이런 것을 원하고 있었다. 이 몸 최강! 이라는 전개를 진심으로……

바로 그때였다.

"마사토 군, 대단해요! 정말 멋져요!"

"어? 우와앗?!"

메디가 마사토의 등에 매달리자, 말캉~ 하며 뭔가가 닿았어요! 등이 행복에 겨워하고 있어!

하지만 곧 옆에서 뻗어온 손이 마사토의 멱살을 잡더니 메디와 밀착되어 있던 그를 억지로 떼어냈다.

이딴 짓을 한 녀석은 바로 와이즈다. 그녀는 퉁명한 표정을 짓고 있었다.

"왜, 왜 그래……?"

"아무것도 아냐. ……마음 같아서는 확 때려주고 싶지만, 방금은 나를 구하려고 한 거잖아? 그러니까 너그럽게 용서해주겠어."

"으, 응…… 고맙다, 고 말하면 되려나?"

고맙다는 말을 할 때가 아니라 들을 상황 같지만…… 아무 말 없이 노려보는 와이즈의 분위기가 왠지 평소와 달라서 입이 잘 떨어지지 않았다.

잠시 동안 마사토를 노려보던 와이즈는「하아…… 됐다, 됐어」멋대로 납득하더니, 메디에게 말을 걸었다.

"저기, 메디. 이 바보 용사를 도와줘서 고마워. 덕분에 나도 살았네. 진짜 고마워."

"아, 예. 도움이 되어서 기뻐요."

"응. 고마워. ……그럼 빨리 가자. 나도 같이 가줄게."

와이즈는 앞장을 서며 걸음을 옮겼다. 마치 자기를 따라오라는 것처럼 말이다.

그러자 메디가 와이즈에게 말을 걸었다.

"아, 와이즈 씨. 잠시만 기다려 주시겠어요? 와이즈 씨에게도 보조 마법을 걸어드리고 싶어요. 마법 공격력이 상승하면, 와이즈 씨도 기분 좋게 싸울 수 있을 거예요."

"아, 그거 괜찮겠네. 나도 화끈하게 싸우고 싶거든. 그럼 부탁할게."

"예. 그럼…… 콘포르테의 지팡이여! 네 힘을 선보여라!"

메디가 지팡이를 치켜들자, 지팡이가 지닌 기능이 발동됐다. 다음 순간…….

와이즈는 잠에 빠졌다. 「……쿨~ 쿨……」 이 자리에서 바로 엎드리더니, 그대로 코를 골기 시작했다.

메디는 중요한 일을 해냈다는 듯이 환한 미소를 지었다.

"자, 이제 됐어요."

"뭐, 뭐가 됐다는 거야?! 어이, 메디?! 와이즈한테 무슨 짓을 한 거야?!"

"아, 죄송해요. 와이즈 씨의 마법 공격력을 상승시킬 생각이었는데, 수면 효과가 발동된 것 같아요. 어떤 효과가 발동될지는 랜덤으로 결정되거든요. 그러니까 이건 어쩔 수 없는 일이에요."

"뭐가 어쩔 수 없다는 거야?! 지팡이의 힘이 아니라 그냥 마법을 사용하면 됐을……!"

"아, 맞아요! 마사토 군의 말이 옳아요! 깜빡 했네요! ……마사토 군과 단둘이 있고 싶다, 같은 생각이 든 바람에, 무심코……."

"어……."

마사토와 단 둘이 있고 싶다. 메디는 그런 이유로 이런 짓을 저지른 것이다.

메디 같은 미소녀에게 이런 말을 들으면, 그 어떤 남자라도 당연히…….

"그, 그럼 어쩔 수 없지! 아하하하!"

이럴 때는 그냥 분위기에 따라야 한다. 당한 사람은 와이즈니까, 그냥 넘어가도 될 것이다.

메디는 또 마사토의 팔을 잡아끌었다.

"자, 마사토 군! 저희 둘이서 신전에 1등으로 도착하는 거예요! 자, 가죠!"

"좋아, 가자! ……아, 잠깐만 있어봐! 포타를 두고 갈 수는……!"

포타는 산더미처럼 쌓인 젬 앞에 앉아서 열심히 회수 작업에 전념하고 있었다. 양손으로 젬을 모으더니, 가방에 넣었다. 영차, 영차.

마치 굴을 파는 토끼처럼 귀여운 포타가 마사토 쪽을 쳐다보더니……

"아, 마사토 씨! 아직 젬과 소재를 전부 회수하지 못했어요! 같이 가고 싶지만, 저는 제 소임을 다할게요! 그러니 먼저 가세요!"

……하고 말했다.

"포타 씨는 매사에 최선을 다하는 멋진 아이군요. ……게다가 눈치도 빠른 것 같아서 정말 다행이에요! 자, 마사토 군. 가죠! 오~!"

"으, 응……."

눈치가 빠르다, 라는 말에서 풍기는 모략의 냄새가 신경 쓰였지만……

메디는 마사토의 손을 움켜쥔 채 길을 따라 쑥쑥 나아갔다.

그렇게, 마사토와 메디는 신전에 도착했다. 여유롭게 1등으로 말이다.

언덕 위에 세워진 신전은 압권이라고 해도 과언이 아닐 정도로 장엄했다. 정교하게 조각이 되어 있는 코린트식 기둥이 줄지어 세워져 있는 광경은 건축양식에 흥미가 없는 이도 감동을 금할 수 없을 것 같지만······.

마사토는 그런 기분에 잠기지 못했다.

"멋진 신전이군요. 신전이란 신을 모시는 장소죠. 마사토 군은 신이라는 말을 들으면 어떤 신을 떠올리나요? 저는 운명의 여신을 떠올리는데······ 운명······ 아, 그래요······. 저와 마사토 군이 단둘이서 이곳을 방문한 것은 역시 운명인 걸까요······. 저희는 영원히 함께할 운명이라거나······. 우후후! 농담이 과했던 것 같네요!"

"으, 응······ 좀 과한 것 같아······."

"아, 저기 좀 보세요! 간판이 있어요! 기간한정으로 신전 카페를 운영하고 있나 봐요! 가볼까요?! ······아, 하지만······ 단둘이서 차를 마시면 연인으로 오해받을지도 몰라요······. 꺄아! 제가 지금 무슨 소리를 하는 거죠?! 아아, 부끄러워!"

"아, 응. 그래······. 저기, 그것보다······."

메디는 언제부터인가 마사토를 함락시키기 위한 발언만 입에 담고 있었다. 아무래도 그녀는 마사토 농락 작전을 추진 중인 것 같았다.

마사토는 메디가 자신과 함께 즐겁게 놀면서 기분 나쁜 일들을 잊어주기를 바랐지만, 메디 어머니의 주박은 이 정도로 튼튼한 것일까. 정말 분했다.

'순수하게 나를 좋아해주는 거라면, 정말 기쁠 텐데 말이야……'

유감스럽게도, 그렇지는 않은 것 같았다.

이제 그만하게 해야겠다. 메디를 해방시키기 위해서라도 솔직하게 말하는 수밖에 없다.

마사토는 이별을 아쉬워하면서도, 끝내주는 가슴 계곡에 파묻혀있던 팔을 슬며시 빼낸 후 메디의 앞에 서서 그녀를 지그시 응시했다.

"저기, 메디. 나와 이야기 좀 해. ……실은 말이야. 나, 전부 알고 있어."

"예? ……뭐, 뭘 말이죠……?"

"메디의 어머니가 메디에게 시킨 그 어이없는 작전 말이야. 내가 메디에게 홀딱 반해서 간이고 쓸개고 다 내줄 놈으로 만들라며? 나는 그때 죽어 있었지만, 대화는 다 듣고 있었거든……. 그러니까 이런 짓은 안 해도 돼. 억지로 이럴 필요는 없어. 알았지?"

마사토가 메디의 눈동자 깊숙한 곳을 들여다보며 차분한 어조로 그렇게 말했다.

그러자 마사토의 고백을 이해한 메디가 땅이 꺼져라 한숨을 내쉬었다. 그리고 가라앉은 목소리로 말했다.

"그, 그랬군요……. 마사토 군은 전부 알고 있었나요……."

"응. 몰래 훔쳐들은 거나 다름없어서 좀 미안하네."

"아뇨. 개의치 마세요. 실례를 범한 건 저니까요. 마음에도 없는 짓을 하는 건, 마사토 군에게도 실례되는 짓이죠. …… 저도 부끄럽고, 저 자신이 바보 같아서…… 아아, 정말…… 진짜 뭐야……."

"……메디?"

"이건 전부 어머님 탓이에요……. 어머님이 말도 안 되는 명령을 시키는 걸로 모자라, 그런 수상한 지팡이의 힘까지…… 그래요. 그 지팡이의 힘 탓이에요……. 실은 이딴 짓을 하고 싶지 않았는데…… 해방의 힘을 부여하니 뭐니 같은 영문 모를 소리를 늘어놓지 뭐예요! 그 탓에 이렇게 되어버린 거예요! 아아, 정말! 그 망할 극성 엄마 때문에……!"

"스톱! 스톱해! 내면의 다크 파워도 해방되려고 한다고! 우선 진정하자! 응?!"

마사토는 약간 겁을 집어먹은 와중에도 허둥지둥 메디를 말리려 했다.

바로 그때였다.

"메디! 이게 무슨 소란이니?! 정말 꼴사납구나!"

메디를 질책하는 목소리가 들렸다. 이제까지 몇 번이나 듣고 또 들었던 목소리이기에 잘못 들을 리가 없다. 바로 메디 어머니의 목소리다.

신성한 느낌마저 감도는 황금색 옷을 입은 그 사람은 신전의 기둥 뒤편에서 천천히 걸어 나왔다. 그 뒤편에는 걱정 섞인 눈길로 이쪽을 쳐다보고 있는 마마코와 시라아세가 있었다.

"메디 어머니? ……그리고 엄마와, 시라아세 씨까지…….어, 어째서 이런 곳에 있는 거죠?"

"어머니 모임을 가지기로 해서, 내가 이 카페테라스로 모시고 왔단다. 몇 번 와본 적이 있는 장소라서 전송마법으로 말이야. ……하지만 그딴 건 아무래도 상관없잖니?"

"아, 아니, 상관없지는 않은데……."

"상관없어. 그리고 마사토 군은 잠시 입 좀 다물고 있어주겠니? 나는 메디와 나눌 이야기가 있단다."

메디 어머니는 마사토에게서 시선을 떼더니 메디를 쳐다보았다.

저 어머니는 사랑하는 딸을 쳐다보는 어머니로 보이지 않을 만큼 험악한 눈길로 딸을 쳐다보고 있었다. 딸은 그런 눈길을 받더니 극도로 위축됐다.

"……메디. 너, 방금 뭐라고 했니?"

"그, 그게……."

"내가 시킨 일에 불만을 표시한 듯한 느낌이 드는데…… 아니지? 너는 내 말을 따르는 착한 아이지?"

"예…… 저는, 어머님의 말씀에…… 따를 거예요……. 어머님은 누구보다도 저를 생각해주시는 분이니까……. 저는 그런 어머님의 마음을, 믿어요……."

메디는 손을 꼭 말아 쥐더니 금방이라도 폭발할 것 같은 무언가를 필사적으로 참았다. 예전에도 몇 번이나 입에 담았던 말을 되뇌는 듯한 어조로 중얼거리며, 억지로 자기 자신을 납득시키고 있었다. 눈을 꼭 감으며 고개를 끄덕였다.

그런 딸을 본 메디 어머니는 탄식을 터뜨렸다.

"내 지시에 따를 거지? 그럼 행동으로 증명해봐. 자, 빨리 해. 너는 지금 뭘 해야 하지?"

"저는, 마사토 군과 데이트를 하겠어요! 그럼 실례하겠습니다!"

메디는 메디 어머니에게 인사를 한 후, 마사토의 팔을 잡고 뛰어갔다.

그런 그녀의 얼굴에는 필사적인 미소가 어려 있었다. 눈가에 눈물이 맺힌 채, 웃고 있었다.

"가죠, 마사토 군! 이 길을 한 번 더 왕복하는 거예요! 고~ 고~!"

"……응. 그러자."

마사토는 저항하지 않았다. 아플 정도로 팔을 세게 잡힌 채, 메디와 함께 길을 따라 내려갔다.

그녀를 휘감고 있는 주박이 얼마나 강한지 통감하면서도, 마사토는 그 주박으로부터 그녀를 구원해주지 못했다.

신전 견학을 마친 일행은 다시 비공정을 탄 후, 저녁노을에 물든 하늘을 우아하게 날면서 숙박지로 이동했다.

오늘 숙박지는 세계를 내려다볼 수 있을 듯한 고지대에 세워진 탑이었다.

"이 탑은 인간이 신의 영역에 이르기 위해 세웠다는 설정을 지닌 탑이며, 현재는 호텔로 운영되고 있다. 앞으로 도입될 이벤트에서 파괴될 예정이니, 바벨되기 전에 이곳에 묵을 수 있는 너희는 행운아지. ……참고로 『바벨되다』는 『바벨탑처럼, 지금까지 쌓아온 것이 한순간에 와해되어 부질없어진다』라는 의미의 동사인데……."

원형은 바벨이며, 바벨되어, 바벨된, 바벨되니, 등의 활용형이 존재한다고 한다.

하지만 우락부락 선생님의 설명을 듣는 이는 거의 없었다. 탑의 정상 옆에 떠있는 비공정에 다리가 연결되자, 학생들은 앞 다퉈 비공정에서 내렸다.

하지만 발걸음이 극도로 무거운 학생이 한 명 있었다. 바로 마사토였다.

"……우리도 갈까?"

"예! 가죠! 여기가 저희가 오늘 묵을 사랑의 보금자리…… 이이이, 일 리가 없죠?! 저도 참, 말도 안 되는 소리를 늘어놨네요! 정말 부끄러워요!"

마사토는 메디와 팔짱을 낀 채 비공정에서 내렸다.

신전에서 메디 어머니와 마주친 후, 메디의 텐션은 폭주한 것처럼 치솟아 있었다. 마사토를 향한 맹렬한 대시 또한 끝도 없이 이어지고 있었다.

하지만 마사토의 팔을 잡은 메디의 손에는 마치 뭔가를 호소하는 것처럼 시간이 갈수록 점점 힘이 들어가고 있었다.

도움이 필요하다는 것은 알고 있다. 알고 있지만…….

'……내가 어쩌면 되는 거야……. 어떻게 해주면 되는 거냐고…….'

그걸 모르기에 진심으로 안타까웠다. 정말 분했다.

그런 마사토의 속내를 아는지 모르는지…… 뭐, 알 리가 없지만…… 뒤따라오던 와이즈가 재미없다는 투로 이렇게 말했다.

"흥, 좋아죽겠다는 표정이네."

"누가 좋아죽겠다는 건데?" 완전 심각.

"아, 방금 그 말은 못 들은 걸로 해. 그냥 빈말을 해본 거야. 너, 딱히 좋아하고 있지 않잖아. 솔직히 너무 심각해서 무서울 정도야. 괜한 소리를 해서 미안해."

"사과할 필요 없어. 네가 사고라도 쳐서 분위기를 코믹하게 만들어봐. 그렇게 해준다면 정말 고맙겠어."

"아, 그건 무리야. 나도 눈치가 있거든. 그러니까 좀 진지 노선으로 어떻게 해볼게. 그럼…… 메디, 잠깐 나 좀 볼래?"

"아, 예…… 왜 그러시죠?"

와이즈는 두 사람 앞으로 이동하더니, 메디와 마주보고 선 채 말했다.

"너, 적당히 좀 해."

와이즈는 진지한 표정을 짓더니, 차분한 어조로, 잔혹한 말을 건넸다.

"메디 너, 지금 마사토한테 들러붙어 있는 것도 네 엄마가 시켜서 이러는 거지? 안 그래?"

"그, 그게……."

"괜히 대답 안 해도 돼. 바로 대답 못하는 것만 봐도 충분히 예상이 되거든. 마사토를 유혹해서 마음껏 농락하려는 거지? 그런 이유가 아니고서야, 여자애 쪽에서 마사토가 좋다며 따라다닐 리가 없거든. 하늘이 두 쪽 나도 있을 수 없는 일이야."

"인마. 말이 좀……."

"마사토는 입 다물고 있어. 나는 메디와 중요한 이야기를 나누고 있단 말이야."

마사토는 짜증이 났지만 어쩔 수 없이 참기로 했다. 두 사람이 중요한 이야기를 나누고 있다니까 말이다.

와이즈는 다시 메디에게 물었다.

"저기, 메디. 너는 대체 언제까지 부모가 시키는 대로 하면서 살 거야? 그런 건 싫지 않아? 나는 절대 못해. 나한테는 나의 의지가 있거든. 너는 그렇지 않은 거야?"

"저, 저도 물론, 저만의 의지가 있어요. 물론 있단 말이에요."

"그럼 그걸 말해. 네가 어쩌고 싶은지 말해보란 말이야. 여기에는 우리밖에 없잖아? 자, 너는 어떻게 하고 싶어? 어디 한 번 말해봐."

와이즈가 재촉하듯 그렇게 말하자…….

메디는 잠시 동안 생각에 빠진 후…… 마사토의 팔에서 떨어지더니, 뭔가를 결심한 듯한 어조로 대답했다.

"저는, 순수하게, 평범하게, 지금 이 순간을 즐기고 싶어요. 모처럼 수학여행을 왔으니, 친구와 함께 시끌벅적하게 떠들면서…… 아, 하지만……."

"하지만? 뭐?"

"하지만, 저는 친구가 없으니까 그런 건 무리예요……."

메디가 쓸쓸한 어조로 그렇게 말한 순간…….

"그렇지 않아."

마사토는 딱 잘라 부정하며 자연스럽게 행동했다. 메디와 팔짱을 끼더니, 가슴에 팔이나 팔꿈치가 닿지 않도록 조심하면서 그녀의 팔을 잡아당겼다.

좀 과한 행동일지도 모른다는 생각이 든 마사토는 얼굴이 벌겋게 달아올랐지만, 그래도 말했다.

"친구라면 바로 여기에 있잖아. 나 말이야."

"마사토 군…… 하, 하지만…… 마사토 군은 저를 싫어하지 않는 건가요? 제가 지금까지……."

"솔직히 말하자면, 메디 어머니가 시키는 대로만 하는 메디는 싫어. 하지만 그렇다고 메디의 모든 점이 다 싫은 건 아냐. 메디가 자신의 의지로, 자신이 하고 싶은 것을 말해준다면, 나는 친구로서 너와 함께 그걸 즐길 거야."

"하, 하지만…… 그랬다간, 어머님이……."

"그런 걱정은 하지 마. 나도 부모 때문에 여러모로 고생하고 있거든. 성가신 부모에 대한 내성도 있고, 같은 고민을 가진 너와 나라면 사이좋게 지낼 수 있을 거야."

"그…… 그럼……!"

메디가 진심으로 기뻐하며 무슨 말을 외치려한 바로 그때였다.

"그럼 친구를 한 명 더 추가하는 건 어때?"

와이즈가 갑자기 나섰다. 와이즈도 메디의 옆에 서더니 마사토와 마찬가지로 팔짱을 꼈다.

"와이즈 양? ……와이즈 양도 저와 친구가 되어줄 건가요? 정말인가요?"

"남녀 간의 우정 같은 건 미묘하잖아? 마사토의 흑심으로부터 메디를 지켜줄 사람이 필요할 거야. 나는 그런 친구 포지션이야. 나도 골 때리는 엄마에 대한 내성은 있는 편이니까, 메디와 친하게 지내는 것 정도는 식은 죽 먹기야."

"그, 그럼……!"

"자, 메디. 허심탄회하게 말해봐. 메디는 앞으로 어떻게 하고 싶은지, 자기 의지로 말해보는 거야."

마사토는 혼신의 힘을 다해 미남 스마일을 지으며 그렇게 말했다.

그러자 메디는 마사토와 와이즈를 번갈아 바라본 후…….

"으으으…… 으━━━━━━!"

갑자기 괴성을 질렀다. 두 사람의 팔을 꼭 움켜쥐더니, 그 자리에서 껑충껑충 뛰었다. 「오~ 기뻐하는 것 같네」, 「그리고 결국 아무 말도 안 했잖아」, 「그, 그게……!」 메디는 어린애처럼 기뻐했다.

껑충껑충 뛰면서 기쁨의 눈물을 흘리던 메디는 환하게 웃으며 말했다.

"저는, 친구들과 함께 마음껏 놀고 싶어요! 어머님의 명령에 따라서가 아니라, 제가 원해서, 다른 사람들과 재미있는 일을 하며 시끌벅적하게 떠들고 싶단 말이에요!"

"오케이~ 라져! 그럼 마음껏 즐기도록 할까! 모처럼 수학여행에 왔으니까 말이지! 나쁜 일은 전부 잊어버리고, 친구들끼리 즐겁게 노는 거야!"

"당연하잖아! 자, 가자!"

"'오~!'"

마사토 일행은 힘찬 목소리로 그렇게 외치면서, 셋이서 사이좋게 탑 안으로…….

셋?

"어라? 그러고 보니 포타는 어디 갔지?"

잊어서는 안 된다. 포타는 소중하니까 말이다. 이 세상에서 가장 순수한 보물이 대체 어디에 있나 싶어 주위를 둘러보니…….

포타는 탑 꼭대기 에어리어의 가장자리에 있었다. 추락 방지용 울타리 앞에서 몸을 숙인 채, 아래쪽을 지그시 응시하고 있는 것 같았다.

"어이~ 포타. 왜 그러고 있는 거야?"

"아, 예. 저기…… 주변의 경치를 둘러보다, 아래편에 있는 사람들을 발견했는데요……. 어쩌면……."

"어쩌면?"

"아, 아뇨! 아무것도 아니에요! 어두워서 잘 보이지 않았으니까, 아마 잘못 본 걸 거예요! 죄송해요!"

포타는 고개를 꾸벅 숙였다.

그 후, 포타는 손가락을 깨물더니 지그시 쳐다보았다. 셋이서 팔짱을 끼고 있는 마사토 일행을 말이다. 엄청 부러워하고 있었다.

"저, 저기, 괜찮다면 저도……."

""당연하잖아.""

마사토와 와이즈는 포타가 말을 끝까지 잇기도 전에 손을 쑥 내밀었다. 넷이서 팔짱을 끼며 동그랗게 둘러선 것이다.

「이거야말로 친구의 고리구나」, 「그런데 엄청 움직이기 힘들어」, 「하지만 즐거워요!」, 「저도 여러분과 이러고 있으니 정말 행복해요!」 남들이 보기에는 바보 같아 보일 것이다. 하지만 그래서 더 즐겁다!

그들이 이러고 있을 때, 우락부락 선생님이 말을 걸었다.

"어이~, 용사 마사토와 그의 동료들이여! 빨리 탑에 들어가라! 너희 빼고는 다 이동했다!"

"아, 예! 죄송합니다! 금방 갈게요!"

"음. 그렇게 하도록. ……아, 맞다. 용사 마사토여. 방 배정 말인데……."

우락부락 선생님은 말을 멈추더니 슬며시 윙크를 했다.

아무래도 마사토와 메디의 접촉 기회를 늘려주기 위한 지원이라는 것을 해준 것 같았다…….

마사토 일행이 배정된 방은 탑 상층부에 있었다. 경관이 끝내주게 좋았으며, 내부는 중후한 바위로 만들어져 있었다. 그야말로 판타지 느낌이 물씬 나는 멋진 객실이었다.

하지만 이 방은 4인실이었다. 방 양쪽 끝에 침대가 두 개씩, 총 네 개가 놓여 있었다.

"나는 평소에도 마사토와 한 방을 써서 괜찮지만…… 메디는 힘들지 않겠어? 남자와 한 방을 쓰는 게 무리라면, 선생님한테 말해서 바꿔달라고 하는 게 어때?"

"저는 괜찮아요. 친구들끼리 다 같이 한 방을 쓰고 싶어요. 다 같이 한 방에 묵는다니, 정말 멋지네요."

"좋아~. 건전한 남자애인 나는 포타와 함께 건전하게 잠이나 자도록 할까."

"예! 저, 마사토 군과 같이 잘래요!" 반짝반짝☆

"큭, 저 순수한 눈빛이 너무 눈부셔! 딱히 엉큼한 생각을 하지도 않았는데, 마음이 너무 아파!"

네 사람은 전원이 다른 침대에서 자기로 했다. 뭐, 당연한 일이었다.

마사토와 메디가 오른편에 있는 두 침대를 쓰고, 와이즈와 포타는 왼편에 있는 침대를 쓰기로 했다. 그렇게 침대를 정한 후…… 「일단 할까?」, 「당연히 해야지」, 「좋아요」, 「해요!」 「그럼 간다. 하나~ 둘~!」 휘익! 하며 다이빙을 한 그들은 그대로 침대에 드러누웠다.

마사토는 친구들과 함께 있으니 안심이 되었다. 왠지 웃음이 날 것만 같은 기분을 맛보며 침대 위에서 데굴거리던 그들은 상의를 시작했다.

"저녁 식사 시간이 되려면 아직 멀었으니까, 이참에 내일 자유행동 때 어떻게 할지 정해두자. 물론 우리 넷이서 함께 행동하는 걸로 하고…… 뭘 할까? 혹시 해보고 싶은 게 있으면 말해봐."

마사토가 그렇게 묻자 다들 생각에 잠겼다.

바로 그때, 와이즈가 불쑥 입을 열었다.

"일단 이 탑 안을 둘러보는 건 어떨까? 여기는 곧 박살이 날 거라며? 그럼 그 전에 둘러보는 것도 좋을 것 같아."

"예! 저도 그렇게 생각해요! ……아, 하지만…… 엄청 큰 탑이니까 길을 헤매지나 않을지 걱정이 되는데……."

"흠…… 모처럼 수학여행을 왔는데 던전을 헤매다 지칠 대로 지치는 건…… 좀 사양하고 싶은데 말이야."

"아~ 동감이야……."

좋은 아이디어이기는 하지만, 예정을 바꾸는 편이 좋을지도 모른다. 마사토 일행이 다시 생각에 잠겨있을 때…….

"이 탑이라면, 제가 안내해드릴 수 있어요."

메디가 입을 열더니, 자신감이 넘치는 목소리로 말했다.

"사실 저는 예전에 여기에 온 적이 있어요. 어머님이 『이 세상에서 가장 높은 곳에 있는 방에 묵고 싶다』고 해서요. 그때이 탑 안을 둘러봤어요."

"1등, 최고 같은 것에 엄청 집착한 결과구나. 메디 어머니다 워……. 뭐, 그건 그렇고…… 메디가 안내를 해준다면……."

와이즈와 포타를 쳐다보니, 두 사람 다 고개를 끄덕이고 있었다. 이걸로 결정됐다.

마사토는 침대에서 몸을 일으키더니 동료들을 둘러보면서 말했다. 용사로서, 리더답게 말이다.

"전원 주목. ……내일, 우리는 모험을 할 거야. 이건 우리의 진정한 모험…… 아이의, 아이들에 의한, 아이들을 위한 모험이지! 부모가 끼어들 여지는 없어!"

"이 발언이 플래그가 되어서, 불쑥 나타날지도 모르지만 말이야." 소곤.

"어, 어이, 와이즈?! 무시무시한 소리 좀 하지 말아줄래?!"

"그런 일은 없겠죠?! 정말 괜찮겠죠?!"

마사토와 메디가 전전긍긍했다. 그런 일이 일어날 리 없다고 생각하지만, 만일의 경우가 벌어질 수도 있는 것이다. 「메디!」, 「예!」 두 사람은 흩어져서 체크했다. 방 밖을 확인했다. 없었다. 창밖도 일단 확인했다. 역시 없었다.

없지? 진짜로 없는 거지? 그렇다. 없다. 그럼 됐다. 마사토와 메디는 가슴을 쓸어내린 후, 안심하면서 침대로 돌아갔다. 마사토는 발언을 이어갔다.

"음~ 그럼 내일은 우리끼리, 힘차고, 즐거우며, 시끌벅적한 모험을 할까 합니다. 다들 마음껏 즐기는 거예요. 이상입니다."

만장일치로 내일 일정이 결정되자 다들 박수를 보냈다.

그리고…….

"으음, 자유행동 일정은 무사히 결정됐지만, 아직 저녁 식사 시간이 되려면 멀었으니까…… 이제부터 뭘 할지를 상의하고 싶은데……."

마사토는 또 리더십을 발휘하면서 앞으로 어떻게 할지 의논하려 한 바로 그때였다.

그의 안면에 부드러운 무언가가 명중했다. 베개였다. 베개에 맞은 것이다.

베개를 던진 사람은…… 아니나 다를까, 메디였다.

"수학여행 때, 묵을 방에 도착해서, 시간이 있고…… 함께 놀 친구가 곁에 있는 상황에서, 할 거라면 딱 하나 뿐이죠! 저는 하고 싶어요! 이런 걸 처음 해보거든요!"

메디는 그 어떤 때보다 찬란히 빛나는 눈동자로 마사토를 응시했다. 베개 싸움을 즐기고 싶어 하는 마음이 확연하게 느껴졌다.

마사토는 그 기대에 부응하기로 했다. 그가 옆을 보니 와이즈와 포타도 이미 베개를 움켜쥐고 있었다.

그렇다면, 마사토가 할 말은 단 하나뿐이다.

"좋아! 전쟁이다!"

그렇게 베개싸움의 막이 올랐다. 베개를 던지고 「으윽?!」, 「푸읍~! 꼴 좋…… 우읍?!」 베개에 맞았다. 「포타 양, 각오하세요!」, 「으으! 저는 안 질 거예요!」 다들 쉴 새 없이 베개를 던지고 있었다.

전황에 변화를 일으킨 이는 바로 와이즈였다.

"좋아~ 그럼 나는 포타를 소환하겠어! 내 베개를 장비시킨 후, 백발백중의 포타 어택으로 마사토를 공격하는 거야!"

"뭐, 뭐라고?! 백발백중의 포타 어택?!"

"크크큭! 자, 포타! 해치워버려!"

"예! 마사토 씨, 받으세요! 에잇!"

포타가 베개를 던졌다. 가녀린 팔로 던진 베개에는 힘이 실려 있지 않은데다, 조준도 엉망이었지만…… 그래도 백발백중이니까 말이야! 「이얍!」 마사토는 그대로 몸을 날려서 포타 어택을 안면으로 받아냈다. 퍼억, 명중. 와아~. 행복해라.

하지만 승부는 승부다.

"큭! 2대 1이라니, 비겁해! 그렇다면, 나도…… 메디!"

"예! 제가 마사토 군을 엄호할게요!"

메디는 베개를 들더니, 마법을 영창했다.

"갈게요! ……스파라 라 마지아 펠 미라레…… 공격력 상승!"

"우오오오오오오! 힘, 이, 넘, 쳐, 흐, 른, 다아아아아아아앗!"

메디의 마법에 의해 마사토의 공격력이 상승했다. 마사토는 샘솟는 힘으로 베개를 집어던졌다! 「우랴아아아아아아압!」, 「페갸앗?!」 마사토가 던진 베개가 와이즈의 안면에 명중! 왠지 재미있는 소리가 들렸다! 웃기네~!

"자, 잠깐만! 마법을 쓰는 건 반칙 아냐?!"

"응? 왜 반칙인데? 얼마든지 써도 돼. ……메디, 안 그래?"

"예. 직접적인 마법 공격을 한 게 아니니까, 문제가 안 된다고 생각해요. 이건 베개싸움이고, 마사토 군이 던진 건 어디까지나 베개니까요. 우후후."

"아~ 그런가요. 그럼 나도 생각이 있어. ……포타! 베개를 빌려줘!"

"아, 예! 여기 있어요!"

와이즈는 베개를 양손으로 들면서, 마법을 영창했다.

"……스파라 라 마지아 펠 미라레…… 폭발! 그리고! 폭발!"

와이즈의 연속마법이 발동했다. 그녀가 들고 있던 두 베개에 폭발하는 성질이 부여됐다.

베개의 형태를 한 폭발물은 상대방에게 명중하는 순간만을 이제나저제나 고대하고 있었다.

"어이, 인마?! 그건 반칙이잖아! 그야말로, 범죄라고! 아니지, 테러 아냐?!"

"응? 뭐가 말이야? 어디까지나 베개를 던지는 거니까 괜찮거든? ……크크큭…… 그럼…… 날려버리겠어! 받아라!"

"어이?! ……메, 메디! 빨리 마법방어를……!"

"마사토 군, 파이팅이에요~! 파이팅~!" 바리어.

"어라?! 메디가 자기한테만 장벽을 펼쳤어?! 게다가 이 상황을 즐기고 있는 거 아냐?!"

"괜찮아, 마 군! 이번에는 이 엄마가 엄호해줄게!"

"오오! 고마워! 2회 공격으로 연속마법을 상쇄…… 잠깐…… 어?"

이상하다. 이 자리에 있을 리가 없는 인물의 목소리가 느닷없이 들린 것 같은 느낌이 드는데…….

마사토가 굳어버린 목을 억지로 돌리며 주위를 둘러보니…… 두 손에 베개를 들고, 2베개공격을 날리려 하는 엄마의 모습이 눈에 들어왔다.

바로 마마코가 홀연히 나타난 것이다.

"어? ……어어어어어어어어엇?! 어어어, 엄마가 왜 여기 있는 거야?!"

"그게 말이지. 메디 어머니가 메디를 보러 간다고 해서, 이 엄마도 함께……."

마마코가 설명을 하려고 한 바로 그때였다.

"메디! 지금이 놀고 자빠져 있을 때니?! 정신 좀 차려!"

이것으로 대체 몇 번째일까. 메디 어머니가 고함을 지르며 방 안으로 쳐들어왔다.

이미 화가 머리끝까지 치솟은 메디 어머니는 아연실색한 메디에게 다가가더니, 딸의 멱살을 움켜잡으며 방 밖으로 끌고 갔다. 「어, 어머님! 아, 아파요……!」, 「내 알 바 아냐!」 이제는 어머니가 맞는지 의문이 들 지경이었다. 그 정도로 혹독했다.

메디는 그대로 어머니에게 끌려가버렸고, 남겨진 마사토는…….

"……아 ……기, 기다려! 기다리라고!"

허둥지둥 복도로 뛰쳐나갔다.

메디 어머니는 메디를 벽으로 밀어붙이더니 맹렬한 기세로 꾸짖기 시작했다.

"내가 언제 놀라고 했니?! 그런 말은 한 적은 없거든? 나는 너한테, 마사토 군을 유혹하라고 했잖니?! 그런데 왜 내 말을 듣지 않는 거야?!"

"그, 그게…… 모처럼 수학여행을 왔으니까……."

"수학여행 따위는 전혀 중요하지 않거든?! 내 지시에 딸인 네가 따르지 않는 게 문제란 말이야! 왜 내가 시키는 대로 하지 않는 거니?!"

"하지만, 저는…… 저한테 따뜻하게 대해주는 마사토 군 일행과, 잘 지내고 싶어서…… 처음 생긴 친구니까……."

"닥쳐! 친구 같은 있으나마나한 애들은 신경 쓰지 마! 너한테 중요한 건 1등이 되는 것뿐이잖니! 그것뿐이야! 그것뿐이란 말이야! 왜 그걸 모르는 거야?! ……하아, 진짜…… 아무래도 혼찌검이 나야 정신을 차리려나 보네!"

메디 어머니는 지팡이를 치켜들었다. 지팡이로 딸을 때릴 생각인 것이다. 「어이?!」, 「뭐, 뭐하는 거야?!」, 「그러지 마세요!」 복도로 나온 마사토 일행은 서둘러 그녀를 말리려 했다.

바로 그때, 한 줄기 바람이 불었…… 아니, 누군가가 바람처럼 내달렸다.

달콤하면서도 상냥한 향기를 흩뿌리면서 내달린 그 사람은 양손에 쥔 두 자루 성검을 교차시켜서 메디 어머니가 휘두른 지팡이를 막았다.

"이런 짓은 이제 그만 두세요."

굳은 표정으로 메디 어머니를 노려보면서, 그 사람…… 마마코가 말했다.

바람처럼 내달린 마마코는 검에 힘을 줘서 지팡이를 밀어내더니, 정신이 나가버린 것처럼 분노에 사로잡혀 있는 메디 어머니를 향해 말했다.

"메디 어머니. 진정하세요."

"진정하긴 뭘 진정해?! 넌 대체 뭔데 사사건건 중요한 순간에 튀어나와서 방해를 하는 건데?! 정말 눈에 거슬리거든?!"

"메디 어머니의 기분을 상하게 한 것은 죄송해요. 하지만 그래도 제 말을 들어주세요. ……자기 자식이 1등을 하는 건…… 어머니로서 정말 기쁜 일이겠죠. 그 심정은 이해해요. 저도 자식을 둔 어머니이니까요."

"그래! 자기 자식이 1등을 하기를 바라는 건 당연한 일이잖아! 그걸 위해 부모가 최선을 다하는 것도 당연한 일이야! 나는 아무런 잘못도 하지 않았어!"

"하지만 그렇다고 해서 자식에게 무리를 강요하는 건 옳지 않다고 생각해요. 메디 양이 이렇게 괴로워하면서까지, 1등이 되어야 할 이유 같은 건……."

"있어! 메디가 1등을 하지 못하면 곤란해! 왜냐하면……!"

메디 어머니는 말했다.

"내 딸이 1등을 하면…… 나는 1등 엄마를 자처할 수 있어! 내가 최고의 어머니가 되기 위해서라도, 메디는 1등을 해야만 해!"

그 단호한 말이 주위에 울려 퍼졌다. 딸을 위해서가 아니다. 다른 누구도 아니라, 어머니 자신의 영광을 갈구하는 그 말이 말이다.

마마코도 그 말을 듣고 충격을 받았는지 아연실색했다. 너무 충격을 받아서 대꾸를 못하는 것 같았다. 마사토도, 와이즈와 포타도 얼이 나가버렸다.

다들 할 말을 잃은 가운데, 메디가 낮은 목소리로 중얼거렸다.

"……하아…… 이제 됐어요. 됐다고요."

메디는 체념에 찬 표정을 지으며 자신의 어머니를 향해 걸어가더니 그대로 지팡이를 치켜들었다.

모든 생각과 감정을 내팽개친 채, 자기 어머니를 두들겨 팰 생각인 것이다.

"메, 메디! 참아!"

그런 짓을 하게 둘 수는 없다. 마사토는 메디를 막아섰다. 하지만 메디는 개의치 않으며 지팡이를 휘둘렀다.

마사토는 왼손에 전개한 방어장벽을 내밀어서 지팡이를 막았다. 「큭……!」 강력한 타격이 마사토의 손에 인정사정없이 충격을 가했다.

"가, 갑자기 뭐하는 거야?! 메디, 혹시 뚜껑 열린 거야?!"

"어어어엇! 빨리 진정제를……!"

"아니, 괜찮아! 나한테 맡겨줘! 내가 메디와 이야기를 나눠볼게!"

마사토는 자신을 도와주려 하는 와이즈와 포타를 말렸다.

그리고…… 겉보기에는 무시무시할 정도로 냉정하지만, 내면에서는 범상치 않은 사태가 일어나고 있는 메디와 대치했다.

"메디! 그만해! 좀 진정해! 냉정을 되찾으라고!"

"비키세요. 방해하지 마세요."

"그럴 수는 없다고! ……어이, 메디! 좀 진정해! 부탁이야! ……메디도 마음속으로는 자기 부모를 두들겨 패선 안 된다고 생각하잖아?!"

"아뇨. 아무래도 상관없어요. ……제 자유를 빼앗은 걸로 모자라, 겨우 생긴 친구까지 빼앗으려고 해놓고…… 그게 전부 자기가 1등 엄마가 되기 위해서라니…… 그딴 소리를 하는 인간을 부모라고 생각하지 않거든요."

"화, 확실히 네 어머니는 정상이 아니지만……!"

"마사토 군. 저는 쭉 참았어요. 어머님이 시키는 일은 하나같이 힘들고, 괴롭고, 슬프지만…… 그래도 어머님이 저를 생각해서 그러는 거라고 믿었는데…… 믿었기 때문에 최선을 다한 건데……. 결국 이런 말도 안 되는 배신을 당했네요. 용서 못해요. 앙갚음을 하지 않으면 분이 풀리지 않을 거예요."

"심정은 이해하지만……!"

"이해할 리가 없어요. 마사토 군은 절대 이해 못해요."

"이해해! 이해한다고! ……나도…… 나도…… 엄마 때문에 마음고생이 이만저만이 아니란 말이야!"

엄마와 함께 게임으로 전송됐다. 그것만으로도 마사토는 어마어마한 심적 고통을 느끼고 있었다.

그렇기에 마사토는 공감할 수 있었다. 마사토야말로 누구보다 메디를 이해할 수 있는 것이다.

마사토의 말에는 경험에서 비롯된 그의 마음이 어려 있었다.

"메디, 내 말 좀 들어봐! 자기 뜻대로 되지 않는다고 자포자기해봤자 아무 소용없어! 그런 일로 폭력을 휘둘렀다간, 나중에 분명 후회할 거야! 자기 자신이 한심하게 느껴질 거라고! 자기혐오에 빠지고 말 거야! 그러니까 참아! 제발 진정……!"

"시끄러워! 시끄러워, 시끄러워, 시끄러워!"

자포자기한 메디는 마사토의 말에는 귀를 기울이지 않으며 절규를 토했다.

"이제 뭐가 어떻게 되던 나와 상관없어! ……콘포르테의 지팡이여! 네 힘을 지금 이 자리에서 선보여라! 내 모든 것을 해방시켜라!"

변화 마법의 효과가 발동하더니, 그녀가 변모했다.

메디가 치켜든 지팡이 끝에서 분출된 마법의 안개가 그녀의 온몸을 감쌌다. 메디를 감싼 안개가 폭발적으로 부풀어 오르더니…… 두터운 몸통과 네 개의 발, 그리고 기나긴 꼬리를 지닌 파충류…… 드래곤의 형태로 변해갔다.

격렬한 감정에 사로잡혀 눈에 핏발이 선 드래곤, 메디드래곤이 탄생한 것이다.

『절대, 용서 못해!!』

메디드래곤이 고함을 지르면서 움직이기 시작했다. 치켜들자 천장이 파괴됐고, 강인한 꼬리를 휘둘러 복도의 벽을 박살냈다. 그야말로 마구 날뛰고 있었다.

"큭! 진정시킬 생각이었는데, 걷잡을 수 없을 정도로 화를 내고 있잖아!"

대체 어떻게 대처하면 좋을까……. 마사토는 무너지는 천장과 벽 때문에 피신하면서 필사적으로 생각했다.

바로 그때, 마사토의 뒤편에서…….

"메디! 그 꼴이 뭐니?! 아아, 흉측해라! 엄마의 말을 듣지 않는 못난 딸은 이렇게 흉측한 꼴이 되는 거구나! 정말 싫어! 최악이야! 진짜 믿기지가 않네!"

여전히 화가 풀리지 않은 메디 어머니가 불에 기름을 끼얹는 듯한 발언을 입에 담았다. 그리고 『최악인 건, 그쪽이야아아아아아앗!!』 그 말을 들은 메디드래곤은 더욱 격노했다.

양쪽 다 분노를 폭발시키고 있었다. 아아, 정말.

"젠장! 이 모녀는 대체 어떻게 되어먹은 거야?! 양쪽 다 손이 어마어마하게 가네!"

"마 군! 분담해서 대처하자꾸나! 이 엄마는 메디 어머니를 상대할 테니까, 너희는 메디 양을 맡아주렴!"

"으, 응! 실은 나도 그러자고 말할 참이었어! ……그럼 잘 부탁해!"

몬스터 엄마와 몬스터 딸 사이에서, 마사토와 마마코는 등을 맞대더니 그대로 각자의 상대를 향해 몸을 날렸다.

마마코는 메디 어머니를 향해 돌격을 감행했다.

"메디 어머니! 당신의 상대는 저예요!"

"큭, 또 방해를 하려는 거구나?! 하아, 진짜! 좋아! 상대해 주겠어!"

서로의 검과 지팡이가 충돌하더니 마마코는 돌격의 기세를 살려 그대로 메디 어머니를 밀어붙였다. 그 덕분에 메디 어머니는 메디에게서 멀어졌다.

그와 동시에 마사토 일행도 행동을 시작했다.

"우리는 메디를 막자! 와이즈! 포타! 도와줘!"

"오케이! 메디의 친구로서, 한 방 거하게 먹여줘서 정신을 차리게 만들겠어!"

"저도 도울게요! 아이템으로 지원하겠어요!"

"부탁해! ……그럼, 가자!"

마사토 일행은 일치단결해서 메디드래곤에게 맞섰다.

전투가 시작되자마자 『침묵』「앗─?!」 와이즈는 마법이 봉인되어서 짐덩이가 되었고, 마사토는 고군분투했다. 그리고 와이즈는 포타 덕분에 마법 봉인이 해제되자마자 또 마법이 봉인 당했다.

그런 격렬한 전투가 벌어지고 있는 가운데, 조금 떨어진 곳에서는 마마코가 메디 어머니와 대치하고 있었다.

메디 어머니는 전의를 불태우고 있었다.

"생각해보니 좋은 기회일지도 모르겠네. 나와 당신, 어느 쪽이 1등 엄마인지, 이 대결을 통해 판가름하는 거야! ……아페르토의 지팡이여! 네 힘을 선보여라!"

메디 어머니는 지팡이를 치켜들었다. 그러자 지팡이에 박힌 칠흑빛 보석에서 뿜어져 나온 해방의 힘이 석조 복도를 비췄다. 그러자, 벽과 바닥, 그리고 천장까지 꿈틀거리기 시작했다.

단순한 석재에서 해방된 바위들이 뭉쳐지더니, 바위 인형이 되어 마마코를 덮쳤다. 견고한 팔을 휘두르며 돌진한 것이다.

하지만…….

"미안하지만, 나는 메디 어머니와 이야기를 나누고 싶을 뿐이야. 그러니 잠시만 얌전히 있어주겠니? 부탁할게."

마마코가 부탁을 하자, 그녀가 쥔 대지의 성검 테라디마도레가 희미한 빛을 뿜었다.

바위 인형들은 고개를 끄덕이더니 「……어?」 그대로 무너져 내렸고 「어? 어? 어?」 석재 하나하나로 되돌아가면서 벽과 바닥으로 되돌아갔다. 통로는 깨끗하게 원상 복구됐다.

메디 어머니는 너무 놀란 탓에 턱이 다 빠질 뻔 했다.

"어…… 어어엇?! 뭐, 뭐야?! 방금 대체 어떻게 된 건데?! 내가 만든 바위 인형들이 마마코 씨의 명령에 따른 거야?!"

"명령을 한 게 아니라 부탁을 했을 뿐이에요. ……하지만 그건 구분하기 힘들죠. ……저도 그 때문에 자주 고민을 한답니다."

"고민을 한다니……."

"제 아들이 어렸던 시절의 일인데 말이죠……. 자식에게 무슨 말을 할 때, 그게 부모의 뜻을 강요하는 게 아닌지 불안해서…… 일단 공책에 하고 싶은 말을 적어본 다음, 어떤 식으로 말하는 게 좋을지 며칠씩이나 고민한 적이 있답니다."

"그딴 고민을 왜 해?! 그냥 하고 싶은 말을 전부 하면 되잖아! 부모는 자식을, 자기 뜻대로 키우는 게 당연한 거 아냐?!"

"그래요. 그렇게 생각할 수도 있을 거예요. ……하지만 딱 하나, 절대 착각하면 안 되는 점이 있답니다."

"착각하면 안 되는 점?! 그게 뭔데?!"

메디 어머니가 금방이라도 달려들 듯한 어조로 고함을 지르는 데 반해, 마마코는 검을 집어넣으며 그녀와 마주섰다. 그리고 미소를 지으며, 메디 어머니를 상냥히 응시한 바로 그 순간…….

마마코의 몸에서 빛이 뿜어져 나오기 시작했다. 그리고 몸이 희미하게 떠올랐다. 그 모습은 마치 이 자리에 강림한 신 같아 보였다.

모신(母神) 같은 마마코가 계시를 내리듯 말했다.

"부모는 자식을 어엿한 어른으로 기르기 위해 키우는 것이지, 부모 본인을 위해 아이를 키우는 게 아니에요. 아이에게 건네는 말도, 아이를 향한 마음도, 아이에게 건네는 모든 것은 아이의 성장을 위한 것이죠. 전부 아이를 위한 것이랍니다."

마마코는 빛을 뿜고 있었다. 있었다. 하지만 그것은 【어머니의 빛】이 아니다.

한 사람의 어머니로서, 꼭 전하고 싶다. —마마코가 진심으로 그렇게 소망할 때, 온 세상에 존재하는 어머니의 마음이 마마코의 곁으로 모여들어 빛과 말이라는 형태로 전달되는 이것은…….

상급 어머니 스킬 【어머니의 계시】다.

마마코가 뿜는 모광(母光)이 주위를 비췄다. 그 빛은 메디 어머니가 손에 쥔 지팡이에도 쏟아지더니…… 다음 순간, 칠흑빛 보석에 금이 갔다.

망연자실한 표정을 짓고 있던 메디 어머니는 그제야 정신을 차렸다.

"다, 당연하잖아! 그건 어머니로서 당연한…… 어? ……하지만 나는, 방금…… 마치 자기 자신을 위한 것처럼 말했…… 어, 어째서 그런 소리를 한 거지……?"

"메디 어머니. 진정하세요. 당신은 방금까지 뭔가 좋지 않은 것의 영향을 받고 있었어요. 부디 진정하세요."

마마코는 당황한 메디 어머니의 앞에 서더니 그녀의 어깨에 손을 얹었다. 마음이 진정되도록, 상냥히, 상냥히 쓰다듬어주면서 말을 이었다.

"지금의 당신이라면 실수를 범하지 않을 거예요. 무엇이 소중한지 알고 있을 거예요. ……아무리 엄격하게 대하더라도, 당신을 믿으며 쭉 따라온, 저 아이…… 당신을 누구보다 따르는 소중한 아이를, 1등으로 생각할 수 있을 거예요."

"내가, 1등으로 생각하는 아이…… 메디…… 아, 맞아! 메디는?! 메디는 어떻게 됐어?!"

바로 그때, 비통하기 그지없는 외침이 들려왔다.

『믿었는데에에에에에에에에에에에!』

설령 괴물이 되었을지라도, 어머니가 자식의 목소리를 알아듣지 못할 리가 없다.

"메디! 엄마가 지금 갈게! 너에게 꼭 전해야 할 말이 있단다!"

메디 어머니는 몸을 일으키더니, 그대로 뛰어갔다.

마마코는 그 자리에 남아서 딸에게 뛰어가는 어머니의 등을 상냥한 눈길로 응시했다.

메디드래곤의 폭주는 그칠 줄을 몰랐다. 꼬리를 휘두르고, 뿔로 찌르며, 주위 일대에 공격을 퍼붓고 있었다. 특히 몇 번이나 몸통박치기를 맞은 벽은 금방이라도 붕괴될 것만 같았다.

그 여파에 휘말린 마사토와 와이즈도 너덜너덜해졌다. 그야말로 엉망진창이었다.

"저기, 마사토! 방금 저쪽에서, 마마코 씨가 또 말도 안 되는 일을 벌인 것 같거든?!"

"지금은 한눈 팔 때가 아니라고! 솔직히 말하자면 보고 싶지 않아! 자기 엄마가 차원을 넘나드는 광경 같은 건 절대 보고 싶지 않다고! ……앗, 너를 타깃으로 삼았어!"

『……스파라 라 마지아 펠 미라레…… 마력 흡수!』^{마솔벤테}

"어? 아아아아아앗?!"

메디드래곤이 MP를 흡수하는 마법을 사용하자 와이즈의 MP가 순식간에 고갈되고 말았다. 「어어어어엇?! 말도 안 돼!?」, 「그만 떠들고 빨리 물러나!」 마사토는 방어장벽을 펼쳐 와이즈를 감싸며 방어에 전념했다.

"어둠 속성을 눈뜬 애답게, 흡수력이 끝내주는걸!"

"힐러에 어둠 속성이라니, 진짜 성가시네! 진짜 뚜껑 열리겠네! 이 빚은 꼭 갚아주겠어!"

"빚 갚을 작정이면 MP를 회복해! 내 HP도 얼마 남지 않았다고! 서둘러!"

"나도 알아! ……포타! MP 포션 좀 줘!"

"예! 여기 있어요!"

포타는 마법직이라서 MP량도 많은 와이즈를 위해, MP포션이 들어있는 병을 잔뜩 들고 왔다. 그리고 원샷 대회가 개최됐다. 「우웁…… 배가 터질 것 같아……」, 「자! 여기 더 있어요!」, 「으, 응……」 포션을 계속 내미는 포타에게는 악의가 없을 것이다.

하지만 마사토에게는 등 뒤에서 벌어지고 있는 상황을 느긋하게 관찰할 여유가 없었다. 메디드래곤이 또 공격을 했기 때문이다.

『아하하! 이제, 아무래도 상관없어! 어찌 되든 상관없단 말이야! 아하하하!』

"크윽!"

공격을 받아내고 있는 마사토 또한 한계에 직면했다. 체력이 바닥난 것이다.

하지만 마사토의 마음은 아직 꺾이지 않았다. 마사토이기에 전할 수 있는 말이 잔뜩 있는 것이다.

"메디! 나는 네 마음을 절실하게 이해해! 그러니까 내 말을 들어봐!"

『알 리가 없어! 내 마음은, 아무도 이해 못해!』

"나는 이해할 수 있어! 피를 토할 정도로 말이야!"

『그럴 리가 없어! マまコ 씨는 멋진 어머니잖아⋯⋯!』

"뭐가 멋진 어머니라는 거야! 어머니와 함께 게임 속으로 전송된 것만으로도 가혹한데⋯⋯ 세일러 교복에 학교수영복, 게다가 미인대회 우승까지⋯⋯ 떠올리기도 싫은 광경을 몇 번이나 봤다고! 나는 진짜로 지긋지긋하단 말이야!"

세일러 교복 차림의 어머니와 대면했을 때의 일이다. 마사토는 무시무시한 충동에 휩싸인 채, 피가 날 정도로 주먹을 말아 쥐었다. 손만이 아니라 온몸의 혈관이 끊어질 것만 같았다.

아무 상관없는 타인이 듣는다면 웃고 넘길 일일 것이다. 하지만 당사자라면 절대 웃을 수 없다.

상처는 이미 아물었지만, 그때 느꼈던 격렬한 감정은 지금도 마사토의 가슴속 깊은 곳에서 맴돌고 있었다.

하지만⋯⋯.

"그렇다고 어린애처럼 날뛰어봤자 아무 소용없잖아! 그래서

는 아무것도 해결되지 않아! 상처가 벌어지기만 할 뿐이야!"

『그럼 어떻게 하면 되는데?! 어떻게 하면 되냔 말이야!』

"우선 전해! 네가 어떻게 생각하고 있는지, 어쩌고 싶은지, 그걸 말로 전하는 거야! 나도 아직 제대로 하지는 못하고 있지만, 그래도 그게 옳다는 건 알아!"

『말해봤자, 들어줄 리가 없어!』

"그렇게 포기해버리니까, 마음속에 나쁜 감정이 쌓이는 거야! 그 결과물이 지금의 메디잖아! 그러니까 그걸 바꾸지 않으면…… 크윽?!"

메디드래곤의 꼬리가 마사토를 후려쳤다. 마치 투정을 뿌리는 어린애 같다. 마사토가 아무리 호소를 해도 귀를 기울이지 않으며 계속 난동만 부렸다. 이대로 가다간 결국 당하고…….

바로 그때였다.

"마사토 군, 물려나렴!"

메디 어머니가 뛰어왔다. 직접 메디드래곤과 싸울 생각인 것일까.

"기, 기다리세요! 메디의 공격은 매우 강력해요! 직업이 용사인 저도 버티기 힘든데, 힐러인 메디 어머니는……!"

"그딴 건 상관없어! ……메디가 난폭하게 행동한다면, 더욱 내가 나서야 해! 남의 집 아이를 다치게 할 수는 없잖니! …… 응, 맞아……. 받아줘야 할 사람은 바로 나야……. 내가 바로, 저 아이의 1등 엄마니까!"

메디 어머니가 의연한 목소리로 그렇게 외쳤다.

그러자 메디드래곤은 자신의 어머니를 노려보며 광기에 찬 목소리로 외쳤다.

『이…… 이제 와서, 엄마 행세하지 말란 말이야아아아앗!』

　메디드래곤이 꼬리를 횡으로 휘둘렀다.

　메디 어머니는 아페르토의 지팡이로 그 공격을 막아내려 했지만, 메디드래곤의 공격은 지나치게 강렬했다. 「크윽?!」 메디 어머니는 그대로 튕겨나더니 건물 파편 더미에 내동댕이쳐졌다. 그런 메디 어머니는 지팡이를 놓쳤다.

　즉사 급의 공격을 정통으로 맞았지만 메디 어머니는 일어났다.

　어머니는 변모해버린 딸을 올려다보며, 뭔가를 참듯 입술을 깨물었다.

　"하아…… 맞는 말이야. 이제 와서 무슨 자격으로 엄마 행세하려고 드는 걸까."

『용서 못해! 절대, 용서 못해!』

　"메디…… 너는 지금 정말 무시무시한 표정을 짓고 있단다……. 이런 감정을 가슴 속에 품은 채로, 나를 믿으려 따라와 줬던 거구나……. 너는 정말 대단한 아이야."

　메디 어머니는 그렇게 중얼거리면서 다시 메디드래곤을 올려다보았다.

　그런 메디 어머니의 표정은 이런 상황인데도 불구하고 상냥함으로 가득 차 있었다.

　마사토는 문득 생각했다.

'아…… 지금의 메디 어머니는, 틀림없이 자식을 둔 어머니야…….'

말로 표현할 수는 없지만, 모성을 느껴지게 하는 무언가를 지니고 있었다. 마사토는 그것을 느낄 수 있었다.

어쩌면 그것도 스킬인 걸까. 그것은 알 수 없었다.

바로 그 순간, 마사토는 달렸다. 지금 자신이 해야 할 일이 뭔지 깨닫고, 서둘러 메디 어머니의 앞에 섰다. 그리고 메디드래곤이 날린 일격을 막아냈다.

"큭! 더럽게 아프네!"

"마사토 군! 물러나라고 했잖니! 지금은 내가……!"

"알아요! 이 상황에 종지부를 찍을 수 있는 사람은 메디 어머니뿐이에요! 하지만, 지금 이대로는 방법이 없으니 우선 메디부터 제압하겠어요!"

"제압하겠다니…… 방법이 있는 거니?"

"반드시 해내겠어요! 부모자식간의 유대를 구원하는 용사의 힘을 믿어주세요! ……그럼…… 와이즈! 어때?!"

MP가 고갈되었던 현자님에게 말을 걸자 힘찬 대답이 들려왔다.

"오케이~! 준비 오케이! 마사토가 무슨 짓을 벌일 생각인지도 얼추 상상이 돼! ……그럼 포타, 물러나 있어!"

"예! 힘내세요!"

와이즈는 포타가 안전한 곳까지 대피한 것을 확인한 후 마법을 영창했다.

"······스파라 라 마지아 펠 미라레······ 폭풍! 그리고! 폭풍!"
^{볼바 벤토}

와이즈는 강력한 바람을 일으키는 마법을 연속으로 발동시키더니 메디드래곤의 발치를 향해 날렸다. 폭풍이 휘몰아치더니 메디드래곤의 거대한 몸이 공중으로 떠올랐다.

공중의 적에게 강한 용사가 나설 때다. 마사토는 기분 좋은 강풍을 느끼면서 성검 필마멘트를 움켜쥐었다. 그리고 검을 머리 위로 치켜들더니 혼신의 일격을 날릴 준비를 했다.

"와이즈 너, 진짜로 내 생각을 정확하게 꿰뚫어 본 거냐! 그럼 말 안 드는 꼬맹이에게 따끔한 벌을······ 어, 뭐야?!"

마사토가 충격파를 날리려고 한 바로 그때였다.

바닥에 떨어져 있던 아페르토의 지팡이가 멋대로 떠오르더니 메디드래곤의 앞으로 날아갔다.

아페르토의 지팡이는 주위에 탁한 빛을 뿜었다. 빛을 쬔 건물 파편이 떠오르더니 메디드래곤을 지키는 방벽을 형성했다.

"어, 어이! 이게 뭐야?! 뭐가 어떻게 된 거냐고! ······하아, 젠장! 더는 틀어박히게 둘 수 없어!"

마사토는 검을 휘둘러서 방벽을 향해 충격파를 날렸다. 하지만 방벽이 너무 견고한 탓에 파괴되지 않았다. 메디드래곤은 곧 파편으로 된 방벽에 뒤덮이고 말 것이다······.

바로 그때였다.

"그럼 이 엄마의 공격도 받아봐! 에잇!"

목소리가 들린 순간, 수많은 바위 칼날과 물방울 탄환이 일제히 발사됐다. 머릿수별 대미지 전체공격의 2회 공격이 단

한곳에 집중적으로 가해진 것이다. 압도적인 공격력에 의해 방벽은 간단히 깎여나갔다.

다음 순간, 바위 칼날 한 자루가 지팡이를 베었고, 물방울 탄환이 칠흑빛 보석을 꿰뚫었다. 그와 동시에 방벽을 형성한 파편이 힘을 잃은 듯이 낙하했다.

이게 누가 한 일인지는 생각할 필요도 없었다. 공격이 발사된 방향을 쳐다보니 활활 타오르는 불꽃같은 색깔을 띤 검과 짙디짙은 푸른색을 띤 검을 쥔 마마코가 미소를 짓고 있었다.

"하아…… 실컷 마음고생을 시켜놓고 이렇게 절묘한 타이밍에 도움을 주다니…… 진짜 엄마라는 존재는 대체 어떻게 되어먹은 거냐고!"

말은 그렇게 하지만 기분이 썩 나쁘지 않은 마사토가 다시 공격 태세를 취했다.

이 일격은 메디를 뒤덮고 있는 감정을 베기 위한 일격이다.

마음을 해방시켜 폭발시켰더라도, 그 마음 깊숙한 곳에는 소중한 이와 마주할 수 있는 부분이 존재할 것이다.

"너를 누구보다도 생각하고 있는 사람이, 너를 안아주기 위해서 기다리고 있어! 저 사람의 품에 안겨서, 하고 싶은 말을 전부 다 하라고! 우오오오오오오!"

마사토는 혼신의 힘을 담아 필마멘트를 휘둘렀다. 평소와 다르게, 왠지 따뜻한 빛을 뿜고 있는 거대한 충격파가 발사됐다.

무엇을 베어야할지 명확하게 알고 있는 그 일격이 메디드래곤에게 명중하더니, 거칠어진 감정으로 구성된 표층만을 두 동강 냈다.

"좋아! 노린 대로 됐어! ……아, 메디!"

찢겨진 괴물 안에서 원래 메디가 나타났다. 메디는 바람에 휘감긴 채 천천히 낙하했다. 마사토는 반사적으로 나서려다……관뒀다.

메디를 받아줘야 할 사람이 누구보다 먼저 뛰어갔기 때문이다. 바로 메디 어머니다.

"메디!"

어머니는 낙하하는 딸을 받더니 꼭 끌어안았다. 딸이 버둥대면서 품속에서 빠져나가려고 해도 놓지 않았다. 있는 힘껏 꼭 안아주며…….

"미안하구나."

사과했다.

그 말을 들은 순간 딸은 울음을 터뜨리며…….

"그, 그런 소리 한다고…… 용서, 할 것 같아요?! 용서 못해요! 절대 용서 못해요!"

용서 못한다고 말하면서도, 어느새 반항을 멈춘 딸은 어머니의 품속에서 하염없이 울었다.

"……이 아이를 가졌을 때, 나는 좋은 엄마가 될 수 있을지 문득 걱정이 됐어."

메디 어머니는 딸과 포옹을 한 채 천천히 이야기를 시작했다.

"좋은 엄마란 어떤 엄마일까. 어떻게 하면 좋은 엄마가 될 수 있을까……. 매일같이 그런 생각을 하며, 인터넷으로 조사하거나 실용서를 사러 뛰어다니다…… 어떤 책을 발견했어. 마마코 씨는 알지도 모르겠네. 우리가 임신했을 즈음에 베스트셀러였던 책인데……."

"아, 혹시 『좋은 엄마가 되고 싶다면, 좋은 아이를 길러라』 말인가요? 그런 제목의 책을 읽은 적이 있어요."

"응, 맞아. ……마마코 씨도 읽었구나. ……그런 것치고는 전혀 다른 식으로 자녀교육을 시키고 있는 것 같은데…… 나는 뭘 잘못한 걸까?"

메디 어머니는 자조 섞인 미소를 지으며 말을 이었다.

"나는 딸을 좋은 아이로 기르기로 결심했고, 그러기 위해 최선을 다했어. 학원도 몇 곳에나 보냈지. 공부도, 운동도 잘할 수 있도록 말이야. 그리고…… 정신면의 교육도 적절히 시켰어."

"그게 진짜로 『적절』했는지 좀 의문인데요……."

"그래. 마사토 군의 말이 맞아. 그건 적절하지 못했어. …… 부모의 말에 반드시 따르는 아이로 만들기 위해 마음을 관리하고, 아이의 의지를 억압했어. ……그 결과, 딸의 마음에 큰 부담을 주고 만 거야. 전부 내 잘못이야."

"어머님……."

"사과한다고 해서 돌이킬 수는 없겠지만, 하다못해 이 말만은 하고 싶구나. ……정말 미안해."

눈물을 흘리며 사과한 메디 어머니는 딸을 꼭 끌어안았다.

"스트레스를 받아서 벽을 걷어차거나, 언동이 종종 험해진다거나…… 딸이 좋지 않은 상태라는 건 알고 있었어. 전부 내 탓이라는 것도 말이지. 그래서 이 게임에 참가한 거야. 잘못된 모녀관계를 회복시키고 싶어서 말이야. ……그런데, 나는 자기 자신이 달라져야 한다는 걸 망각한 걸로 모자라…… 그딴 소리까지……. 대체 왜 그런 짓을…… 나는 정말 못난……."

"아뇨, 잠깐만 있어보세요. 아직 속단하기는 일러요."

마사토는 메디 어머니의 말을 막으면서 뒤편을 쳐다보았다.

"와이즈, 포타. 어떻게 되어가고 있어?"

"으음, 그게 말이야……. 약간 나쁜 느낌이 드는 것 같기는 해. 바보 같은 짓을 할 때의 우리 엄마한테서 나던 것과 비슷한 냄새가 난다고나 할까…… 으음, 말로 잘 표현하기 힘든데…… 포타는 어때?"

"감정을 해봤는데, 재질과 효과를 알 수가 없어요! 제가 아는 장비품 중에는 이런 게 존재하지 않아요!"

두 사람은 아페르토의 지팡이를 조사하고 있었다. 와이즈는 미심쩍은 표정을 짓고 있었고, 감정 스킬을 지닌 포타도 그 지팡이를 분석하지 못했다.

'알 수가 없다……. 대체 뭐가 어떻게 된 거지…….'

아무것도 밝혀지지 않으니 영 찝찝했다.

하지만 지금은 이 찝찝함을 유효 활용하는 편이 좋을 것이다.

"……메디 어머니. 이 지팡이는 마음속에 품고 있는 충동을 해방시키는 힘을 지녔죠? 이 지팡이의 힘으로 강화된 메디가 영락없이 그렇게 됐잖아요."

"응? 아…… 그렇게 된 것 같기는 한데……."

"어쩌면 메디 어머니도 이 지팡이의 영향을 받은 거예요. 『좋은 엄마가 되고 싶다』는 마음이 비정상적으로 강화되어버린 거죠. ……그러니까 메디 어머니는 진심으로 그런 말을 한 게 아니에요. 묘한 힘에 의해 그런 마음에도 없는 소리를 한 거죠. 지금까지 해왔던 일도 자기 자신을 위해서가 아니라 메디를 위해서 한 일이잖아요. 그건 틀림없죠?"

"그래. 틀림없어. 나는 1등 엄마가 되고 싶어서 딸에게 그런 일을 시킨 게 아냐. 그저 메디를 어엿하게 키우고 싶어서…… 하지만 결국……."

"아뇨, 어머님. 그 말을 들어서, 저는 정말 기뻐요."

메디 어머니는 메디를 위하는 마음 때문에 그렇게 엄격하게 대했다. 딸이 믿었던 어머니는 딸을 배신하지 않았다. 그런 행동 안에는 자식을 향한 사랑에 존재했다.

딸은 어머니의 품에 안긴 채, 이번에야말로 솔직하게 말했다.

"어머님은 저를 생각해서 그렇게 엄격하게 대해주셨어요. 그 마음은 진심으로 기쁘게 생각해요. 하지만, 저기…… 제 마음과 의지도, 소중하게 여겨주신다면, 더욱 기쁠 거예요. 부탁드려도 될까요?"

딸이 그렇게 묻자 어머니는 진심을 담아 고개를 끄덕였다.

"약속할게. 나는 이번에야말로 나 자신을 뜯어고치겠어. 다른 누구도 아니라, 너를 우선하는 어머니가 될 거야. 그러니 앞으로도 내 딸로 있어주겠니?"

"예, 어머님. 저는 언제나 어머님의 딸이에요."

모녀는 포옹을 했고, 그런 두 사람 사이에는 끈끈한 정이 존재하는 것 같았다.

그 모습을 지켜보고 있는 마사토 일행 또한 자연스럽게 미소를 지었다.

"메디의 폭주를 막았고, 오해도 풀렸을 뿐 아니라, 솔직한 마음도 전했으니……. 이제 메디 어머니가 어떻게 변하느냐가 중요하겠지만…… 일단 당면한 문제는 해결됐다고 생각해도 되겠네."

"맞아. 그럼…….

"그래, 다들 수고했어."

"예! 수고 많으셨어요!"

다들 손을 들어 올리면서 다 같이 하이파이브를 했다. 이걸로 작전 종료다.

바로 그때였다.

"어이~! 다들 즐거워 보이는 구나!"

"이미 피날레인 것 같군요. 잘 됐습니다."

우락부락 선생님과 시라아세가 이제야 모습을 드러냈다.

"어, 무슨 일이에요?"

"무슨 일은 무슨. 격렬한 전투음이 들려서 무슨 일인가 보러 온 거다. 여차하면 가세할 생각이었는데, 한발 늦은 것 같구나."

"저는 자기 자신의 안전을 고려해 일부러 한 발 늦게 나타난 건데, 타이밍이 딱 맞았던 것 같군요."

"시라아세 씨가 평소와 다름없는 것 같아서 정말 기쁘네요."

"아무튼, 치유술사 메디 건은 무사히 해결된 것 같아 기쁘구나. 그럼 이제부터 수학여행을 만끽……."

"그럼 여러분은 모레 치를 시험에 개운한 마음으로 임할 수 있겠군요. 후후후."

"……예?"

시라아세가 낮은 목소리로 무슨 말을 한 것 같은데…… 잘못 들은 거라고 생각하고 싶지만…….

시험 또한 학교생활에 있어서 피해갈 수 없는 일부인 것이다.

에필로그

이사장실 집무용 책상 위에는 두 동강이 난 아페르토의 지팡이가 놓여 있었다.

시라아세는 그 지팡이를 차가운 눈길로 쳐다보더니 불쾌하다는 듯이 한숨을 내쉬었다.

"하아. 이런 것까지 돌아다니다니……. 정말 성가시군요."

마음속의 충동을 해방시키는 효과를 지닌 지팡이.

그런 것이 장비품으로서 만들어진 적은 없다.

시라아세가 직접 운영 측에 확인을 해본 것이다. 그러니 틀림없는 정보다. 현재 시라아세의 눈앞에 있는 것은 존재할 리가 없는 무기의 잔해인 것이다.

게다가 게임용 데이터로서 작성된 물품이 마음에 직접적인 효과를 미친다는 점 자체가 말도 안 된다.

하지만, 존재할 리가 없는 물건이 이렇게 눈앞에 있다.

"이 물건의 존재 여부 자체와 그 목적을 알아봐야겠군요. ……뭐, 재질과 효과가 파악되지 않으니, 아페르토의 지팡이 자체에 대한 고찰은 곧 벽에 부딪치고 말겠지만 말이죠."

그렇다면, 지금 할 수 있는 것은 목적에 대한 고찰뿐이다.

그 점에 대해서는 힌트가 몇 개 있었다.

"마음을 해방시키는 힘을 지닌 지팡이가 테스트 플레이어에게 보내졌다……. 그것이 의미하는 바는……?"

이 게임에는 다양한 문제를 안고 있는 부모자식이 테스트 플레이어로서 참가하고 있다. 한쪽만, 혹은 양쪽 다, 서로에 대해 다양한 감정을 안고 있는 상태인 것이다.

그럼 감정이 함부로 해방된다면 부모자식 사이에 불화가 발생할 것이다.

모험을 통해 관계를 개선하는 것은 고사하고, 오히려 악화가 될 수도 있는 것이다.

최악의 경우, 의절이라는 결과를 초래할 가능성마저…….

"그렇게 된다면 이 게임은 실패로 끝나고 말겠죠. 정식으로 서비스되지도 못한 채 그대로 묻히고 말 겁니다……. 흐음…… 서비스 정지…… 그게 목적인 걸까요……. 확실히 이 게임에 대해 비판적인 견지를 드러낸 분도 적지 않죠……."

시라아세는 허공을 쳐다보며 생각에 잠겨 있었다.

그러던 와중에 시라아세의 눈길이 시계를 향했다. 예상 이상으로 시간이 많이 흘렀던 것이다.

"아, 시간이 이렇게 됐군요. 파티에 늦고 말겠어요. 모처럼 초대를 받았는데, 마마코 씨의 수제 요리를 맛볼 기회를 놓칠 수야 없죠."

일단 이쯤에서 생각을 멈추기로 한 시라아세는 이사장실을 나섰다.

성가신 문제를 책상 위에 남겨둔 채 말이다.

"누구인지는 모르겠지만, 이런 식으로 나온다면 상대를 해드리겠습니다. ……진정한 힘에 점점 눈뜨고 있는 용사 모자가 말이죠. 후후후."

시라아세는 자신만만한 목소리로, 그리고 당사자들과 상의도 하지 않고 그런 발언을 서슴지 않게 입에 담으며 슬며시 미소를 지었다. 이 사람은 원래 이런 사람이다.

학교생활 7일차. 특별 단기 코스 최종일.

교육과정을 전부 이수하고 졸업하는 마사토 일행을 축하하기 위해 교실에서는 성대한 파티가 열렸다. 사정상 졸업을 못하는 클래스메이트들을 배려해 송별회라는 명목으로 화끈하게 놀아보자고!

……하고 말하고 싶지만…….

"……수업에서는 게임 관련 내용만 다뤄놓고, 시험은 평범한 학과 내용이라니…… 완전 반칙이잖아…….."

"……원래 학년에 맞춘 국영수 중에서 선택하라니…… 진짜 너무하네……."

전날에 치른 시험을 망친 마사토와 와이즈는 토라질 대로 토라져 있었다. 교실 구석에서 무릎을 꼭 끌어안은 채 앉아있었다.

마사토 일행이 치른 시험의 점수는 그대로 포인트에 가산되었다. 그야말로 출혈 서비스라 해도 과언이 아닌 것이다.

아무튼 각자의 최종적인 획득 SP는 마사토 103SP, 와이즈

72SP, 포타 170SP다.

4일차까지의 통산 성적에 수학여행에서 통상 레벨업으로 얻은 SP, 그리고 시험 점수를 더한 수치인데…… 사실 마사토와 와이즈는 낙제점이었다. 그러니 저렇게 토라지는 것도 무리는 아니다.

하지만 지나간 일을 가지고 왈가왈부해봤자 소용없다.

"자, 마 군과 와이즈 양도 기운을 내. 두 사람 다 최선을 다했잖니? 중요한 건 바로 그 점이니까. 결과는 덤 같은 거야. 자, 그럼 축하를 하자."

"오래 기다리셨죠?! 마마 씨의 요리를 가지고 왔어요! 진짜 맛있어요!"

"나도 도왔다! 그럼 다 같이 먹어볼까! 크하하!"

마마코가 양손으로 요리를 안아들고 나타났다. 몰래 맛을 본 건지 볼에 소스가 묻은 포타도 마마코를 도운 것 같았다. ……우락부락한 어린이도 같이 나타났지만, 가능하면 얽히지 않는 편이 좋을 것 같으니 그냥 무시하기로 했다.

교실 책상을 한곳으로 모은 후, 초밥, 스테이크, 호화 샌드위치, 케이크 등, 음식 궁합 같은 것을 신경 쓰면 안 될 것 같은 호화 파티 음식이 그 위에 놓였다.

그리고 적절한 타이밍에…….

"늦어서 죄송해요!"

"음료수와 과자를 사왔단다. 이 정도면 충분하겠니?"

과자와 음료수를 사러갔던 메디와 메디 어머니가 돌아왔다.

이걸로 모든 준비가 끝났다.

음식 냄새가 너무 좋았기에, 「……일단 대량의 SP를 얻기는 했잖아?」, 「맞아. 아무런 소득이 없었던 건 아냐」 같은 소리를 하며, 마사토와 와이즈도 기분을 풀었다.

그리고 다들 잔을 든 후…….

"""건배~!"""

먹고, 마시고, 결국 끝까지 얼굴이 글자 아트라 전혀 분간이 안 되는 클래스메이트들과 즐겁게 이야기를 나눴다. 그런 시간을 잠시 동안 보낸 후…….

분위기가 꽤 잔잔해졌을 즈음, 마마코가 마사토의 곁으로 왔다. 「슬슬 괜찮지 않겠니?」, 「응. 맞아」 사전에 모의해뒀던 것에 따라 마사토는 이제부터 할일이 있다.

마사토는 최종 확인 삼아 와이즈와 포타를 힐끔 쳐다보았다. 그러자 포타는 고개를 끄덕였고, 와이즈는 「뭐, 괜찮지 않겠어?」 하고 말하면서 어깨를 으쓱했다. 일단 반대는 하지 않는 것 같았다.

마사토는 동료들을 대표해서 메디 어머니에게 말을 걸었다.

"메디 어머니, 드릴 말씀이 있어요."

"어머, 뭐니?"

"괜찮다면…… 저희와 파티를 맺지 않겠어요?"

"뭐? ……나와 메디를 동료로 삼겠다는 거니?"

"예. 두 사람이 동료가 되어줬으면 좋겠어요. 저희는 전업 힐러가 없는 엉망진창인 파티거든요……. 꼭 힐러가 필요하기 때문만이 아니라, 두 사람과 함께 모험을 하면 즐거운 것 같아요……."

솔직하게 말하자면 메디 어머니가 앞으로 메디를 어떻게 대할지 신경이 쓰인다는 점 또한 이런 제안을 하는데 꽤 영향을 끼쳤다.

과연 이 두 사람은 어떻게 나올까. 메디 어머니의 반응을 살펴보니……

"미안하구나. 제안은 고맙지만 받아들일 수 없단다."

대답은 NO였다. 마사토는 애 딸린 여성에게 차이고 말았다. 정말 유감이다.

"어…… 안 돼, 나요?"

"그래. 나는 무리야. 나, 실은 잠시 후에 로그아웃을 할 예정이란다."

"로그아웃…… 설마 은퇴하는 건가요?"

"아냐. 일시적으로 잠시 쉴 거야. 현실세계에 돌아가서, 내 자녀 교육 이론 같은 걸 적어둔 블로그라는 어둠의 유산을 처리해야만 하거든. 누가 그걸 보고 우리 모녀의 전철을 밟기라도 하면 큰일이잖니."

"그런가요……."

"그러니 나는 그 제안을 받아들일 수 없지만…… 메디는…… 아, 내가 이러쿵저러쿵 할 일은 아니네. 메디? 너는 어떻게 하고 싶니? 네가 하고 싶은 대로 하렴."

메디 어머니는 상냥한 미소를 지으며 그렇게 말했다.

그러자 메디는 마사토 앞에 서더니 귀여운 미소를 지으며 말했다.

"저는 마사토 군 일행과 함께 여행을 하고 싶어요. 잘 부탁드려요."

겉보기에는 명백한 미소녀이며 상당한 타격력과 다크 파워를 지닌 힐러다.

그런 그녀를 동료로 삼겠습니까?

"아…… 내 히로인으로는 좀 무리지만, 평범한 동료가 되겠다면 환영할게." 빙긋.

"잠깐만요, 마사토 군! 웃으면서 그런 소리를 하는 건 좀 너무하지 않나요?! 저, 마사토 군의 히로인이 되기 위해 최선을 다할게요! 기대해 주세요!"

메디는 그런 소리를 하면서 마사토의 팔을 잡더니, 일부러 가슴을 댔다. 「어때요? 이런 걸 좋아하죠?」 이런 소리를 하는 이 소녀가 정통파 히로인의 자리를 차지하는 것은 도저히 무리일 것 같지만…….

아무튼, 메디를 동료로 삼았다.

"그럼…… 어, 어라, 하지만…… 이 게임은 부모자식이 2인 1조로 참가하는 게 룰인데……. 메디만 이곳에 남을 수 있는 거야?"

"그런 걱정은 할 필요 없습니다. 와이즈 양의 전례도 있으니, 제가 손을 써두죠." 스윽.

"우왓, 불쑥 튀어나왔어."

느닷없이 모습을 드러낸 이는 수녀 차림인 시라아세였다.

시라아세는 이 자리에 있는 이들에게 인사를 한 후, 허겁지겁 음식을 먹어댔다. 그러고 나서 다시 입을 열었다.

"자, 얼추 일단락이 된 듯하니…… 여러분이 고대하던 강화 아이템 프레젠트 시간을 가지겠습니다."

"아~ 맞다. 우리는 원래 강화 아이템을 가지려고 이 학교에 온 건데, 완전 까먹고 있었네요."

"좋았어어어어어어어어엇! 컴온, 프레베니레에에에에에엣!"

주위 사람들이 짜증을 느낄 정도로 텐션이 하늘을 찌르던 와이즈는 갑자기 풀이 죽었다.

"아, 하지만…… 나는 72포인트밖에 없으니까…… 슈퍼 레어 아이템인 프레베니레를 얻는 건 무리일 것 같은데……."

"72SP면 충분합니다. 7번 가챠(뽑기)를 돌릴 수 있으니까요."

시라아세는 그 자리에서 손을 슥 내밀었다. 그러자 이 자리에 마법원이 생겨났다.

"1회당 10SP를 소비해, 마법원에 터치할 수 있습니다. 그러면 어머나 놀라워라, 멋진 아이템이 당신 것이 되죠."

"……저기, 시라아세 씨. 필요 포인트와 교환해서 확정적으로 강화 아이템을 손에 넣는 건 불가능한가요? 가챠를 돌릴 수밖에 없는 거예요?"

"예, 가챠를 돌려야만 합니다."

입수할 수 있다고 적혀 있기는 했지만, 반드시 얻을 수 있다고 적혀 있지는 않았다. 가챠로 뽑으면 손에 넣을 수 있으니

거짓말은 아니다. 차가운 표정을 짓고 있는 시라아세는 단호한 자세로 그렇게 주장하는 가챠 게임 운영 측 같았다.

「때려도 돼?」, 「관둬」 마사토는 타격 공격력이 상승한 와이즈를 일단 말렸다.

바로 그때, 포타가 흥분을 감추지 못하며 쪼르르 뛰어왔다.

"저, 저기! 제가 해봐도 될까요?!"

"호오, 1번 타자는 포타 양이군요. 예, 물론이죠. 좋은 아이에게는 분명 좋은 일이 생길 겁니다. 후후후."

"그럼 제가 해볼게요! 에잇!"

포타는 윈도우 화면을 통해 10SP를 투입한 후, 마법원에 손을 댔다. 그러자, 아니나다를까······!

포타는 【봉제인형】을 입수했다.

"와아! 나왔어요! 봉제인형이 나왔다고요! 제가 가지고 싶었던 거예요!"

포타는 갑자기 나타난 고양이 봉제인형을 꼭 끌어안으면서 환한 미소를 지었다. 저 미소야말로 포상입니다.

"이런 식으로 여러분이 원하시는 아이템이 나오는 겁니다. 다른 분들도 해보시죠."

"그렇다는데····· 와이즈, 어떻게 할 거야?"

"해보고 싶지만, 해볼 수밖에 없지만····· 돌린다고 원하는 게 나올 리가 없잖아······. 게다가 대박이 터진 직후니까······ 으으으음····· 아, 맞아! 메디! 네가 시험 삼아 한 번 해봐!"

"아뇨, 저는 하지 않을 거예요. 스테이터스 상승에 투자할 생각이니까요.”

“그것도 올바른 생각이죠. 견실한 판단입니다. ……그럼 마사토 군은 어떻게 할 거죠?”

“나도 무난하게 스테이터스 상승에 투자할까…….”

“마, 마사토! 그런 재미없는 소리 하지 마! 너, 이대로도 괜찮겠어?! 남자라면 이럴 때 승부에 나서야 하는 거 아냐?! 진짜 그릇이 작네! 남자면서 그릇이 너무 작아! 아아~ 견실하게 살기만 하는 남자는 진짜 재미없다니깐!”

“큭, 저딴 소리를 들었더니…… 하아, 좋아! 좋다고! 남자는 배짱! 한 번에 100sp 투입! 10연속 가챠를 돌리는 나에게 반하라고!”

마사토는 SP를 소비해 가챠에 도전했다. 마법원을 터치한 결과는……!

마사토는 【HP+드링크】×10을 입수했다.

“축하드립니다. 용사라 HP가 기본적으로 많은 마사토 군에게는 HP가 약간 상승하는 소비 아이템을 열 개 드리겠습니다. 솔직하게 말하자면 꽝이죠.”

“빌어먹으ㅇㅇㅇㅇㅇㅇ을! 괜히 했어어어어어어어어엇!”

단숨에 들이켠 드링크에서는 눈물 맛이 났다. 시큼해.

와이즈는 울음을 터뜨린 마사토를 곁눈질하면서, 드디어 가챠에 도전했다.

“크크큭! 마사토가 꽝을 뽑았으니, 이번에는 대박이 터질 거야! 틀림없어! 대박이 터질게 뻔해! ……스읍~ 하아……. 간다! 노도의 7연속 가챠! 이야아아아아아아아아아압!"

와이즈 혼신의 가챠! 그 결과는……!

와이즈는 【MP+드링크】×7을 입수했다.

"축하드립니다. 현자라 MP가 기본적으로 풍부한 와이즈 양에게는 MP가 약간 상승하는 소비 아이템을 드리겠습니다. 완벽한 폭사군요."

"빌어먹으으으으으으으을! 괜히 했어어어어어어어어어엇!"

와이즈는 그런 소리를 하면서도 드링크를 마셨다. 참 잘했어요.

"자, 이것으로 선물 코너는 종료……해야겠습니다만…… 이번에도 부모자식간의 유대를 지키기 위해 분투한 여러분께 보수로서 무상으로 가챠를 한 번 더 돌릴 기회를 드릴까 합니다. 어떻게 하시겠습니까?"

"할게! 할게요! 하겠습니다! 하다못해 제대로 된 걸 하나라도 뽑고야 말겠어! 우랴아아아압!"

"앗, 마사토! 약았잖아!"

마사토는 와이즈의 말을 깔끔하게 무시했다. 그는 가챠 마법원과 대치하더니, 「운영 측 여러분, 사랑해요오오오오오오오오!」 진심을 담아 터치! 그 결과는……!

마마코는 【어머니 전용 앞치마】를 입수했다.

"……어?"

"어머나!"

"오오, 엄청난 일이 벌어졌군요. 아이를 대상으로 한 가챠에서 어머니 전용 장비가 배출되다니, 믿기지가 않습니다. 마마코 씨의 신조차 능가하는 엄마 운이 이뤄낸 위업일까요. 탄복했습니다."

시라아세는 그런 뻔뻔한 말을 늘어놓았다. 듣는 사람이 다 짜증이 날 만큼 뻔뻔한 소리였다.

가챠에서 우연히 나온 게 아니라, 애초부터 마마코용 장비를 보수 삼아 줄 생각이었던 게 분명했다. 틀림없다.

마사토는 온 힘을 다해, 어이, 헛소리 하지 말라고~! 하고 외치며 맹렬하게 항의하고 싶었지만…….

"이건 마 군이 이 엄마에게 선물해주는 거구나. 정말 기뻐. 고마워. 소중히 간직할게. 우후후."

앞치마를 걸친 마마코는 환한 미소를 지으며 너무 기뻐했다.

그 모습을 본 마사토는 기분이 썩 나쁘지도 않았기에…….

"……뭐, 소중히 여기고 싶으면 그러던가."

……퉁명한 목소리로 그렇게 말하며 고개를 돌렸다.

■작가 후기

　안녕하십니까, 이나카입니다.

　이 책을 구매해주셔서 감사합니다. 이렇게 2권이 나올 수 있었던 것은 여러분 덕분입니다. 진심으로 감사드립니다.

　이 이야기는 부모자식의 이야기입니다. 그래서 집필을 하다 보면 매우 어려운 상황에 처할 때가 있습니다.

　특히 어려운 건『명확하게 단정 지을 수 없는 부분이 많다』는 점입니다.

　부모에게 불만이 있더라도, 부모라는 존재를 거부할 수는 없죠. 미워할 수 없는 부분이 어딘가에 있으며…… 그 뿐만 아니라, 부모에게 버림받으면 어떻게 할 것인가 같은 생각을 하게 될 테니까요.

　그런 점을 고려하면 아이 측의 태도가 애매해지기 마련입니다.

　한편, 부모 또한 인생경험과 가치관을 기준으로 부모 나름의 생각을 가지고 있기 마련입니다. 그 내용에 관해 일개 작가가 멋대로 단정 짓는 것은 주제넘죠.

　왜냐하면, 그 안에 존재하는 것은 옳고 그름이 아니라 단순한 차이입니다. 즉, 각 가정의 된장국의 건더기 같은 거죠. 먹는 이들이 맛있게 먹는다면, 뭘 넣어도 괜찮을 테니까요. 부모자식간의 이야기라는 것은 정말 어렵습니다.

그 과제에 과감하게 임하는 이나카를 응원해주시면 감사하겠습니다. 앞으로도 잘 부탁드립니다.

그럼 관계자 여러분에게 인사를 드릴까 합니다.

일러스트를 담당해주신 이이다 포치 님, 출판사 여러분, 담당편집자이신 K씨. 그리고 판매점 여러분. 정말 신세 많이 지고 있습니다. 최선을 다해주신 여러분에게 진심으로 감사드리는 것과 동시에, 앞으로도 많은 도움 부탁드립니다.

참, 이나카는 어머니에게서 밸런타인데이 메일을 받았습니다. 내용은 아래와 같습니다.

【이나카 마치다 씨에게 전해주렴. 초콜릿 대신 마음만 전합니다. 사랑해요.】(원문 엄마)

하아…… 정말 평소와 다름없는 엄마 메일이었습니다. 그래도 항상 고마워요.

2017년 초봄 이나카 다치마

집안일이라면
이 엄마에게
맡기렴!

일반공격이 전체공격에

2회 공격인

엄마는 좋아하세요?

3

다음 권 예고
NEXT ISSUE

"마 군, 함께 길드를 경영하자."

「어서 오세요」부터 「다녀오셨습니까」까지.
엄마 길드 개업?

새로운 동료인 메디를 맞이하고, 본격적인 모험이 시작되나 했더니…….
어떤 이유로 마사토 일행은 길드를 경영하게 되는데?!
악질적인 진상 고객, 수상한 도구를 취급하는 방문판매원,
그리고 일손부족 등의 문제를 해결하고, 무사히 길드를 번창시킬 수 있을 것인가!

신감각 엄마 동반 모험 코미디! 이번에는 길드편!

VOLUME 3
2018년 여름 발매 예정
IT IS GOING TO
RELEASE IT IN THE SUMMER 2018

내용이 변경될 수도 있다고 하네요.

■역자 후기

　안녕하십니까. 근로청년 번역가 이승원입니다.
　『일반공격이 전체공격에 2회공격인 엄마를 좋아하세요?』 2
권을 구매해주셔서 진심으로 감사드립니다.

　벌써 2018년의 4월이 되었습니다. 어느새 1/4이 지나가고
말았군요.
　추위와 더위를 번갈아 느끼며 열심히 하루하루를 살다보
니, 어느새 석 달이나 지나가고 말았습니다. 어제는 더워서
창문을 열고 잤더니, 오늘은 전기장판을 다시 켜는 나날이 반
복되고 있군요. 제가 분명 잠들 때만 해도 더워서 선풍기를
틀까 고민했는데, 새벽에 너무 추워서 깨는 사태가 발생했을
때는 경악했습니다. 그리고 그날 아침에 일어나보니 몸살감기
에 제대로 걸렸더군요. 그리고 그 감기가 한 달 째 떨어지지
않고 있습니다.
　독자 여러분들도 감기 조심하시길! 더워도 이불은 꼭 덮고
주무십시오!

　그럼 『일반공격이 전체공격에 2회 공격인 엄마는 좋아하세

요?』 2권에 대해 조금 이야기해볼까 합니다.

스포일러가 포함되어 있을 수도 있으니 본편을 안 읽으신 분은 유의해주시길!

이번 권은 1권과 다른 형태의 모녀지간인 메디 모녀를 중심으로 이야기가 진행됩니다.

1권이 부모와 자식 사이가 완전히 틀어져 극단적인 상황까지 치달았던 와이즈 모녀에 대해 다뤄졌다면, 이번 2권은 자녀를 자기 인형처럼 여기며 자식에게 1등이 되기만 강요하는 극성 엄마와 딸에 초점을 맞추며 이야기가 진행되었습니다.

자식에게 복종을 강요하며, 자신의 기준만이 절대적이라 여기는 메디 어머니. 그리고 그런 어머니에게 받은 스트레스가 쌓이고 쌓여 폭발 직전인 메디. 와이즈 모녀와는 다른 문제를 안고 있는 이 모녀와 마사토 일행이 만나면서 이야기는 진행되기 시작합니다.

아이들은 학교 안이라는 공간 안에서 자연스럽게 경쟁을 하게 되고, 자식을 1등을 만드는 데 혈안이 된 메디 어머니가 사사건건 흉계를 펼치면서 문제가 발생하죠.

하지만 마마코가 의도치 않게 그 흉계를 하나하나 박살내면서, 상황은 심각해져갑니다. 그리고 그 결과가 메디의 폭주로 이어지게 되죠.

그런 극단적인 상황에 치닫고 있는 모녀를 위해, 대활약을 펼치는 마사토 일행의 분투를 지켜봐 주시길!

……물론 여러 가지 의미에서 위대한(?) 존재가 되어가고 있는 마마코의 매력만 마음껏 즐기셔도 됩니다! 개인적으로는 후자가 더 매력적…… 노, 노코멘트하겠습니다!

그럼 이만 줄이겠습니다.

언제나 재미있는 작품을 맡겨주시는 L노벨 편집부 여러분에게 진심으로 감사드립니다. 앞으로도 잘 부탁드리겠습니다.

모 슈퍼로봇 시뮬레이션 게임(?)을 구매한 악우여. 어제 오전에 네가 그걸 샀다는 이야기를 들었거든? 그런데 방금 끝판을 깼다고? 하루만에?! ……역시 20년차 마니아는 무시무시하구나…….

길드 경영을 빙자해 메이드 플레이가 난무하는(?) 3권 역자 후기 코너에서 다시 뵙겠습니다!

2018년 4월 중순
역자 이승원 올림

일반공격이 전체공격에 2회 공격인 엄마는 좋아하세요? 2

초판 1쇄 발행 2018년 5월 10일

지은이_ Dachima Inaka
일러스트_ Iida Pochi.
옮긴이_ 이승원

발행인_ 신현호
편집국장_ 김은주
편집진행_ 최은진 · 김기준 · 김승신 · 원현선 · 김솔함 · 권세라
편집디자인_ 양우연
국제업무_ 정아라 · 고금비
관리 · 영업_ 김민원 · 이주형 · 조인희

펴낸곳_ (주)디앤씨미디어
등록_ 2002년 4월 25일 제20-260호
주소_ 서울시 구로구 디지털로 26길 111 JnK디지털타워 503호
전화_ 02-333-2513(대표)
팩시밀리_ 02-333-2514
이메일_ lnovelpiya@naver.com
ㄴ노벨 공식 카페_ http://cafe.naver.com/lnovel11

TSUJO KOGEKI GA ZENTAI KOGEKI DE 2KAI KOGEKI NO OKASAN WA SUKI
DESUKA? Vol.2
©Dachima Inaka, Iida Pochi. 2017
First published in Japan in 2017 by KADOKAWA CORPORATION, Tokyo.
Korean translation rights arranged with KADOKAWA CORPORATION, Tokyo.

ISBN 979-11-278-4493-6 04830
ISBN 979-11-278-4403-5 (세트)

값 7,000원